家山归梦

王利民 著

山西出版传媒集团 北岳文艺出版社
BEIYUE LITERATURE & ART PUBLISHING HOUSE
·太原·

图书在版编目(CIP)数据

家山归梦 / 王利民著. —太原:北岳文艺出版社,
2024.4

ISBN 978-7-5378-6583-8

Ⅰ. ①家… Ⅱ. ①王… Ⅲ. ①散文集–中国–当代
Ⅳ. ①I267

中国国家版本馆CIP数据核字(2024)第055030号

家山归梦

王利民　著

//

出品人
郭文礼

选题策划
贾江涛

责任编辑
贾江涛

书籍设计
尚书堂

印装监制
郭勇

出版发行:山西出版传媒集团·北岳文艺出版社
地址:山西省太原市并州南路57号
邮编:030012
电话:0351-5628696(发行部)　0351-5628688(总编室)
传真:0351-5628680
网址:http://www.bywy.com E-mail　bywycbs@163.com
印刷装订:山西人民印刷有限责任公司

开本:890mm×1240mm　1/32
字数:238千字
印张:9.5
版次:2024年4月第1版
印次:2024年4月山西第1次印刷
书号:ISBN 978-7-5378-6583-8
定价:69.00元

此君文章，启我遐想
（代序）

韩石山

1

有时候，一点小小的兴味，能提起对一个人文章的好感。

这样的阅读体验，从文数十年，得过不止十回八回，独独这次读王利民先生的文章，来得格外强烈。

这得说到我的一部长篇小说，叫《边将》，写历史人物的。我写小说，跟我写文章一样，动不动就想出个“拐”。书中有个人叫杨博，历史上真有其人，做过嘉靖朝的兵部尚书。京剧《二进宫》里的杨波，演的就是他。我的“拐”出在，想把民间传说的杨家将安在他身上，他就是杨令公，他手下的一班武将就是杨家的众儿郎。清代演宋代的杨家将，实则是暗喻明代的杨家将，既是故国之思，也是因为杨波当年对清军造成的打击太重了，不能不有意回避。为了将令公与杨博对应上，书中我让一个文士离京前去看望他，他正在莳弄庭前的花木，这文士便引用了白居易的两句诗说他：“令公桃李满天下，何用堂前更种花？”此语见《边将》初版第242页，下面还加了注，出自白居易《奉和令公绿野堂种花》。

当年写下这么个带考证意味的小情节，在我是颇为得意的事儿。我并非熟读唐朝诗之人，白居易这两句诗是看闲书遇上记下的。然而此番读王利民诗文集，竟在一篇叫《园丁生活》的文章里撞见了。利民先生的父母都是小学教师，父母亲还当过小学校长，退休后在乡下建起农家小院，养花种菜，过着闲适自在的晚年生活。利民先生曾驱车前去看望，回来写下这么一篇文章，其中一段写父母与邻居几位老人的交往，既有文化蕴含，又有生活气息。

> 父亲拄着拐杖立在我身侧，乐呵呵地望着母亲，也望着他钟爱的“天露朗”，小狗貔貅绕着拐杖撒欢儿。门外几位退休老人不知是闻香而来，抑或循声而至，他们围过来，一位老者环视着四周的花花草草，艳羡又钦佩地说道：“令公桃李满天下，何用堂前更种花？”父亲一手托着拐杖，一手做捻须状，道：“老夫怎敢自比裴令公啊！这庭院自是不能与裴令公的绿野堂媲美，却也占尽物华，老夫当为其取个名儿。”众人大笑。
>
> （《园丁生活》）

就是这么不足二百字的一小段，让我看了心里大为赞赏，真是个会写文章的主儿。

且不说白居易那两句诗，我知道他也知道，关键在于，我知道是看闲书得来，又在网上查了出处，在小说中还做了脚注，意在表明自家对白诗多么熟悉，实在说诗中的令公是谁，我是一点儿也不知道。

利民先生则不然。

他肯定知道白诗的题名是什么，就是不说，而将诗句与诠释分作两下。诗句让进来的一位退休老人说了，诠释的话，则安在他父亲的身上。道理很简单，诗句是记住的，而诠释之语，能见出学问的功夫。还有讲究的，这句诠释之语，若引出此诗的原题，就显得生硬了，让人一看，也就是韩石山的水平，在这儿“掉”两句诗文卖弄学问。须知，古人对卖弄知识，曾立过一个非常微妙的法则，这一法则，让钱锺书先生发现了。在他的《宋诗选注》里曾语及。对王安石的《书湖阴先生壁》做注时，是这么说的：我们只认为“护田”“排闼”是两个比喻，并不觉得是古典。这是个比较“健康”的用事的例子，读者不必依赖笺注的外来援助，也能领会，符合中国古代修辞学对于“用事”最高的要求。“用事不使人觉，若胸臆语也。”（《颜氏家训》第九篇《文章》记邵评沈约语）（钱锺书《宋诗选注》第56页，人民文学出版社1979年6月出版）

这么睿智、这么讲究的文字的作者，怎不让人敬慕三分？

2

以往给人写序，多是相熟的朋友开了口，若不忙，也就写了。这几年老了，早早挂起“免战牌”。总是平日品行太差，还真的抵事，很少有人再开这个口。这次并非开戒，实有难言之隐。

王利民先生编起他的诗文集，想找个名家给他写序，他的一个朋友推荐了我。我写《张颔传》时，得此人帮助不小，比如张的一本旧著遍觅不得，此人从网上重金购得，慨然相赠。也算是一种回报吧，就爽爽快快地答应了。唯一有点对人不起的是，对不起找名家写序的王先生。

我曾是名家，如今早过气了。他该知道，找过气的名家写序，跟找下了台的官员办事一样，多半枉费心思，难称心愿。

所以爽快答应，在我，还有个难以启齿，又不得不说的缘由。序这种东西，给相识的人写，总有抹不开情面的地方，该说的硬话也就软了下来；给不相识的人写没这个顾忌，想说什么就说什么，笔下能放得开。这世上，能说痛快话的时候不是很多。

话说到这儿，不妨挑开了多说几句。我这人，当过十多年的中学语文教员，落下的一个病根是“好为人师”。不相干的人叫上一句“韩老师”就亲得不行，写个序嘛，好啊。前些年粗略估摸了一下，二三十年来，为人写序不下百篇。我还有个怪癖，就是一旦答应了写序，抱定的宗旨是，你的文章可以不好，我的序则不能不好。因此上写起序来，真当得起“爬罗剔抉，刮垢磨光”的实指，总要在平庸的叙事中找出鲜亮的词句。若不鲜亮，就下上一番“刮磨”的功夫。写到后来，最怕看的是，久已成名而少有长进的中年作家的作品，不能说不好，又无从说个好，只能从虚处来，朝不着边际处说。

给利民先生的书稿写序，没有这个顾虑。

王先生有个大名头，是山西省书法家协会副主席。这个职务在省城的书法家里不会少，在地级市的书法家里不会多。说是显赫亦无妨。有这样的大名头罩着，写文章诗词，不过是余事，好有多好，坏有多坏，是不会在意的。此正如古人所言，“大行不顾细谨”者是也。

因此上，看他的文，写我的序，都很轻松。

然而，正是在这轻松中，让我发现了意外的欣喜。

这，还得说到我的又一个毛病，也是当久了语文教员落下的。多少年了，我一直认为用字讲究的人，有作家的根基，用字不讲究的人，基本上不是作家的料子，不管他的头发留得再长，小胡子修得再翘。

利民先生的用字讲究，我是从这么一句话品出来的。

他有篇文章叫《艺苑闲谭》，说的是他在忻州市文联主席任上的闲事，他的名字，他的斋号，他的印章，还有他写字的砚台。在谈印章时，说他曾在雁门关下的广武老城，购得两方汉印，铜质，比蚕豆略大，印面滞了沙石，字迹斑驳难认，勉强认出一个上面是“玺”字。这两方古印，让他很是发了一通感慨。又由这两方汉印，说到同是省书法家协会副主席的王志刚先生，多少年前为他刻的一方多字印，文曰“家在雁门滹水边”。末后有言：“我想，我对印章的喜爱仍是对语言本质和传统文化的追求，这种喜爱更多的是鉴赏和品味，而意欲据为己有的亦是出于汉字的指意功能。”

对文字能有如此细腻的体味，足以证明对文学还是有慧根的。

此文在他的文集里，排在前面，有了这个指引，往后看时也就多了一份警觉。

还真让我逮着了。

疫情期间很少出门，看书写作，累了就听听京戏。最爱听的有两折，一折是李维康、耿其昌、邓沐玮三人合演的《二进宫》，再是周信芳原唱、小王桂卿配像的《澶渊之盟》。看《二进宫》是因为李维康的扮相太美了，唱得又那么情感饱满，哀婉动人。《澶渊之盟》，除了周大师的嗓音让人着迷外，王桂卿先生的身段之美也让人百看不厌。“去城上”一段，唱词中有句“北城上可容得寇丞相樗蒲怒掷，妮子们歌舞纷纷”。我曾查过，“樗蒲”是一种近似掷骰子的游戏，此游戏带有赌博的性质。而我看利民的文章《登芦芽山记》里有这样的句子：

> 几经息歇，终达峰顶。山顶多奇石，或熊罴长啸，或樗蒱壁立，或高猿望海，或巨鲸跃波，不一而足。上有题刻，皆为点睛之笔。

句中“樗蒱”一词，与我在电脑上看到的“樗蒲”一词相似而微有不同。我看的“蒲”字，是菖蒲的“蒲”字，这个相似的“蒱”字，左下侧不是三点水而是提手。

会不会是利民先生写了别字呢？

为慎重起见，还是查查为好。

一查，我愣住了。字义的解释是：类似掷骰子之类的游戏。举的例句是：“亭东自足下皆云漫。稍见云中白若樗蒱数十立者，山也。”此语出自姚鼐《登泰山记》。姚鼐此文，我上中学时学过，利民先生能如此娴熟地用在文中，多半也是中学课本上学过。我学过全忘了，利民学过，不光记得还能用在写山景的文中，不是聪慧又是什么？（也有解释说“樗蒱”同“樗蒲”那是另一回事）

文章的大技巧我不会，小技巧还懂得一些。像这种在字上用功夫，求准确，求鲜活，绝对是为文的正道。在这上头肯费心思，肯露一手，什么时候都不会是白下功夫。

还可举一例。集中有一文曰《童年游戏》，写了小时候玩过的几种游戏，有跟姐姐一起玩的“翻花线”，跟小伙伴傍晚玩的“藏老猫”，还有比赛力气和精准的“叮咣”，颇具情趣的斗草游戏

“羊咩咩”，又有极具边关色彩的“开马城与跳圐圙儿”。在说到“叮咣”时，作者说，这个游戏比的是力气，他年纪小，体能偏弱，玩不了，只好作壁上观。“有时偶尔参，也只是帮助其他小伙伴舁个腿，抬个脚，不会成为主角”。

这里的“舁个腿”的“舁”字，读音如“与”，《说文解字》谓“双手上举”。我们老家的土话叫“扳”，其义如“抬”。可是这儿用了“舁”，你就能不佩服作者高了一筹。

文章就得这么写，才叫文章。

3

说到《童年游戏》，不妨从中再引一段，是“翻花线”里的。

先说“翻花线”，学名交线，他老家也称解勾勾。读蒲松龄《聊斋志异》中《梅女》一文可知，这种游戏的历史还是蛮长的。书中写道：“女曰，‘妾平生戏技，惟谙打马，但两人聊落，夜深又苦无局。今长夜莫遣，聊与君为交线之戏。’封从之。促膝戟指，翻变良久，封迷乱不知所从。女辄口道而颐指之，愈出愈幻，不穷于术。”接下来说这里梅女与封生提到的两种古代游戏。“打马”是打纸牌，类似于现在的打扑克。“交线之戏”，出于“闺房绝技”，后来才演变为儿童游戏。这才写到他与姐姐怎么玩“翻花线”的：

> 姐姐长我三岁，我的翻花线是跟姐姐学来的。取一长线，对折，把线头绾起来，紧结，把剩余线头剪掉，使衔接整洁，运指无碍。我坐姐姐对面，姐先把线圈套于双手，中指互挑，

呈“陷阱”摆我面前；我手指作戟状，以拇指、食指、小指勾扣，翻作“乱山”；姐则以小指、食指下运、上挑，作“面条”；我再以拇指、食指、中指反扣，作“花被”；姐又以拇指、食指、无名指上翻下撑，呈“斗”状；我复以新的花招接替，并设法让姐姐难以招架……这样循环往复，可以翻出十多种花样。我和姐姐都十分专注，口中念念有词，小嘴噘得老高，鼻涕流到嘴边也顾不上擦一下。

这一段文字叙事得细致清晰。光这么一段，还看不出什么。再看一段，还是《童年游戏》里的一节，叫“羊咩咩”，是写玩草籽的。

先说这种草籽是一种叫细辛的中药材的籽实，在北方的乱石岗里随处可见。秋高气爽时节，小伙伴们会挎上布兜，带上铲铲到荒野去采中药、摘麻麻花，搞一些大田以外的收获。劳作的间隙，玩“羊咩咩”也就成了必不可少的消遣。

细辛草根部为药材，“羊咩咩”藏在细心草的小果荚里，外表布满细密的绒毛，芝麻大小，呈灰黑色。炎日暴晒，绒毛会更加刚挺，撒在粉连纸（一种廉价光滑的薄纸）上，宛如微缩版的羊群。

这时，对着“羊群”压沉声音慢慢喊：“羊咩咩——羊咩咩慢些赶——赶上羊咩咩——上南山——”

这声音不可太高，也不可太低；吐字不能太快，不能太慢，需跌开调子，使音频与纸张、草籽产生同频共振。这样羊咩咩就开始绕纸乱窜，一会儿聚，一会儿散，一会儿东，一会儿西，活像草地上游牧的羊群。这种游戏阴天是不好玩的，许是绒毛上带了湿气，难以共振。有正午的阳光强烈照射，羊咩咩会跑得更欢。

你以为这是雁门关下，边关少年的一种乡俗游戏么？错了，玩完了，作者才告诉你，非也，偶尔翻《唐宋诗词》，有关“斗草”的佳句还不少。白居易的《观儿戏》中有“弄尘复斗草，尽日乐嬉嬉”，晏殊有词句“疑怪昨宵春梦好，元是斗草赢，笑从双脸生”。又怕读者有误解，补充了一句，这都是描写南方儿童和闺秀的斗草游戏，他想这“羊咩咩”也可称作北方的斗草游戏吧。

抄了这么两节文字，我想说什么呢？

想说的是一句连我都觉得丧气的话：我已经好久没见这么既风趣又富学识的纯正的散文了。

如果再附带一句，那就是将范围缩小，在山西地面，我已很久很久，没见过这么纯正的散文了。

这就不能不说到我对散文的一个固执的理念。

散文是一种纪实文体，能否恪守纪实的品质，不光关乎着文运，甚至关乎着国运——社会风气的好与坏。

恕我说句刻薄的话，中国文风的败坏，最早是从散文开始的。小说是虚构作品，你不可能让他纪实，散文虽是纪实作品，为增强文学性，可以适当地虚构。这样的高见，居然能得到文学界的基本上的认同。20世纪60年代，杨朔散文大出风头，谁也没觉得有什么不妥。去泰山看日出，肯定看不着，能看到的是人民公社这轮朝日在齐鲁大地上冉冉升起。去长山列岛看海市蜃楼，肯定看不着，能看到的是社会主义的新渔村。去香山看红叶，来得早了看不着，能看到的是老向导的一颗火红的心。最经典的作家这样写了，你不见样学样，肯定思想有问题。于是一时间，全国大小报刊上，尽是些朝日冉冉、红叶飘飘的杨式散文。

沉寂了多少年，以为改革开放了，文风会回归纯正了。大谬不然。逡巡未久，勃然雄起的是余秋雨式的文化散文。散文而冠以文化，本身就荒唐，既冠以文化，品质应更高，恰恰在这上头，余氏散文是倒着来。即以名篇《道士塔》为例，石窟中半窟佛像未刷白灰，怎么就敢说是王道士第二天要去集上买石灰，因故未去而致此？还有多篇，也是大言炎炎而少有实证。这回可真是影响广泛，激起多少文学义士效法的勇气。于是所谓的大散文沛然兴焉。其中一路是以革命题材、领袖人物为主旨，走的仍是宏大叙事的路子。借用象棋上的术语，可谓车走车路，炮走炮路，仍是在棋盘的大格局里比画。散文可以虚构，其他任何带有“文学”二字的作品，比如传记文学、报告文学，哪家不可以虚构，文风日下，世风亦随之矣。当然这话反过来说，道理上也能成立。

杨式散文式微，到余式散文勃兴，隔了大约三十年，如今余式散文式微，又快三十年了，下一个腾空而起的空疏散文的名家，又该是何氏？

我常想，什么时候我们的散文不再这么虚妄浅薄，安安分分地走纪实的路子，什么时候我们的文风就走上正轨了。

山西是有幸的，眼下就有这样一个纯正的典范。

4

接下来要探究的是，仍是在山西，何以会走出王利民这么一个纯正的散文作家？

又要说到我在文事上的一个固执的看法了。质言之便是，早早从事了专业文学写作的，很难走到文学的正路上来。

文学写作也跟别的行当一样，在更高的层面上可分为“好之”与“乐之”两大流派。这是撇开了“学之”这一层面说的。好之这一派，听起来也高雅，但不排除“好之”之内，含有好名好利好美色在里面。我得承认，在写作圈子里混了这么多年，我就一直没有走出“好之”的层面。只能说我还用心钻研，在技术层面上仿佛“乐之”似的。“学成文武艺，货与帝王家”，是好之者的基本心态。真正乐之者就不然了，其喜欢文学，喜欢写作，全是出于天性的愉悦，没有“求货”的心思，也就少了“求货”的媚态。

你又怎么知道利民先生是个纯然乐之的写作者呢？

既无交流，也未打听，我是从他发给我的这十几篇诗文上看出来的。

他是1964年生人，且将少小至今的行踪开列如下。

《故乡的野菜》文中说：“我出生在晋北雁门关下滹沱河畔的一个古老村庄，故乡望山傍水，处于平川河谷地带。”这地方一看就是代县，现在该说是代州了。在此地出生，小学中学也只会是在这个地方。

1980年有诗《别代州》，当是十六岁了，高中毕业，考上高校，外出求学也就三四年，毕业后又回到代州，不久便成了家，妻子是小学教师。《吾家书斋》文中说，他们刚成家时，自己没有住房，就在小城东关吊桥边租了两间小屋。1990年调到忻州地委组织部做文秘工作，一年后其妻也调到忻州，组织照顾，在单身楼调剂一间作为临时住房。此时已有女儿，一住就是七八年，直到1998年，机关集资建房，才分到一套小三居的住房。

同文中又说，女儿小学快毕业时，他下到县里任职，一下就是十多年。去了哪儿呢？《清凉宝刹圭峰寺》中言：“圭峰寺我已去过两次了。第一次是去年春上刚来繁峙工作的时候。”过了几年，换了个地方。《挑灯看剑》文中言：“2012年初春，我到静乐县担任组织部部长不久。”如此看来，先去的繁峙，是个没有入常的县级副职，到了静乐，当了常委组织部部长，同是县级副职，就算是升了。

《吾家书斋》里又说：“2019年春节，我从县里调回忻州，又乔迁花苑新居。”此番调回任何职不清楚，两三年后又任新职。《暮春随笔》文中言：“壬寅春节前，到忻州市文联履新。”我的估计是，此时他已被选为省书法家协会副主席，忻州地面有资格出任文联主席的，也就是他了。

从这履历，从这专攻，知他或许心里喜爱文学，但几十年间，从未将文学当个正经事来做。刚当上文联主席，跟他来往最多的是书法家、画家、篆刻家，对作家诗人，还多少有点鄙薄呢。有文字为证。“文化人登门，心中满是责任和天下，对一些时弊会拍案而起。”（《暮春随笔》）他下面还说到音乐家如何，书画家如何，这里的文化人只会是作家和诗人。

正因为一直有从政的身份，又无意于文学上谋取功名，对文学只是一种心性的喜爱，由书写而来的快感，这样才能让他的文章既见文采又无雕琢的痕迹。思虑清爽，笔下才能赏心悦目。

说到这里，我得对前面说过的话做一点补充。

前面我说，在当今文坛上，早早从事专业文学写作的，很难走到文学的正路上来。这话有点儿空泛，得做些限制才能成立。我是指那些在新文学初期，靠了两三个短篇小说，就进入作协系统成了专业作家的人，不是全部，但是多数。声名来得太容易，待遇又来得太优厚，一心想着更大的名头，更多的获取，心事太重了，笔下如何能灵动得起来？

5

末后，我还要说到利民先生的文笔。

文笔这个话题太宽泛，说什么都会有人不以为然，可说的只能是一己之见，自己经年累月的一点感受。散文的文笔，我喜欢的是典雅酣畅，还带点幽默风趣的那种。举例来说，写世态人情的，梁实秋的《雅舍小品》该是典范。写花花草草、吃吃喝喝的，汪曾祺的散文该拔头筹。不知为什么，以文笔而论，我觉得汪曾祺的小说，也都可以当作散文看。编故事上他不怎么行，他的好，全在文笔上。所写小说，多是社会传闻，市井异人。这上头很像蒲松龄的《聊斋志异》，都是当真事写的。

利民的文笔，写景还看不出什么，只能说用心描摹，也还清新可观，一到写人状物，就活泛起来。比如《农家小酌蔬豆香》，写他陪陈巨锁先生光顾友人的农家小院，正要落座，发现椅垫的布面上，印的是王羲之的字且有王羲之的名讳。这对书法家来说可是尴尬事。

陈先生正待入座，忽又笑道："呵呵，斯文扫地了！"大家不解其意，待仔细观察才发现，椅座布料上满是印着羲之书法，"王羲之"赫然其上。人们不无遗憾地说，"缝个布罩就好了。"陈先生双手合十，曰："掩耳盗铃，失敬，失敬！"

人事灵动好理解，状物上让人眼亮可就难了。在这上头，利民的文笔仍有可圈可点之处。

他家养了个小狗，还是个名为贵宾的好品种，他给起名叫貔猕。且看《貔猕》一文里，作者是怎样写他的爱犬的："其瞳如珠，靛黑而泛幽光，晶莹而示祥和。耳廓蕉叶翻风，鼻头橡栗黢黑。"

小狗的鼻尖，见得多了，确实是黑中带棕色，不怎么光滑，也还明亮，这里喻为橡栗，可说是再贴切不过了。

利民散文，叙事中还有个特点，就是叙事语言典雅，遇上人物对话，也多用雅言。通体一致，看着很是舒服。当然遇上说笑话，该俚俗的地方，也不刻意回避。

写散文，文笔的重要，犹如戏剧演员有个好嗓子，怎么唱都好听，文笔好了怎么写都是好文章。

利民的集子里，还有诗，旧体诗，我不谙音韵，就不丢这个人了。就是散文，也不是篇篇好，这里只能拣好的说。不是有意讳言，只是想给当下的文坛一点好的借鉴而已。

2022年12月11于潺湲室

目录

我从故乡来

行游情满怀

往来有书友

附　录

我从故乡来

这么多年过去了，故乡的风俗远去而弥新，故乡的风味香远而愈清。姥姥在二月二的那些做法和她做的食物，每至是日，都会唤起我心头对故乡永远的怀恋与感动，那样隽永、绵长。

龙的传人，根永远在故乡！

吾家书斋

或许是出身于传统教师家庭，抑或天性的缘故，我打小就迷恋上了书画。找一块僻静之地，以一双童真的眼、一颗好奇的心和一双稚拙的手，画我所见，写我所思，美我所美。尽管信手涂鸦，我也会沉溺其中，乐而忘返。久而久之，找一块属于自己的清静之地来写写画画成了我心底的执念。一天天地长大，一天天地见识，才知道梦寐以求的那个空间叫书斋。从此，我就做起了书斋梦。

刚成家，没有自己的房子，我和妻商量在小城东关吊桥边租了两间小屋。虽说小屋较为逼仄，我还是打定主意辟出屋子一角的空间做书屋。妈妈说："你们结婚总该有点留念的东西，设计一下，请木匠打几件称心的家具吧。"我首选的还是打一个书橱、一张书桌。

妻是县城实验小学的优秀教师，好在她能够理解并支持我的想法。于是，我和妻在灯下拿把尺子头碰头比画了一晚上，总算设计出四件家具，居中的一个自然是书橱，左右对称两个衣柜，床头放一张书桌。

小屋内，一张床，四件家当，加上一些开伙用品，既是卧室兼书屋，又是厨房兼餐厅，客人来了自然又当客厅用，真是屋尽其用。我们那一代经济拮据，条件有限，年轻人结婚，像我们这样的情况很普遍。平日里我和妻形成一种默契，书桌前非我即她，有时我看书写字画画，有时她备课批改作业，书桌不闲，却甚感温馨、充实。书斋梦的遗憾，亦因此释然。有时凝视着书橱内一层层码得齐整的书本，恍惚间成了我拾级而上的阶梯。我想，这斗室虽非书斋，其用又远胜书斋，其间的岁月让我终生难忘。

1990年夏，我调到忻州地委组织部从事文秘工作。初来乍到，四位同事住一间单身宿舍，学习写字只能在办公室。一到晚上，清静下来的办公室自然成了我独拥的临时“书斋”。冬天，同事妻子来忻州，一时找不下合适的住处，我们三人只好住办公室。我办公室阴冷潮湿，长时间在其中读书写字加上睡了一星期的沙发，我竟落下咳嗽的毛病。添了毛病的同时，我的书写底子也在其间厚实了许多。或许这是老天在告诫我，任何收获都是需要付出代价的。同时也在激励我好好努力，争取尽早实现自己的书斋梦。

过了一年，妻也调来忻州，组织照顾，从单身楼里调剂一间作为临时住房，这在当时也是令人羡慕的事情了。每天晚饭后，我施展“乾坤大挪移”绝技，把餐桌清理干净，或看书，或写字，硬生生在一张小小的餐桌上过起了书斋生活。妻子和女儿做完自己的事，时而趴在桌边静静地陪着我，时而也不免问这问那。虽清苦了点，但也别有一番滋味。我们把生存过成了生活，享受着天伦之乐的惬意。

后来，单身职工的家属逐渐调来，宿舍楼就成了家属楼。每家每户做饭都用电炉，电路经常超负荷运行，断电成了常事儿。到晚上，我的“餐桌书斋”也难以保证，看书写字还得看“电老大”的“心情”。有一天，又赶上“电老大”发脾气罢工，我无奈地靠着床头闭目养神，对门忽然传来一阵嘈嘈切切的琵琶声，那铿锵激越的声音，在幽暗的楼道传响。人们没有了抱怨，静静地在星夜里倾听《十面埋伏》《霸王卸甲》《塞上曲》……

一住就是七八年，灯光明亮即读书写字，断电昏暗则谛听琵琶。陋室中人，多么向往拥有一间安静明亮的书斋。

对此，我曾写了几句打油诗自嘲：

如巢陋室梦之家，
轻散墨香疑种花。
最是无聊灯火熄，
倚床养目听琵琶。

1998年，机关集资建房，总算盼来了一套自己的住房，梦寐以求的书斋梦终于要实现了！新屋为小三居，五楼顶层。妻与我又坐在灯下设计一番，首先辟一间东北角小屋为书斋，其余两间一作卧室，一作客厅。书斋虽只盈丈，在我心里却堪比虹巢。紧靠东墙，一字摆书橱、写字台，靠西墙新置木床一张。敬请陈巨锁先生写四条屏元遗山《台山杂咏》，由曹文安兄精心装裱，悬诸南壁。后又恳求姚奠中先生题写了斋号。

先生提笔问："斋号起了啥名？"我说："还没起呢，想听听先生意见。"先生说："最好还是按自己想法命名。"我觉得自己平时工作很忙，只有业余时间钻在书房看书写字才能缓解压力，便随口说："聊然斋吧！"

姚先生点点头，伏案染翰，以行书题写了斋名。先生端详一番，觉得"聊"字欠妥，便再写一次。我把先生墨宝以红木镌刻，石绿嵌染，置诸书橱顶头，开门便入眼帘。有两位书家墨宝装点，书斋顿焕光彩。

后来，我又添置了不少书籍，书橱里整齐码放，满满当当，充溢着书香气息。这便是我拥有的第一间真正的书斋了。

过几年，女儿开始上学，也需要一个学习的天地，我只好把书斋让了出来。灯光下，妻子辅导女儿完成作业，我在外屋的餐桌上看书、写字，书斋似乎得到了传承、延伸、拓展。不过，有时技痒，也和女儿抢着用用书桌，惹得妻子一阵不满。

记得当时还诌了几句打油诗：

楼上吾家小屋宇，
萤窗盈丈书环堵。
娇儿摊卷饶言催，
内子倚门骂声数。
宣纸砚田理不开，
客厅餐桌聊为补。
年年入夏坐如蒸，
仰盼清凉及时雨。

书斋窗前有一排茂密的槐树，不知何时，其梢头已蹿至窗外。清风吹起，那繁茂的树冠，忽而涌动，忽而翻卷，甚有“堆烟难收”之感。槐花开后，那白花簇拥着绿浪，如烟波中泛起的水沫。花香入室，蜂鸣如阵，心头不由得泛起“眼前槐影承露泽，耳畔风（蜂）声伴书生”的联句。

一年开春，书斋窗前忽然飞来两只斑鸠，灰灰的羽毛，红红的眼圈，环颈长一周细碎的文斑。你望它，它会用惕惕的神态对望着你。两只斑鸠每天落在窗前，太阳出来时就会发出“咕——咕——鸠”的啼叫，悠扬而急促，细品还有陶埙的古韵。

多日不曾理会，不知哪一天窗的右下角忽然添一草窝，外围以杂草木棍与护栏勾连。又过几天，草窝里居然卧有三枚鹌鹑蛋大小的白皮卵。傍晚，小女悄悄趴在我耳边，神秘地说：“斑鸠落在草窝上一动不动。”——哦，是两只小生灵开始孕育后代了！它们的到来，为书斋平添了不少情趣。

这一段时间，书斋静谧了许多。白天，我们上学的上学、上班的上班，窗外，两只斑鸠轮流抱窝。晚上，我们蹑手蹑脚就着微明的灯光静观窗外，一只斑鸠静卧窝巢，明亮的眼睛不时眨着，温暖而安详；另一只守候在周边，像执勤的护卫。我想多瞧一阵子，又被女儿牵衣角拽开。

半个多月，一天偶尔站在窗前，忽然不见了两只斑鸠，草窝内，蛋也不翼而飞，只剩灰灰的一团羽毛。我一时有些怅然。女儿放学回家，我把斑鸠飞走的事儿告诉她。她跑过去看了一会儿，惊喜地跑过来告我：“那灰羽毛是两只小斑鸠！”

我返回窗前细瞧，可不是么！那灰灰的羽毛蓬蓬松松，稀疏柔软得让人怜惜。凝视一番，才发现那羽毛中有两颗微黑的脑袋，一动不动，伏在那里。两只小可爱也不像刚出窝的麻雀一样嚷吵，只是宽大夸张的喙微微发出嫩黄色的亮光，让你心底浮起生命诞生的无量欢喜。

过一会儿，斑鸠爸妈飞回来了，轮流伏在窝巢，也不见喂食，只是隔一会儿就又不见了踪影。天下起了小雨，斑鸠爸妈终于飞回来伏于窝巢，翼蔽着子女。半日不见云开，女儿就用花叶卷一小筒，盛满煮熟的米粒，轻掀窗户，递到斑鸠妈妈嘴边。斑鸠妈妈不飞也不吃，只是扑闪着晶亮的眼对望着。过一会儿再去看它，米粒竟吃光了。我忽然更深刻地懂得了鸥鸟忘机的道理。

小斑鸠渐渐长大，也不知道它们怎样学会了飞，但它们一家的影子时常在浓密的槐影中穿梭，并不时发出“咕——咕——鸠”的叫声。凝视着穿梭往来的斑鸠，我豁然开朗，再高雅的书斋，只有置身于人世凡间，和光同尘，才会更具生机和活力，也更具价值。

这一年，我下到县里任职，这一下就是十多年。其间，女儿由小学升初中、高中，再到大学，一切都很顺利，书斋是她刻苦用功、圆梦成真的地方。我到书斋的机会自然更加少了，只是节假日偶尔到书橱取一两本书，在外屋的餐桌边、沙发上翻阅大半日，充实易逝的时光。窗外的斑鸠也一直没有挪窝，繁衍了一代又一代。有时，我从县里回到小院，不经意间发现院中的斑鸠更加多了起来，槐枝头、草丛中、屋檐上随处可见。尤其是早晨红日初升，那“咕——咕——鸠”的啼叫此起彼伏，催我起床，催我迎接新的一天。

2019年春节，我从县里调回忻州，又乔迁花苑新居。楼层居中，厅室宽大。妻子专门辟一向阳居室作为我的书斋，桌椅、书橱一应新置。坐在新的书斋，自然要比以前冬寒夏热的顶楼舒适多了。书案前，我养了一盆文竹，伏在案头近观，既有松的苍翠，又有竹的高洁。对面粉壁悬挂陈巨锁先生绘制的五台山黛螺顶的中国画。背靠书橱，尽藏所爱书籍，空闲处摆小铜瓶一对，内插友人赠送的干枝梅数枝。闲暇时日，我会安静地坐在书斋，清茶一盏，或看书，或写字，既为充电，也为放松。

书斋窗前有一排银杏树，每到深秋，那树叶变得金黄。秋风吹过，黄叶飘零，落得满地都是。有人常到树下摄影留念，我站在书斋窗前看着来来往往的人们，感慨良多，不由得口占几句：

清词淡墨满书床，
瘦竹疏梅吐暗香。
窗外数株银杏树，
几番风雨看秋黄。

市里任职的妻子越来越忙了，少有闲暇，外地工作的女儿也多时不得相见，我不由得怀念起早年的时光，那租赁的小屋尽其而用的温馨，父女窥视窗外抱窝斑鸠的欣喜……

年前，我把“聊然斋”更名为“葆光书屋”。

2021年10月

故乡的野菜

我出生在晋北雁门关下滹沱河畔的一个古老村庄，故乡望山傍水，处于平川河谷地带。说起野菜，种类虽说比不上山区，但有滹沱河水的滋养，品种也不算少。作为“60后”，我儿时也是吃着野菜长大。现在，味蕾还是对野菜有着情有独钟的眷顾，儿时的话题和乡愁也往往从野菜开始。这几年回到故乡，和乡亲们一块儿吃饭总要点几盘野菜，但那滋味总和自己亲手挖来，由姥姥或母亲亲手调拌的不一样。亲朋告我，这几年随着地膜和除草剂的广泛使用，野菜也快绝迹了。现在人们把野菜种在菜地里，成畦成片，现吃现挖，虽然冠以“野菜”的名分，但味道已不是很正宗的了。

于是，春夏的假日，我经常挎铲提兜到西山的坡梁上挖点野菜回来。母亲和妻子按传统的手法或凉拌，或蒸烤，虽然孩子们疏于动箸，但在我们津津有味的品嚼中，准能再次嚼出青涩苦味的话题。

现在春天来了，按以前的惯例又到了孩子和女人们挖野菜的季节了。

先说说苦菜。苦菜的种类很多，晋北一带苦菜通指一种学名叫“苣”的野菜，分甜苣和苦苣两种。甜苣叶小而偏圆，色泽鲜绿，根茎白嫩，体内有白汁，微苦。苦苣叶大，稍带灰色，长势猛，边缘呈锯齿状，味苦如黄连。人们所吃的苦菜即前面所说的甜苣。甜苣适应性非常强。春风吹过大地，坡垴沟梁，平原河谷，随处都能找到这种野菜。在北方，它在百草中也可称作唤醒大地的使者。苦菜刚破土，你必须带上铲去挖。这种铲是农家特制的一种挖菜、松土的工具，手掌大小，有木柄，安装鸭嘴状的金属铲片。这时的苦菜以根为主，白嫩如藕，顶梢掰开两片翠芽。开春的苦菜积蓄了一冬的养分，吸收了春天的阳光和水分，最是营养鲜嫩。等到入夏后，菜根努出了嫩叶，渐宽渐展，像微小的芭蕉叶。这时不必带铲，手拔最为方便。苦菜的吃法很多，最常见的有两种。一种是凉拌。洗干净的苦菜在沸水中慢焯，待颜色变翠绿，过凉水，沥干切碎，放葱花、蒜末、精盐、花椒，以沸油炝之，淋醋少许，调拌均匀即可。凉拌苦菜清爽解暑，佐以下酒最好。近年繁峙人发明特色小吃，把焯后苦菜捞入矿泉水中，配以同样佐料，最后淋香油，连吃带喝，更为爽口。另一种是热蒸。把苦菜剁碎，与擦碎的土豆丝儿拌在一起，加适量佐料，后放入油琐琐（猪羊肥肉出油后的油渣）、野小蒜提味搅拌均匀为馅儿。擀红面或莜面为皮，包裹之，成饺，成墩，上笼蒸十余分出锅，家乡人曰“角角（jia jia）儿、囤囤（dun dun）儿”，清香扑鼻，滋味绵长，最宜中老年人食用。还有一种，是把角角儿做得更瘪一些，用煎烤的办法来做，烤熟后叫火烧，外焦里嫩，香气弥漫，煞是受用。现在的厨师图省事，用油炸来代替煎烤，已失去了正宗味道。顺便说一句沤苦菜，其制作一般在深秋的山区农家。准备好腌制用的坛子，苦菜洗好后，在开水中稍加过水，晾干入坛，层层撒盐，注凉开水，封盖，置阴凉处发酵，入冬后即可开封食用。1985年冬，我在代县胡家滩乡蹲点（草垛山下的一个小乡，现已撤并），每天大师傅总要上一盘苦菜，搁生葱末，淋生胡油，稍加调拌，吃在嘴里微苦但清爽，微臭（非臭豆腐味道）却悠香，经久难以忘怀。后来我到繁峙工作，特地从山民手中买回一坛沤苦菜，吃了两顿，妻说味道不对劲儿，就连坛子也扔掉了。

早春的田野上，与苦菜一块儿破土的一种野菜叫茵陈，也可食用。茵陈老了以后叫茵陈蒿，可做中药材，利湿、清热、解毒。晋北的农村，人们一冬睡着火炕，攒了一冬的火气是该清热解毒一番了。桃杏花开的季节，带上铲铲，背上兜兜，在树林深处转转就可发现这种野菜。茵陈喜阳耐旱，与胡萝卜叶相仿，只是表面生一层银灰色的绒毛，手握上去像触到了小鸡的羽毛，绵绵的，感觉特好。这种野菜与白面、红面或莜面拌在一块儿，蒸窟垒（窟垒也叫拨烂子，晋北农家常用白面或莜面与土豆丝搅拌蒸熟而成，作为主食）是最好吃的了。先把茵陈洗净，晾半干状，加面粉搅拌，上笼蒸熟。佐以小葱、小白菜、辣椒、芫荽等凉调时蔬，食用最佳。茵陈出锅作絮状，幽幽散发着清香，飘荡屋内经久不散。食后增加纤维素，清肠利胃，提高消化功能。

“二月半，挑小蒜”，这是晋北人熟稔的谚语。小蒜可以叫作野菜，也可以当作调味品。二月的春风从原野吹过，小朋友们趁着东风放起了纸鸢，大地和天空开始苏醒躁动起来。小伙伴们出去放风筝最好带上小铲，顺便挑几把小蒜。没有在农村生活过的人一般很难分清小蒜和白草。表面看上去叶儿都是绿绿的、长长的，随风起伏着、飘动着，但不认识的人挖小蒜往往挖出了白草根，费力不小，不见成效。这倒不必烦恼，挖前你最好用指尖掐一下，嫩者肯定是小蒜。小蒜又名薤白，很早以前就进入了古代文人的诗歌文章当中，汉代的《薤露》杂言诗“薤上露，何易晞”当是很有名的了。小蒜味道灵，增食欲，凉拌热蒸，调味做馅，深受人们喜爱。只是二月一过，庄稼一蹲苗，就再也难以找到它们的踪影了。

马齿菜，学名马齿苋，也是一种很好吃的野菜。喜生于下湿地带，贴地匍匐生长。叶厚作鹅卵状，茎肥作玉箸状。叶碧绿，茎紫红，称其琼枝玉叶最为合适。马齿菜喜与大白菜、胡萝卜、番茄、辣椒等蔬菜共生。儿时我常跟着姐姐和小朋友们到河湾菜地拔这种野菜。宿雨初霁，这种野菜生长最为旺盛，盘盘朵朵，枝枝叶叶，几株就是一大把，不一会儿，竹篮就盛得满满当当，可以回家了。"少年不识愁滋味"，只有自由，只有快乐，那拔野菜的情形现在想来还真有一番"采'苋'东篱下，悠然见南山"的感受呢，只是思想的画面里为一群儿童，更为欢快明净罢了。马齿菜与红面鱼儿是最佳搭配（红面鱼儿是用红面搓制而成，状鱼非鱼）。姥姥是做红面的高手，两只手同时搓，一次可成八根，几个人的饭顷刻间就可搓制完工。把马齿菜切碎放盆内，与红面鱼儿一块儿蒸制二十分出锅。再把马齿菜装盘，撒精盐、蒜末、葱末，用筷头蘸取生油数滴，淋醋、酱油，调制均匀。再与红面鱼儿搁一块儿调拌食用，滑爽可口，香染舌本。如果再配点儿西红柿丁、黄瓜丝儿、搅醋丝儿（代县一代特制的咸菜），炸几段辣椒，那就更是别有风味了！

其实，故乡的野菜何止这些，慢慢道来几天也难以道完。在这漫天的春风里，我默默坐在书桌前，望着高楼下光洁的石板大院，孩子们沐浴着春天的风，嬉笑着、追逐着，享受着他们的幸福。我忆起这些，并诉诸文字，只是想让我们的下一代人读到这段文字时，能体会到我们这代人曾拥有过的快乐和幸福的滋味。

2022年2月

吴王鉴

近日，翻阅李培林先生编著的《文明寻踪》一书，有《攻吴王夫差鉴》的篇目，文中说，吴王夫差鉴，清代同治年间，在代县蒙王村出土。鉴是古代一种盛水器，也用来盛冰。吴王夫差鉴通体高40厘米，口径70.6厘米，平唇，敞口，直颈，腹部呈弧形，平底。鉴体两侧有一对对称的兽首衔环，兽体上面有匍匐着小兽，另两侧又有一对卧虎，口部衔鉴的唇部。鉴体腹部有羽毛纹和垂叶纹。器物腹壁铭文3行13字，“攻吴王夫差择厥吉金，自作御鉴”。《史记·吴太伯世家》载，吴王夫差立于周敬王二十五年（公元前495年），在位23年，被越王勾践所败，自刎而死，卒于周元王四年（公元前473年），铸造此鉴年代在公元前495—473年。此鉴造型和花纹独特，在晋国铜器中罕见，现存放于台北故宫博物院。在上海博物馆也珍存一件同样器形，只是比此鉴鉴体高5厘米，口径宽3厘米。另外，在中国国家博物馆也收藏一件同样器物，被称为国家级文物。

据考证，远在江南的吴王重器“吴王鉴”之所以能够从山西出土，是因为一次历史性的会晤。会晤的时间是公元前482年，地点是黄池，人物是吴王夫差、晋定公、鲁哀公等诸侯。时间和人物已经定位了时代的背景是列国争霸的春秋时期。历史把这次发生在黄池的事件命名为“黄池会盟”。

会盟这个事，从来不是简单的会面和结盟，而是为了实行霸主政治的手段。吴王夫差作为这次会盟的发起者，初衷自然也是一种毫不掩饰的野心。没错，他是来称霸中原的。但这事情得会商、争论、谈判。经过无数次口水战还不能解决问题的话，那么只有兵戎相见了。都是带兵来的，都是以“盟”的名义，却准备大动干戈。夫差称霸最大的阻力来自晋国，晋国的底气当然是因为他们的家谱上曾经出现过当仁不让的霸主——晋文公。历史没有给鲁哀公留下发言权，至于其他诸侯国也是被一个“等”字一笔带过。霸主的争夺权最后在吴王夫差和晋定公之间展开。吴军的阵容有成语“如火如荼”为证。《国语》中记载：“万人以为方阵，皆白裳、白旗、素甲、白羽之矰，望之如荼。左军亦如之，皆赤裳，赤旆，丹甲，朱羽之矰，望之如火。”而晋军亦毫不示弱，《史记》云：“赵鞅怒，将伐吴。”

不得不说，春秋时期诸侯混战的历史是一笔糊涂账，由混战又引发的结盟、背盟也是一笔糊涂账。就像史书中无法说清楚“春秋五霸”到底是哪五霸一样，史书同样没有说清楚“黄池会盟”的霸主到底花落谁家。《史记·吴太伯世家》记载“赵鞅怒，将伐吴，乃长晋定公”，但《史记·晋世家》中却出现了“定公与吴王夫差会黄池，争长，赵鞅时从，卒长吴”，这两种结果不仅矛盾，且都是灭自家志气，长他人威风。《史记》一书中出现这样的分歧和纰漏，是因为《史记·吴太伯世家》的记载是以《左传》为依据，《史记·晋世家》则以《国语》为佐证。

几千年后，吴王和晋定公之间的争霸已经成为《左传》和《国语》之间的争议，在此，就不予评判。重要的是吴王从江南带到黄池盛水的一件青铜器皿被晋定公带回了晋国，也就是被后世称为“吴王夫差鉴”的文物。

却说这只见证了春秋风云和黄池之会的宝物，究竟是作为吴晋的见面礼到了晋国，还是因为会盟尊晋为长的凭证，都已经无法考证。但此物到了晋国之后，却极可能是因为赵鞅在黄池一怒的功劳，晋定公便将“吴王鉴”赏赐给赵鞅。“三家分晋”后，赵鞅的后人自然将这个宝鉴带回了赵国，于是，“吴王鉴”辗转到了雁门大地。两千多年后，从代县蒙王村出土。

代县蒙王村是我的家乡。

蒙王村，本为“蒙亡村”，相传为蒙恬将军罹难地，后因忌讳改为“蒙王村”。历史上的蒙恬是否真的来过此地，尚无确切记载，但代县还有扶苏庙、杀子河、红泥湾、赤土沟，关于蒙恬和扶苏的传说，一直在雁门关下流传。

但蒙王村出了国宝，却不是传说。倒是出国宝的荣耀，又衍生了传说。儿时，姥姥曾给我讲过这样一个流传很久的故事：从前，一位收古董的先生来到蒙王村，转悠三天，最后在王家西大院看中一只锈迹斑斑的鸡食盆。古董先生提在手里敲敲，以比废铜烂铁稍高出价，王家主人翻倍还价，古董先生面露难色，收摊回城。第二天古董先生又至，稍作压价，最终成交。

几天后，代州城传出蒙王村发现国宝的消息，王家主人忙到代州城找到古董先生。

问：“你敲那鸡食盆，分明破铜烂铁声。”

答：“那是瓦音。”

问：“黑、大、粗、愣，还是宝贝？”

答：“年代久远，全国也没几件。上面有铭文，更为稀世！”

问：“可否再作一观？”

答：“已转手其他古董商！”

……

兴奋之际，便打开“蒙王村民”微信群，把《文明寻踪》篇目内容，包括吴王鉴、铭文照片一并发于群内。少顷，世居蒙王村王家东大院的王文贵爷爷打来电话：“我也听我爷爷说过此事。吴王鉴原来在王家西院，也称旗杆院，当鸡食盆，好几代都无人问津。古董商收走后几经辗转才入了故宫。”

文贵爷出身可有点来头，在村里说句话也是有分量的。他爷爷王绩世曾当过民国时期内蒙古清河县的县长，是一位有文化的开明人士，告老还乡后组织村民修了不少淤滩地，村民现在还经常传颂这位一百多年前的县长。

我的祖上居住在王家南大院。小时候，我常到西大院玩耍。记忆中的西大院，砖碹大门楼雕刻精美，大门两侧有石鼓、上马墩，门内大照壁堂皇气派，正中镶有青砖雕刻的麒麟，人走到哪个方向望它，它的眼神都与你对视，很是神秘。旗杆虽不复存在，但旗杆院，确曾出过显赫的文人。至于吴王鉴是否真出于此院，怎样来到此院，又是否真被后人当作鸡食盆让古董商低价买走，这些已经不得而知了。不过仔细想想，出土于王家大院极有可能，至于当鸡食盆，被古董商低价骗买并在古董商间流转，后存于故宫博物院，恐是民间流传过程中不断添油加醋，演绎成了传奇。

从春秋时期的黄池会盟，到同治年间从蒙王村出土，在这两千多年里，“吴王鉴”在波澜壮阔的历史长河中经历过怎样的跌宕和起伏，有斑斑锈迹为证。现今，曾经的诸侯重器成为国家级文物，珍藏于台北故宫博物院，是其自身的造化，也是历史的归宿。

就如自己案头经常临习的《猎碣》，其几经劫难在陕西凤翔昭示世人，我常为“牧童敲火牛砺角”“漂流百战偶然存”的千秋古鼓而喟叹！这“吴王鉴”的身世和归宿又与之何其相似。难道冥冥之中真有“定数”？大凡神器，似有神护，其漫长经历若山中溪流，历经千难万险，百折千回，终归“半亩方塘”，照鉴天光云影，静察世间百态。古今成大事业大学问者，其阅历又何尝不是如此！所谓定数，不过“为有源头活水来”而已。对于吴王鉴来说，自然首先是国宝重器，年代久远、战乱频仍、人事更迭、凡人不识是客观障碍；于猎碣而言，必须是勒有田猎文字的石鼓，“牧童敲火牛砺角”“日销月铄就埋没”是客观现实；成就事业学问者，须是有志向者，“昨夜西风凋碧树，独上高楼，望尽天涯路”；“衣带渐宽终不悔，为伊消得人憔悴”；“众里寻他千百度，蓦然回首，那人却在灯火阑珊处”是必由之径。

读史明智，贤哲诚不我欺也！

2023年3月

乡村夏日

到城里居住已整整三十八个年头了。每入夏，溽暑难耐，便自然要念叨起乡下老家。那瓦屋、小院，村中的古槐、柳荫，村南的大河、沙洲……这是最可回忆的了。现在，城里的条件变得越来越好，炎炎夏日里家家户户装了空调。但回味消夏的滋味，还是乡村最好。

说消夏首先应从住房说起。在老家，不论贫富，家家户户都有一处院落。20世纪60年代末，父母在村西盖起了一座小院。坐北朝南三间五檩瓦房，砖瓦木质榫卯结构。这种瓦房在晋北一带是非常寻常却又非常有名的。细砖雕花，檐牙翘角，兽脊高筑，像极了一个气宇轩昂的乡间绅士。这样的建筑结构，不仅外形气势不凡，且保温和采光极好，冬暖夏凉。后来，父母又在院西盖起三间平房，栽梨树两棵，打水井一眼。小院大门南开，门口植垂柳一株。宁静安逸的小院里，姥姥在窗前垒砌花坛两格，种植石榴花、石竹花、海纳花、金枝荷叶花。花坛前又辟出几畦菜地，搭架栽蔬，种瓜点豆，为全家供应着时令蔬菜。院子不算大，但绿荫婆娑，花红蔬鲜，充满着农家气息。我的童年就是在这个院里度过的。

夏天来了。姥姥早早就从柜底翻出那挂用了多年的竹帘，洗了又洗，擦了又擦，每根竹条紫红晶亮，闪着经年的包浆。一个阳光明媚的上午，姥姥打扫庭院，屋里屋外清水压尘后，便挂起了那挂竹帘。竹帘是乡下度夏的必备家什，遮蚊拦蝇，换气通风。放学的时候到了，姥姥和平时一样把饭菜摆放在当炕，便隔着竹帘等着我们回来。姐、弟和我鱼贯跑进家中，各自额角沁着细细的汗珠。随着身后的“啪嗒”声响，我们才发现竹帘挂起，夏天已经来了。瓦屋内凉爽宜人，好风穿过竹帘的间隙，与纱窗上的风对流起来。不一会儿，就拂去我们额头的热汗。

一入伏，学校就开始放假。暑假是儿童们掰着指头期盼的日子。暑假一放，儿童们就自由了。村南滹沱河是孩子们度夏的最大乐园。

晌午时分，烈日暴晒下的大地渐渐炽热起来。午饭后姥姥催我们午休。我和弟是睡不着的，靠着窗户假寐，侧耳倾听大门外的动静。不一会儿，小伙伴们便在门口叽叽喳喳，发来出发的暗号。我和弟蹑手蹑脚穿上鞋，挎上箩头一溜烟跑出了大门。这时，身后会传来姥姥急促的吆喝声，我们全然不顾，知道小脚的姥姥是追不上我们的。

出了村我们照直朝大河而来。小伙伴们先在河边选几棵垂柳，手上唾几口唾沫，麻利地攀上树干，随手折几枝柳条编个凉荫帽。天再热，河边也是凉爽的。骑在树杈上随清风悠荡，耳畔响着各种鸟叫声，丝丝的风不时从凉荫帽上掠过。这时，大河里的水温正好游泳，小伙伴们迫不及待地解衣脱裤，几个水性好的快手一猛子扎入河中，一口气就游出几百米远。出水后摇头甩水，像几只拨浪前行的野鸭。我们水性差，先是狗刨，再是水仗。嬉笑声、浪花声打破了宁静的河面。水中游泳清爽透体，哪还有暑热的感觉呢！

水中玩会儿，便开始捕鱼。找个水草丰茂的河湾，有的伏在水中用手摸，先是照着水下草窝小心翼翼探出手，又迅猛地捂过去，这样往往能逮住大鱼。有的站在岸上，撅着光屁股往箩头里使劲刨，鱼虾在箩筐里银鳞闪跳，围观者不时惊呼“又一条大家伙”！

上岸后，是另一种凉爽。清风吹过湿漉漉的体肤，水分蒸发着，若不是艳阳当空，还会禁不住打个寒战。河中片片沙洲，有的落着水禽，有的齐齐整整长着茂密的蒲苇。微风吹来，蒲苇泛起层层绿浪，波纹一直会延伸到很远的地方。我们随着绿浪奔跑，不时“惊起一滩鸥鹭”。

河的对岸即清凉胜境五台山，山色澄碧，时有白云拂过。望着绿水青山，白沙芳渚，我会情不自禁捡根小木棍儿，在开阔平坦的细沙滩画起画来，那明利媚好的线条、稚拙随意的儿童画，往往博来伙伴们的阵阵喝彩。我当时不悟“如锥画沙”的道理，只是心里愉悦专注，手下痛快流畅，欲罢不能。

赤日炎炎，树下纳凉也是一种享受。村中定祥寺旁的一株老槐，已有上百年的历史，枝繁叶茂，浓荫蔽日，喜鹊、斑鸠等各种鸟儿落于枝头，不时发出“喳喳喳”“咕咕鸠”的叫声，树上鸟、树下人共享老槐的阴凉。午休过后，几位老者带着马扎，手持旱烟袋来到树下。少顷，东家的奶奶、西家的婆婆也摇着芭蕉扇聚拢过来。那聊天，不紧不慢，时高时低，有意或无心，如风似雨，随意悠闲。村中的家长里短，队里的大事难事，都能在这里说个道道，做个评判。尽管有人说咸吃萝卜淡操心，试想，乡间多少岁月不是这么咸吃淡操过来的。

村西有棵大柳树，三人方可合抱，树冠葱茏。那柳梢丝绦般拂着过往行人的头顶，随手折一枝，稍拧便可皮骨分离。做一枚柳枝哨，放在嘴里轻吹，便可发出清越的声响，这也是乡村夏日特有的清音了。大柳树南是成片的庄稼地。晌午时分，媳妇们来到柳荫下，有的做着针线活儿，有的择韭菜、簸豆芽，准备着午饭。锄地的人们来到树下歇息，用草帽扇着凉风，随口问道：

“老根嫂，中午准备给老根哥做啥好饭？”

“韭菜包子！”

“嘿！韭菜好东西，不要忘记再给老根哥打几颗鸡蛋，好好补补！”二侯挑逗道。

“二侯，嫂子也是你逗搭的？虫豸！”老根哥气得络腮胡抖动。

人们哈哈大笑，老根嫂也羞红了脸。二侯是村里有名的快板大王，见老根哥骂他，马上就现编一段：

王老根，
你好像个外国人。
牙柱白，
齿龈红，
满脸胡髭毛烘烘，
当中圪挟个红星星！

欢笑的声浪又是一波。田野里热浪滚滚，柳荫下和风习习。

傍晚，暑气渐渐消退。饭后我们坐在檐下沐着晚风，父亲品着茶，姥姥摇着扇，妈妈会从廊柱上摘下一辫艾药点起来。轻烟氤氲，艾香弥漫，驱逐着来袭的蚊子。这时，父亲会出几道数学题，“鸡兔同笼”“弟兄分桃”“韩信分油”……妈妈会教我和弟弟背几段古诗文。偶尔，姥姥也会出几个谜语，让大家苦思冥想一番。

夜静了，我和弟毫无睡意，就会攀梯登上西房，躺在凉爽的屋顶仰望星空，寻找着迷雾状的银河，指点着牛郎星、织女星，辨认着北斗星座和闪耀的北斗星。天空幽黑深邃，引起我们无限的遐想。

这时，晚凉中的乡村更带几分玄远，人高眠，犬遥吠。

2020年5月

童年的大河

难忘童年。更难忘童年时代在大河边度过的那段岁月。

大河名叫滹沱河。离河不远有一河神庙。在我四五岁时，村里来了一批知识青年，他们就住在河神庙里。那时，父母都在外地教书，我随外祖母生活。村干部选派外祖母到庙里为这些大都市来的知识青年做饭。每天清晨，天还没有大亮，外祖母就到庙里做饭去了，我依然安睡在被窝里。等到七八点钟，外祖母做饭回来了，我也睡足了。那时，家里养着一群鸡。平时去庙里的时候，外祖母总要带上我。我在前面提着鸡笼走，芦花老母鸡“咕咕咕”地跟在后面，外祖母拧着小脚，也快步跟上我们来。到了河神庙，外祖母坐在山门的台阶上做活计，我便将小鸡放出笼子，任其在河滩草甸上啄小虫子。我一会儿跟上小鸡跑一通，一会儿又在草甸上翻跟斗。河水在不远处流淌，闪着亮亮的波光。我问外祖母那是什么，外祖母说那是河水，能淹死人。因此，我每天在河边玩，却不敢靠近河水正眼看一看。

长到七岁时，一天，房后的二黑背着筛子，领着一帮娃娃叽叽喳喳从我家门前走过，我问他们去干啥，他们说下大河，我便怯怯地加入了他们的队伍。那些年月，滹沱河经常发大水，家长怕发生意外，是很反对孩子去河里玩的。外祖母常指着白茫茫的大河说：

“那地方有红眼猴子，小孩子一个人去了，就会被红眼猴子抓去当驸马。”今天有大孩子领着，我便少了些胆怯，再说我也长大了。

走过河神庙，一群孩子三三五五先后登上沙堤。走到这全新的天地，看什么都感到新鲜，一条大河由东而来，向西流去，宽宽的，缓缓的，是那样和平而自然。河水占不满河床，一段儿流向南岸，一段儿流向北岸，中间留下了一片白白的沙洲。大河两岸，河柳一片接连一片，树间笼罩团团水汽，如烟似雾，梦幻一般。绿绿的稻田和蒲苇齐齐整整，随形就势，铺向远方。向河对岸望去，万绿丛中有人影时隐时现，那么小，像外祖母描绘的小人国里的人儿。走下沙堤站在河岸上静观河水，脉脉的，清清的，水底的黑沙石、白苇根清晰可见，一群群针尖般的小鱼，游来荡去，轻轻盈盈，一踏脚，便不知遁向何方。不远处，几只小鸟黑背白头，尖喙长腿，时落堤岸时落沙洲，跑起来，脚步颠儿颠儿地特轻快，停下来，又一动不动。等它不动时，轻手轻脚前去捉它，它却全然不理，眼看就要捉到了，它才叽地叫一声，振翮而去。二黑告我，那小鸟叫河鸡。长天丽日下，还不时从云际飞来一种关关鸣叫的大鸟，灰羽长颈，时而空中翻飞，时而俯冲入水，待从水中飞起，嘴里往往衔起一条半大不小的白鲢鱼来。二黑告我，那鸟叫捞鱼鹳。其时，几个大一点的孩子已麻利地脱光衣服，扑通扑通跳下河去。这些大孩子是这里的常客，他们一会儿扎猛子，一会儿玩狗刨，一会儿又站在河岸上来个倒栽葱的绝招，有的还用泥沙将脸涂成黑包公，向我们做鬼脸。玩累了，又一齐站在河岸上，露出肚皮，夹起小鸡鸡向河水里撒尿，看谁撒得远。我虽不敢下水，但也忘情地又跳又叫。在这方新天地里，我也说不出地兴奋。

游泳游够了，又开始捕鱼。在水草多的河道里，二黑与几个拿筛子的孩子一筛接一筛地捞，我们站在岸上直盯盯地看着翻飞的筛子。一场空，又一个一场空，清水被搅成了浑水，浑水被搅成了泥水，忽然，二黑的筛子里一巴掌大的白片在乱蹦，紧接着就是几声变声变调的呼喊，“一条大家伙！一条大家伙！”然后连筛带鱼扔到河岸上。我们跑过去，几只手忙乱着把蹦跳不停的鱼捉进脸盆里。

有了第一次，也就自然会有以后的两次、三次……几次过来，我不但没有看见外祖母所说的红眼猴子，反而发现大河边的世界要比家里精彩得多，好玩得多。以后趁外祖母不注意，常常挎上箩头，独自到河里捞鱼。每次出去，总是很晚才回来，不是泥了鞋，就是湿了裤。回到家里怕外祖母责骂，先把箩头放在僻静的地方，然后轻手轻脚进家门。尽管我能编一些谎言，但湿裤泥鞋怎能骗得了外祖母的眼睛。

七岁那年秋天，我走进了校门，从此便失去了往日的自由自在。学校设在村南，离河不远，河边的蛙声时常能传到校园，勾我神游河边。每当老师讲那些枯燥的数字时，我就单臂撑着脑袋，凝望窗外，望着望着，眼前就会幻化出一幕幕河边的景色。

再长大一点，在大河边割草就成了一件既劳累又快乐的差事。夏天是积肥的好时节，而滹沱河畔则是人们打草的最好场所。那时父母年轻力壮，每当放暑假的时候，便率领我们全家老小到滹沱河上游去打草。父亲挥动着比我还要高的特制大镰刀，在茂密的蒲苇丛里不停地刈割，我们紧跟在后面不停地往一块儿刨。往家里运草，河水是最好的运输工具。只管把一捆捆的蒲苇往河里扔，扔完了，大人们便不紧不慢地吃着干粮到村头去等候草捆漂下来。我却懒得走，衣服脱个精光，躺在草捆上，太阳暖洋洋照在肚皮上，草随水流，人随草行，晃晃悠悠，向村头飘来，真个是神仙一般。岸上割草的人们见了，就说：“小心捞鱼鹳啄掉你骑沟里那个小雀雀哩！”接着，便是一连串的笑声，也不知是水在笑，还是人在笑。

滹沱河也有它发怒的时候。有一年秋天，我们正在上课，突然下起了大雨。震耳的雷声不时从东天滚来，震得山摇地动。雷停了，雨住了。不一会儿，校园外有人高喊：“河里发大水啦，快去捞东西喽！”老师们也顾不上讲课了，领上我们一路小跑向河边奔去。离沙堤还有一里多路，就能听到河水的轰鸣声，大地也好像在颤动。上了沙堤，堤上已站了好多村里的男女老少。洪峰泛着白沫卷着雷霆一个接一个涌来，像巨蟒在飞窜，像无数匹不驯的野马在狂奔，冲刷着堤岸，淹没着大片的稻田。一些身体强健水性好的后生，用绳子捆上腰，站在河边浅水里用长竿打捞东西。突然，几个同学指着洪水直呼叫，人们定睛往水里看时，哎哟，原来是漂着一个人。打捞的人们慌忙用竹竿乱钩。慌乱中，一个人的竹竿忽然绷紧了，我的心简直提到了嗓子眼上，突然一个巨浪打来，竹竿晃了几晃，绷出水面，竿头的铁钩上搭起一个挂满泥浆的布衫。其余的人再打捞时，那人已被排山倒海的浪涛早卷得没影儿了。人们望着滚滚西去的波涛叹息着、哀惋着。堤上老人举起被风张得鼓鼓的衣袖，擦拭着浑浊的眼泪。而我却一直在想，那人还能活下来吗？下午，洪水渐渐退去，我们又来到河边，听说有人捞起了家什和盖房的木材。我们捡回了山药和香瓜，这大部分是上游人家的血汗成果。

冬天，滹沱河失去了往日的喧嚣，大雪一过，河面就封冻了。寒假里，早饭还没吃完，左邻右舍的孩子就提上冰车在大门外等候了。我将饭碗一推，从柴火堆里刨出早已准备好的冰车，与小朋友一溜烟向大河跑去。镜子样的冰面没有一点尘土，心里乐滋滋地走上去，稍不留神，就会“咕咚”一下来个仰面朝天，帽子和冰车飞出去老远。我两眼直冒金星，两只手抱住脑袋不停地揉搓，心想脑袋可能摔开了。过了好一会儿，头不痛了，这时才发现两把冰锥还牢牢地攥在手里。于是，小心翼翼地坐在冰车上，冰锥轻轻一扎，冰车就像离弦的箭一般向前飞去。小朋友们你追我赶，一股劲向西滑去，一会儿就能跑出几里远。这时，我一个人坐在冰车上望着远去的长河开始纳闷，这光光的河面，到底哪里是个尽头？

玩得浑身热了，渴了，我们就用冰锥狠劲儿往冰面上捅几下，捡拾几颗冰块抛进嘴里，这腮倒那腮，“吸溜——吸溜——”真解渴；累了，就躺在河岸的蓑草上歇一会儿，冷风呜呜，草叶瑟瑟，别是一番滋味；凉了，就燃起篝火烤一烤。有时晚归，棉裤被洇水打湿了，就脱下来，在大风里赤屁股烘烤。

1975年，我升了初中，成了大孩子中的一员。用当时的话说，学生不但要学工、学农、学军，还要批判资产阶级。生长在农村，自然要学农了。学校在滹沱河畔开了一片荒地，搞试验田。春天，老师领着我们深挖土地，开渠修堰，播种插秧；夏天，积肥除草，灭虫浇灌，和村里社员干着一样的活计。要说苦，当数薅稻畦。清早，太阳还没有露头，我们就下河了，站在凉凉的水里，适应一会儿才能回过神来。中午，炎炎的阳婆照在脊背上，火辣辣的，水汽蒙在脸上，也不知哪是汗，哪是水。到了傍晚，蚊虫出没，叮在皮肉的任何一个部位，都会起个大疙瘩，更有一种叫“蒜瓣子”（学名蚂蟥）的小东西游在水里，随时都会悄悄地趴在你的小腿肚子上，去吸你的鲜血。开始你不会有任何感觉，等你有了感觉，那家伙的吸盘已深深地嵌进你的皮肉里。上了岸，看着腿肚子上趴着一个黑乎乎的软“皮囊”，鲜血直往外流，谁都会腿肚子发软。这东西用力拽是拽不掉的，只有沾上清水，用力拍打，才能分离开。如今想起来，大河边的那段学校生活，说不来是种什么滋味。

1977年，国家恢复考试制度，学校逐步走上正轨，学习任务加重了，然而河边我还是经常去的。有时我独自坐在白沙堤上出神地观望那长河落日、云树沙堤、北雁南飞、风舞芦花的光景；有时则站在田埂外观望那些一年四季在稻田里辛勤劳作的人，他们为创造美好的生活，年复一年地播种着。也就是从那时起，我对滹沱河——我的母亲河开始有了一些理性的认识。

1978年农历七月十六日，我考上了代县中学。进城上学的前一天，父母为我打捆着行李，外祖母围着锅台为我赶做干粮。我一个人不知不觉又踱到了河边，童年往事随着清清河水不时在眼前泛起。外祖母站在河堤上呼我回家吃饭，我在夕阳的余晖中离开我眷恋的大河。记忆中，那是我最后一次尽情地站在家乡门前的大河边。

哦，我童年的大河。

1990年8月

书画童趣

我从小生活在农村，记事起就喜爱书画。记得还没有上学，我照着母亲的照片画了一张铅笔画，拿到姐姐面前问：

“姐，你看这像谁?”

“妈妈呀!”

一群玩耍的孩子也围过来，惊讶地说：“太像柳老师了……”

后来，姥姥和母亲也拿着这张画，左看右看，端详着笑个不停。那张画现在看来应归于儿童漫画一类，稚拙的线条、夸张的眯缝小眼、上翘且宽大的鼻翼、齐肩的短发，上衣口袋还插教师的标配——一支钢笔。后来，母亲把画夹在教科书里，保存了很久。那是我给母亲画的画里令我印象最深刻的一幅。

正式学写字是小学一年级。晚上，母亲在灯下用小刀为我精削细剔，准备了两支铅笔。老师在黑板上写一“人”，我们在下面跟着写一“人”。多数小同学刚下笔吃不住劲儿，就不时传来按断笔尖的声音，紧接着便是小刀的削剔声——噌哧，噌哧……小朋友们的手指黑黑的，像从泥里拔出的莲根，每个人的桌沿上布满了细密的刀痕。

习毛笔字大约是从小学三年级开始的。母亲事前买了粉连纸(这种纸薄而光，字写上去浮浮的)，自己裁制装订成写仿本。准备了圆圆的小砚台（本地称砚瓦）、小墨块（本地也称昧mei）和大小两支狼毫笔。习字课设在每天下午第一节课。

老师给每人发一张仿影，内容现在还记得："领导我们事业的核心力量是中国共产党……"共三十六字，简体欧楷，正反两面，插入写仿本，映着写。

当时写仿都要自己研墨。研墨是去火气、耐性子的事。老师教我们："滴水要适量，磨墨要稳当。研好如糊状，孩瞳黑又亮。"

每天下午，我们用小水瓶盛上清水，早早来到教室，滴几滴，缓缓磨，然后用笔尖蘸墨点在纸上，比谁研的墨更黑更亮。当时出于好奇心和攀比心，都有耐心。现在磨墨少了，才能回味到"非人磨墨，墨磨人也"的道理。

大家照老师手授的五指拨镫法握笔，摹仿着标准的笔画和间架来写。大字写好后，再用小楷笔在空白处写几行小字（称调小字），作品晾干交老师审阅。写得方正好看的字，老师会用红笔打个"圈儿"，胳膊长或腿长不成比例的笔画，会打一"杠儿"。老师每次判阅后，同学们便迫不及待数自己吃了几个"圈儿"，"圈儿"多者舒眉开颜，"杠儿"多者，颦眉蹙频。

王老师非常认真，每画必过，每字必判，那黑色的点画与红色的圈杠交织在一起，煞是让人着迷。老师说我的笔性好，自然吃的"圈儿"多，有些字还打了"双圈儿"。我心里乐滋滋的，自然一次比一次认真。有时，老师还会拿着我的写仿本让高年级的同学看，令高年级的同学也羡慕一番。

孩子们的兴趣很大程度上是夸出来的。每天晚上，我会就着灯光多写几遍。家里没有书桌，就趴在炕上衬着姥姥的黑羊毛毡来写。有时纸张紧张了，就蹲在檐下方砖地上蘸清水写几行。几度春秋，几度寒夜，我的心中满是兴趣和快乐。

快过年了，姥姥打扫庭院，把玻璃擦得锃明瓦亮，然后在上面的窗棂上重新裱糊白麻纸，纸上粘贴各种剪纸小动物、丰收的瓜果和富有情趣的农家小景，满院充溢着节日的喜气。西房平时放置杂物，姥姥就会让我画点画儿，写点毛笔字，再裱糊在宽大的窗棂上。

正午的阳光暖洋洋的，屋檐下，我用几粒石子儿压纸，工整地写几行唐诗，再用小酒盅盛几滴清水，调配好姥姥画面塑的颜料，依唐诗意境，画几幅山水小景。姥姥粘贴好，会站在当院仔细地欣赏一番，我自然是踌躇满志，抿嘴作乐。

有一年，母亲把父亲的旧黑布衫裁剪成一件齐膝长衫，让我练字时穿，说："手上有墨只管用衣衫擦，省得每天像'文眉耗子'一样。"

这年春节，我穿上长衫画了几幅儿童画。一张是孙悟空腾云驾雾，肩扛金箍棒，放眼远眺的画，旁边小楷题写"金猴奋起千钧棒，玉宇澄清万里埃"。另一张是"上山虎"，母亲题写"独有英雄驱虎豹，更无豪杰怕熊罴"。

姥姥把这两幅画粘在正房窗棂上，引得姐姐、弟弟和周围的小朋友又是拍手，又是蹦跳，大家高兴了好一阵子。

到了晚上，房前牧羊兄弟大虎、二虎来到我家，对妈妈说："我们全家都爱虎，能不能让利民给我们也画一张老虎？"

妈妈爽快地答应了。我取一张麻纸，照着母亲《美术》课本中刘继卣先生的老虎画作临摹了两只"下山虎"，并在旁边写下"生龙活虎。利民属龙画虎"。

老虎兄弟俩都是光棍儿，他们把画贴在屋子正面墙上，对人们自豪地说："利民画的是我们兄弟俩，多威风！"老虎兄弟过了一个愉快的春节。我还小，自然比他俩更高兴。

升了初中，学校要组织同学们在六一儿童节和新学期写"挑战书""决心书"并自办"学习园地"，要求用毛笔写，统一张贴在学校的围墙上。家长和同学们围拢观看，品头论足，于是学校的围墙也成了全村的"书画长廊"。有一次，我用四张大红纸代表班集体写了"挑战书"，还用白报纸画了一张雷锋肖像，临摹毛体写了"向雷锋同志学习"。人们围观，啧啧称赞。我站在一旁，像吃了蜜一样，心里别提有多甜。

晚上放学后，我等妈妈表扬，但妈妈似带愠色，说："你写的挑战书毛病不少！"我有点不服气，说："我听见人们都说好！"妈妈说："最少有五六个错别字，你明天去找一找。"

第二天一早，我挟本《新华字典》，小跑着来到围墙下，又从头到尾看了几遍，果然发现了不少错别字。我羞愧难当，真想跳起来把大红纸撕掉。

后来，我听了妈妈的告诫，每次书写都要先打草稿，反复核准生僻字，再规规矩矩书写。现在看来，凡事开头认真对待，形成习惯，后来的遗憾自然也就少了。

1977年，国家全面恢复高考。为了赶功课，迎接新挑战，我每天埋头书本，渐渐疏远了毛笔。以后，上了高中偶尔也会在尘封的角落揭开我儿时的文具箱，搜寻出我曾经用过的毛笔、小石砚，无奈地微笑着用衣袖把这些心中的"宝贝"抚拭一番，再放归原处。

我常想，书画这爱好，像空中飘游的云霞，当你牵着妈妈的手，立于明净的湖畔追梦，你会望着水面的倒影对她着迷而遐想；当你负重前行，她即使绕你身旁，疲倦中你也许会暂时把她淡忘，但她必定在你心底烙下难以磨灭的美好印象；或许那是一粒生命力特别旺盛的种子，深深埋在肥沃的土壤……

2021年9月29日

童年游戏

我的童年是在晋北农村度过的。说起游戏，农村孩子经历的自然要更丰富多彩些，广袤的山河田野、神奇的珍草香花、满眼的绿树嘉禾、自在的飞禽走兽、恬静的农耕生活、淳朴的乡俗民风，为孩子们展现贪玩好奇的天性、激发各种奇思妙想提供了足够的空间。离开故乡已四十三年了，现在回去总要到旧时的学校看看，想要重温儿时那种无拘无束、尽情嬉闹的快乐，但似乎再也难以寻找到当时的影子了。时代在发展，孩子们大部分已进城上学。那些能带给农村儿童快乐的游戏也逐渐被封存在老一代的记忆之中。我竭力尝试着把这些愈来愈模糊的印痕用文字拓印下来，梦回童年，唤起人们心海深处的那份纯真、快乐，给当下物欲横流的社会增添一抹单纯的亮色。

翻花线

“翻花线”学名交线，老家也称“解勾勾”。读蒲松龄《聊斋志异》中《梅女》一文便知，这种游戏的历史还是蛮长的。文中写道：

女曰："妾生平戏技，惟谙打马。但两人寥落，夜深又苦无局。今长夜莫遣，聊与君为交线之戏。"封从之。促膝戟指，翻变良久，封迷乱不知所从；女辄口道而颐指之，愈出愈幻，不穷于术。

这里梅女与封生提到两种古代游戏。"打马"是打纸牌，类似于现在的打扑克。"交线之戏"出于"闺房之绝技"，后来才演变为儿童游戏。

我小时候和姐姐、姥姥一块儿生活，姐姐长我三岁，我的翻花线是跟姐姐学来的。取一长线，对折，把线头绾起来，紧结，把剩余线头剪掉，使衔接整洁，运指无碍。我坐姐姐对面，姐先把线圈套于双手，中指互挑，呈"陷阱"摆我面前；我手指作戟状，以拇指、食指、小指勾扣，翻作"乱山"；姐则以小指、食指下运、上挑，作"面条"；我再以拇指、食指、中指反扣，作"花被"；姐又以拇指、食指、无名指上翻下撑，呈"斗"状；我复以新的花招接替，并设法让姐姐难以招架……这样循环往复，可以翻出十多种花样。我和姐姐都十分专注，口中念念有词，小嘴噘得老高，鼻涕流到嘴边也顾不上擦一下。白天在石阶上、柳荫下，一玩就是大半晌。晚上对着如豆的小油灯，坐在枕头上也要来几个回合。姥姥在油灯下做着针线活，我们想学个新招式，就请教姥姥。三人的身影在墙壁上晃动着，待月色入户，窗帘垂合，姥姥说："睡吧，明天还要早起！"我们才在翻花线的迷恋与满足中入睡。

等上学了，这翻花线又有创新，发展到一个人也可独立游戏。姐姐可以翻出"降落伞""蝴蝶""剪刀""青蛙"等多种图案。我是男孩，自然不及姐姐灵巧，就很少参与这种游戏了。

现在想来，古人可真聪明，本意是要训练孩子们的手指灵巧，培养专注、格物、执着、应变的技能，可又不会采用一味说教的笨法子，而是以一种适应顽童天性、趣味性极强的游戏吸引你，让你心甘情愿沉浸其中，接受、传承古人优秀传统，着实令人叹服。

藏老猫

“藏老猫”也称捉迷藏，估计人们不会陌生，儿童读物经常提到。但在农村其玩法肯定和城市的不一样。现在城市高楼大厦，家家户户防护门窗，也无藏可谈。所以，藏老猫对现在的城市儿童来说或许也算新鲜事儿。

这种游戏一般在夜幕降临月出东山时开始，地点选择在旧院落、打谷场等容易藏身的地方。按规则，组织者先把参与儿童分为两组，一组为藏猫组，一组为捉猫组。捉猫组先面对面围在一起，手捂双眼不得窥视。藏猫组便蹑手蹑脚，像夜行人一样窜来窜去，分头寻找藏身之所，有的攀树上房，有的入窖钻洞，待藏好后，一孩子高喊：“藏——好——了——”捉猫组便开始搜索行动。一会儿这头发现一个“猫儿”，就听到有人高喊：“这里一个！”声音有些激动，变声变调。“猫儿”见势不妙，纵身逃窜，捉猫者就撒腿追赶，手指点到，胜负即见分晓。然后互换角色再来一场。

所谓“老猫”就是藏猫高手，藏匿隐秘，逃遁快捷，不是找不见，就是抓不到。

奶奶家原是老宅，院中套院，门内有门。内院有围房、菜窖，房前屋后有槐树、榆树、柴火堆，是藏老猫的好场所。有两次记忆非常深刻。一次是堂弟躲在“洋柜”（旧时晋北一带儿女成婚都要添置“洋柜”。木制长方体，红漆皂面，柜盖开在上面，一般置于堂屋正面）里，找了半天没有下落。等我们找到时，堂弟忙里出错，竟把糖罐蹬翻，挨了奶奶一顿笤帚疙瘩才完事。

还有一次是几个本村儿童趁月黑风高，一个娃钻进打谷场的稻草堆里，进入了甜美梦乡。孩子们长时间找不到，就报告了大人。大人打手电、挑灯笼找了一晚上也没找到，都以为出事了。正在人心惶惶时，这孩子睡眼惺忪从稻草堆里爬出来，这时太阳已半竿高。这是我遇到的最厉害的“老猫”了！

叮咣

“叮咣”取石头与石头碰撞之声，是一种考验力气和精准度的游戏。抛“咣”者需有“扛鼎之力”，投“叮”者需有精准的投掷技巧。这游戏一般在男童中进行。

小伙伴们先找一西瓜大小的圆青石为”咣”，再各找一枚坚硬且适合投掷的小圆石为“叮”。体能强健的小孩首先出来“抛咣”。只见他圆睁双目，憋足了劲儿，然后举“咣”在肩，助跑加速，用尽吃奶的力气把“咣”抛出去，画好抛出时的立定位置。其他小伙伴站在画好的位置，各自用挑选的小圆石瞄准“咣”来投“叮”，尽量投得准而落地远。凡投“叮”中者，抛“咣”者须背着投“叮”小伙伴由投掷处出发，到“叮”的滚落处止步。投“叮”未中者则背抛“咣”者跑一遭。叮咣这游戏练臂力、练腿力。投“叮”者既要有熟练的投掷技巧，又要把握好投掷的力度，倘若用力太猛，投掷失败，还得背人家老远。

我的身体偏弱，只好作壁上观。有时偶尔参与，也只是帮助其他小伙伴昇个腿，抬个脚，不会成为主角。

羊咩咩

“羊咩咩”是玩草籽的游戏。这种草籽是一种在中药材中被叫作细辛的籽实，在北方的乱石岗里随处可见。秋高气爽时节，北方的原野一片金黄。丽日下，小朋友们会挎上布兜，带上铲铲到荒野中采中药、摘麻麻花，得一些大田以外的收获。

采中药在平川地带一般有刨细辛，挖甘草，翻生地，摘枸杞，捋车前子……羊咩咩藏在细辛草的小果荚里，细辛草根部为药材。羊咩咩外表布满细密的绒毛，芝麻粒大小，呈灰黑色。炎日曝晒，其绒毛会更加刚挺，撒在粉连纸（一种白色较薄，半透明，正面较光滑的纸）上，宛如微缩版的羊群。这时对着羊群压沉声音慢慢喊：

羊咩咩——羊咩咩慢些赶——
赶上羊咩咩——上南山——

这声音不可太高，也不可太低；吐字不能太快，也不能太慢，需跌开调子，使音频与纸张、草籽产生同频共振。这时羊咩咩就开始绕纸乱窜，一会儿聚，一会儿散，一会儿东，一会儿西，活像草地上游荡的羊群。这种游戏阴天是不好玩的，许是绒毛上带了湿气，难以共振。有正午的阳光强烈照射，羊咩咩会跑得更欢。这时，挖甘草的大哥哥们也会跑过来，蹲在地堰下与我们一块儿驱赶羊咩咩，声音低沉而宏厚，倒像歌唱家们“绵——麻——咩——”

练嗓子的节奏。声音随风在原野上飘荡，羊咩咩在纸上组成各种奇妙的图案，带我们产生无限遐想。

偶尔翻阅《唐宋诗词》，有关“斗草”的佳句还不少。白居易《观儿戏》中有“弄尘复斗草，尽日乐嬉嬉”。晏殊有词句：“疑怪昨宵春梦好，元是斗草赢，笑从双脸生”。这都是描写南方儿童和闺秀的斗草游戏。我想，这“羊咩咩”也可称作北方的“斗草”游戏吧。

开马城与跳圐圙儿

这是两种游戏，“开马城”一般在男孩子中进行，“跳圐圙儿”在女孩子中流行。

先说开马城。选一宽阔的场地，画一座四四方方的“城”，对面各站一排攻方和守方男童，攻方听到呼叫即选一人冲撞攻“城”。守方手牵手尽力不让破“城”，把攻“城”的勇士网住为胜，攻破为败。攻守双方都不得越过“城”的范围。

游戏开始：守方齐声喊：“急急令！”

攻方即应：“开马城。”

守方再喊：“马城开！”

攻方应：“要谁们？”

守方齐声点名：“就把ＸＸ老典型！”

这攻城的“勇士”守方早已选好，一般选体力稍弱者，以便截获生擒。攻“城”勇士首先要看准守方的薄弱环节，然后唾手助跑，瞅准守方弱点冲撞过去。如果冲开马城，勇士就把守方一人带回自己阵营；如果冲撞失败，就留在守方阵营。

这是个体力活儿，更是机敏活儿，需“避其锐气，击其惰归”，也需“借力用力，以柔克刚”。这还稍带点儿兵法和太极的味道。联想到攻守双方所呼的口号“急急（如敕）令”，我猜想这游戏或许是哪位道家发明的吧！

跳圐圙儿游戏也称丢沙包，种类繁多，此只举一种。

用碎布头缝制沙包一枚，在地上画四方圐圙儿一格。女孩们分三组上阵，一组站圐圙儿一端，另一组相向站另一端，中间一组在圐圙儿内奔跑，躲闪沙包的袭击。如果投掷一方投出的沙包击中奔跑者，奔跑者出场。如果沙包被奔跑者接住，奔跑者赢得一分。按规则输完积分才下场。

这也是一个拼体力、要速度，必须眼疾手快的游戏。我没有考究，但我猜察此游戏或许与蒙古族有关。因为“圐圙儿”一词就源于蒙古族，指宽阔的场地。骑手身手矫健，灵活如飞猱；射术精准，应弦而倒地。这技艺需要从小培养。家乡雁门历来是胡汉交界地带，汉有飞将军李广，唐有白袍将薛仁贵，宋有杨门女将……这“开马城”“跳圐圙儿”或许就是汉人与胡人的通融游戏，也是民族交融的见证。

儿时的游戏还有很多，比如“抓籽籽”“推滚圈”“扇元宝”“抢猴儿”“斗鸡”“弹蛋儿”……不再一一详述。忆起童年，激动中不免饱含乡愁，热泪中凝结着拭不去的乐趣。童年游戏清晰如画，只是画中人有的已经故去，有的已银丝满头。黄土高原的风依然吹拂，人们如云朵迢递，随清风来去。但愿世俗人生能不失儿时的童真——赤子之心……

2022年12月1日

园丁生活

我的父母，是园丁。

青年时期，父母皆读师范，做着园丁梦；参加工作后，一直当教师，由乡下到县城，由普通教师到校长，人称他俩是培育祖国花朵的园丁；退休后，父母又喜欢上了养花种菜，成了名副其实的园丁。

父母的身份，从校园的园丁到田园的园丁，几乎没有经过角色的转换，便自然地完成了过渡。他们在讲台上时乐此不疲、甘之如饴；回归自然后又乐以忘忧，不知老之将至。我在父母怡然自得的质朴生活里，领悟到一种园丁精神的拓展和延续，一种生命的信仰和坚守。

母亲和父亲的退休，亦如他们人生中的其他大事一样，彼唱此和，紧密相随。退休后的父母从县城来到我们所在的城市，随我们一起生活。初来乍到，父亲说："人来车往，熙熙攘攘，看见这世界还眼晕哩！"母亲附和："还是乡下好，院子里砌个花栏墙，墙上置几盆高低错落的花草，花开花落，蜂飞蝶舞，花前再种几畦蔬菜，想吃哪种吃哪种！"母亲念叨着，继续着她的园丁梦。

某日，我从乡下回来，敲父母的门，没有应答。一个小时后再去敲门，还没有动静。看着夜幕降临，我心中有些忐忑，就到巷子口等候。一会儿，远处走来两个晃动的人影。稍近，我就听到母亲和父亲的声音，俩人边走边聊，笑语盈盈。父亲肩上扛着一把锄头，母亲手里提着鼓囊囊的野菜。还没等我开口，母亲就兴奋地说：“我们在高速路边开了荒地，种了南瓜，点了豆角，过些日子，就能吃上无公害蔬菜了。”我笑问：“开了多大面积的荒？”母亲说：“炕大，够一家人吃的。”我望着父母载笑载言的神态，心下释然。月光从狭窄的楼宇间隙里泻进来，我接过父亲肩头沉甸甸的锄头，跟随父母回家，还真有点“带月荷锄归”的感觉！

快入秋的一天，我从乡下回来，刚进门，母亲就兴冲冲地提着一兜蔬菜，说：“里面有刚摘的黄瓜、豆角、西葫芦和生菜，你放心吃吧，全是家乡的味道！”我探手取出一条黄瓜，上面还挂着白生生的小刺，碧绿的瓜脑尚带枯萎的黄花，比菜市场里吆喝的“顶花带刺”的还水灵扎手。嚼在嘴里，久违的细腻的奶瓜香味迅速染满舌本，陆游的那首《秋怀》——“园丁傍架摘黄瓜，村女沿篱采碧花。城市尚余三伏热，秋光先到野人家” 瞬间闪在脑际。

第二年春分刚过，父母就又赶到那片开垦的荒地边。春风浩荡，塍埒上已长满野草。但高速路两边竖起了隔离网，父亲和母亲隔网兴叹。菜地是不能再种了，父亲拄着锹把，母亲兜着瓜苗在那里伫立半晌才怏怏回家，一路无语。

这年夏天，父母迁居到弟弟腾出的一楼宿舍。乔迁的当天，两人就嘀嘀咕咕：“这下养花种菜有着落了！”我心里纳闷，“一楼是水泥地面，哪能养花种菜？”母亲笑而不答。

一周后，我来到父母住处，这里旧貌换新颜。三孔大玻璃窗擦得锃明瓦亮，南窗还贴了家乡的窗花。母亲指着窗花说：“这图案叫‘柿柿（事事）如意牡丹根，佛手（福寿）莲花桂长笙

（生）’。”这对寓意吉祥的窗花，我听姥姥讲过，但没有母亲说得真切和详细。

父母住的西屋，窗台上已摆满了各种花草，有刚挂蕾的，有已经开花的，有移盆倒栽的。母亲指着一盆宽大叶面的花说：“这是滴水观音，喜水喜阴，可以调节室内湿度，花头不太好看，但会结下火红的种子。”其他如凤仙、石竹、令箭、吊金钟……我倒都认识。

父母又带我到南窗下的书房，这里是几盆从旧家带过来的花草，有君子兰、文竹、水莲、兰花……哦，还又添了两只新盆。趴在盆沿上细看，幼苗刚破土，碧绿的嫩芽根部微微泛白，像娇儿的两只小手，我心头不禁泛出“萌芽”二字。母亲说：“这是牵牛花，也叫喇叭花，你爸喜欢。”这花我是再熟悉不过了，在老家的檐下、地头、崖畔经常会见到。这种花不拘泥于庭院，亦不执念于旷野，天地宽广，无论哪里，都能绕篱萦架，攀枝附叶，开得艳丽而奔放，有天蓝、绯红、桃红、绛紫等多种颜色，我们老家也叫天露朗。我想，这天露朗，一定会勾起两位老人许多的回忆。

母亲似乎还有新闻急着告诉我，又拉我到屋外窗沿下。窗下摆了整整齐齐的泡沫箱，排列在一起像一个微型的动车组。母亲兴奋地说：“我是从电脑上学的箱体种菜技术，前几天盛土施肥，现在接上水管已种上菜了，有两苗黄瓜、三苗丝瓜，还有生菜、芹菜……”母亲一边说着，一边用小锄松松土皮，抬起头又说：“土、肥、水、种、密、保、管、工，现在管理要跟上去。”艳阳照耀下，母亲眯缝着快意的眼神望着我。不经意间，母亲又习惯性地以校园园丁的角色，讲解了菜园里的知识。我同样眯缝着快意的眼神回望母亲，解读着母亲孜孜不倦的园丁精神。

快立秋了，北方的小城依然燠热未消，水泥高楼、柏油马路烘着热风，充盈着每一方空间。然而母亲家里的景致却仿佛是另一个季节。下午时分，阳光透过窗户照射进来，室内滴水观音已结出了红玛瑙般的籽实，宽大的叶面油光可鉴；令箭已蹿出老高，像在招摇他的存在；那盆吊金钟第二茬花蕾又开始绽放，下垂如钟的花朵粉嫩娇滴，每片花瓣像旦角的脸谱，粉白中透着微红，微红中泛着粉白。看着这密密麻麻的花朵，我仿佛听到了小铃铛的声音从山坡小羊羔的颈项下发出，随老黄牛悠游的步履传来，我想父母也一定能经常听到这种依稀又熟悉的声音。

莲缸中的莲花已开放，红艳的花瓣层叠着四射开放，坚强刚劲，还真有点潘天寿先生的笔墨韵致。如小伞的荷叶下时而冒出几尾锦鲤，吐着泡儿向我问候。最入眼的要数那几株牵牛花，柔蔓已爬到了窗口上缘，五颜六色的喇叭花迎着西斜的日照盛开着。这时，我不由得想起清人的诗句，“一枝颜色费评夸，冷翠光中晕淡霞。绝世幽情容一现，能如我意是秋花”。母亲乐陶陶的声音像从喇叭里传来的一样爽朗：“这天露朗好像咱乡下人，最泼皮也最温情，只要给点水就发旺，照点阳光就灿烂！”

父亲拄着拐杖立在我身侧，乐呵呵地望着母亲，也望着他钟爱的天露朗。小狗貔貅绕着拐杖撒欢儿。门外几位退休老人不知是闻香而来，抑或循声而至，他们围过来，一位老者环视着四周的花花草草，艳羡又钦佩地说道：“令公桃李满天下，何用堂前更种花。”父亲一手拄着拐杖，一手做捻须状，道：“老夫怎敢自比裴令公啊！这庭院自是不能与裴令公的绿野堂媲美，却也占尽物华，老夫当为其取个名儿。”众人大笑。

说笑间，母亲分披开瓜叶，顺手摘下几条黄瓜、丝瓜，分给众人，道：“天天有收成！就这几箱蔬菜也供得上邻里左右尝个鲜儿。”父亲应道：“现在的瓜菜种垧也是高科技产物，一苗黄瓜收成是以前的好几倍。”老者甲说：“现在是优种优育，有专门研究种子的，有专门研究肥料的，名堂多着哩！”老者乙应道：“现在咱北方的蔬菜品种也多得日怪，有紫色包菜，有珍珠西番柿，还有佛手瓜，好多品种咱也报不上名来。”母亲又说：“好花要靠园丁育！再好的品种也得勤打理，付出辛苦，才有收获。”晚霞的映照下，几位老人谈天论地，谈兴很浓。看得出父母靠养花种菜，已适应了城市生活，而城市现代化也在渐渐渗入父母的生活。

深秋的时候，忽然有一天母亲在微信群发出一连串鲜花盛开的照片，并留言告诉我：家里的君子兰和令箭同时开花了，花头硕大，从来没见过这样的阵势，或许预示着家里有喜事。我随即笑而应答，也为年逾古稀的父母祝福。

没过几天，我接到了上调市里工作的通知，并如我所愿。看来，世间万物皆有灵性，正所谓“时来天地皆同力”，这“同力”皆因父母携全家人一并付出的勤劳和善心所致！

2020年3月

我的中学时代

离开母校代县中学已整整二十三年了，早想写点关于中学校园生活的文字，终因事务缠身，没能提起笔来。今年九月二十日，适逢母校百岁华诞，细细端详母校寄来的装帧精美的百年校庆纪念封，沉积于心海底处的一些往事又逐渐地浮了上来。

初入校园

我是1978年8月由本村初中考入代县中学的，那年我十四岁。临行前的晚上，外祖母围着锅台为我烙制干粮；母亲在油灯下穿针引线，为我赶制粗布衣被和麦秸草袋；父亲在檐下趁着月色，帮我整理着破旧的木箱。一家人忙碌了大半个晚上，好像要送我远征似的。

第二天一早，父亲推着满载行李的小平车走在前面，我挎着鼓囊囊的书包和盛满杂粮面饼的小布兜跟在后面，父子俩一前一后跨进代县中学的校门。

当时的校园，还保持着旧式风貌。学校的大门是青砖石碹就的带有民国特色的学府式建筑，门楣上镶嵌着“代县中学校”五个隶书砖雕大字。厚实的大门敞开着，像一本打开的书册，斑驳的红漆记载着校园的沧桑。校门口随势建有东西两厢房，看门老人就住在西厢房里，日夜管理着出出进进的人们。

一条砖铺的甬道把校园南区分成东西两面。沿甬道往北走，前面是两排青灰色的木结构瓦房，校团委、总务室、医务室就设在这里。每排房前都种着几畦花草，各种颜色的花朵竞相开放，蝴蝶蜜蜂戏扑其间，犹如置身于一个耕读传家的农家大院里，让人倍感亲切。

再往前走，五排排房整齐地布列在甬道两侧，每间排房都是高大的苏式结构，宽敞明亮，这就是各年级的教室。最后一排教室，地基高于前几排，中间有一扇拱门，门楣上刻着“尊师爱生”四个大字。走进拱门，凉风习习，高年级的同学在拱门里乘凉看书。

穿过拱门，拾级而下，就进入校园北区。首先映入眼帘的是一方齐整的院落。院落四围栽着成行的垂柳，几位上了年纪的老师在绿荫下练习哑铃、做体操。小院正北面，绿树掩映着一排青砖瓦房，这里是校长室和教研室。院子东面是一排排瓦房，那是教师宿舍区。

教研室后面是宽阔的大操场，同学们下课后在这里打篮球、跳木马、翻单杠。大操场西面为成片的学生宿舍区，靠南面的四合院为女生宿舍区。院的正房，人们称作“大堂”，是建校初期就保留的古建筑。虽已破烂不堪，但从屋顶尚存的兽脊碧瓦还能想象出当年的辉煌。据说“文革”前这里曾是师生集会的场所，后来堆放了杂物。

我们的宿舍区在操场的西北角。宿舍面积很小，地上打着两排地铺，住着九位同学，以至于不得不把所带的被褥折叠起来方容纳得下。

回想起那时的校园，虽然各方面物质条件很差，环境也很艰苦，但许多设施都是全校师生自己动手，不断修整出来的，朴素而整洁，保持着艰苦奋斗的本色，印象自然深刻。

第一天报到完，我把校园的犄角旮旯转了个遍，不至于呆头呆脑找不见门道。第二天，我便开始了紧张的校园生活。

清晨，天还没有亮，操场上便响起了急促的哨声，体育老师身着运动服，口令洪亮，严肃地指挥各班集合整队。新班级按要求必须在十分钟之内把队伍带入操场，以严整的四纵队跟在高年级队伍后面环操场跑步。从乡下来的同学们没经过这样的训练，没跑几圈，有的同学串了行，有的甚至掉了队。跑步结束，体育老师马翠恒指着几位小同学说："你的衣裳穿反了！""你的衣扣窜位了。"大家见状哄然而笑。那几个同学窘得脸蛋儿更红了。后来，还听人说，不知哪个班同学的内裤丢在了操场上，被老师捡回了教研室，但没人敢去认领。

上下午课程排得满满的。那时的课程主要是数、理、化、语文和政治。英语是后来才加进去的，高考时只占30%的分数，按现在的时髦说法是打三折。上午，几节课过后，我就开了小差。我们的教室门前有一排俩人合抱粗的槐树，枝繁叶茂，绿影婆娑，一串串嫩黄色的蝶形花点缀在随风舞动的枝条上，仿佛一窝窝待哺雏鸟张开的小嘴。我凝视着窗外，忽而被树上几只垂吊在透明轻丝上的毛毛虫吸引，忽而又陶醉于枝头的几只小鸟。物理课结束后，我只记住一句话：你给物体一个作用力，物体就会给你个反作用力，作用力和反作用力相等。我反复嘀咕，照此论断，打人的人和被打的人岂不平等了吗？当时，我也没敢去问老师，担心一开始就给老师留下坏印象。

一天的课程下来，已是晚上九点。教室里的灯光统一熄灭，宿舍里的灯光又统一亮起来。这是一天最轻松的时刻，大家以前从没跑过早操，几个同学拍着干瘪瘪的股大肌直喊疼，也有几个身体强壮的同学亮出满是疙瘩的肱二头肌逞能。在大家吵闹中，全校已统一熄灯了。宿舍里黑乎乎的，大家兴奋得全无睡意。有位多嘴的同学出了声："谁能说出'绿肥混灰粪，灰肥混绿粪，若要灰肥有肥分，灰别混粪，粪别混灰'，谁就是咱们的铁嘴。"几个同学忙去比试，但没有一个能清清利利道出来。大家笑得直喊肚皮疼，没人留意外面的动静。冷不丁，从窗户上射进一道雪亮的手电光，接着便是严厉的命令："赶快睡觉！"大家听得明白，这是班主任李老师在查夜。大家大气不敢出，悄悄窝在床上，努力入睡。

连续几天下来，问题出现了。

20世纪70年代末期，老师和学生仍然吃供应粮，学生每月34斤，其中10%的细粮。凭粮票购饭票，每月8元伙食费。按学校总务室的安排，学生们每周吃一顿白面，一月见一次荤腥，日常以玉米面窝窝和小米稀饭为主。我从家里带来的12个面饼，原计划每天早晚各一个，但事实上天天都在透支，到了星期三晚上已一个不剩。星期五中午，肚子里实在饿得慌，就独自爬上大操场东墙角的爬竿顶端向外张望，看到校外人家屋顶冒出的冉冉炊烟，偶尔听到卖凉粉老者的吆喝声，心里总是痒痒的，直想到外面闯荡。到了晚上，一心想去大街上买点儿杂食充饥，但看门老人对待学生是非常严厉的，从来不放过任何一位不经老师批准而私自外出者。于是，我就和几位同学在校门口转悠，望着校门斜对面饮食业卖饼子的货架充饥，直等到售货员下班关门才悻悻离去。

当值日生也是一件烦恼事。值日生需要负责给全宿舍的同学打饭、打水。我们刚去学校，一副娃娃脸，排队打饭还可以，一遇上改善生活，高年级的同学就起哄插队，气得炊事员直骂“一群猪仔子”。我们只能等到拥挤过后方能靠将上去。回到宿舍，同学们在地上饿得乱转，直骂你是“饭桶”，本来是改善生活，实际上是活受气。打水也是如此，有个值日生，曾因打不上水，演了一出摔掉水桶砸了自己脚的戏。

我的老师

两年高中。我总共经历了十多位老师，其中几位任教时间很短，记忆中已显得模糊了。

印象最深刻的要数我们的班主任李桂林老师了。那时，他刚从乡下的聂营中学调来，三十出头，留着小分头，满脸朝气。据说1977年在聂营中学带毕业班，李老师的成绩名列全县前茅，他是被教育局点名调上来的。李老师待人严慈，管理学生很有一套。我们初入校时，同学们普遍存在一种坏习惯，就是乱泼污水乱扔垃圾，尤其是女生宿舍区，环境更为糟糕。终于有一天，女同学王妙生在乱泼污水时被李老师当场逮着。班会上，李老师对此做了通报批评，并做出两条决定：一是对王妙生同学罚款五毛；二是欢迎每个同学都来监督，谁发现了违规行为，奖励谁，包括王妙生同学在内。那时，五毛钱可以买到六个烧饼，“监督”一词尚属首用，所以同学们都觉得管理方法新鲜，也很实用，就有几位不知趣的男同学想挣几个“烧饼”钱经常到女生宿舍区外偷眼观察，但最终还是没有发现一位违规者。过了几个月，李老师在全班大会上把罚款退给了王妙生同学，并说：“人无完人，孰能无过？知过必改就是好同学！”激动得妙生同学差点掉下泪来。

李老师很善于激发同学们的学习兴趣，有一件小事让我记忆犹新。高中第一年，我的顽童本性尚未泯灭，几次考试都光荣榜上无名。考试下来，我经常拍着脑门怪怨自己的大脑，自信心丧失殆尽。一次上数学课，李老师在讲一道立体几何题，大体意思是：求长方体两个面上点的最短距离。全班同学都以立体思维的方式寻找好的方法，李老师反复提示大家，但还是没人能解出来。快下课了，我的思绪早跑到了吃饭上。猛地李老师叫起了我："利民，你看怎个解法?”显然李老师见我已走神。情急之下我忽然产生一个奇妙的想法：“把这个长方体铺成平面计算！”李老师仿佛眼前一亮，大声说道：“好办法！”不用几分钟大家就解出了这道题。接着李老师告诉大家：“这是七七年某个省的高考题（那时考大学以省出题），王利民同学用书上没有讲到的办法，简便地算出了这道题，出乎我的预料。”过了一段时间，几个同学找李老师小坐，问及谁的脑筋好使，同学们你张三我李四，可李老师持了否定意见：“我看王利民同学的脑筋最好，就是不贪学习。”同学们把李老师的看法告诉了我，我很受刺激。我重新审视自己，对学习逐渐产生了兴趣。现在想起来，李老师那时虽是一句激励的话，但重新唤起了我的自信，培养了我以后浓厚的学习兴趣。

李老师也是一个非常善于交际，有很强组织领导才能的人。那时，学校每年都要组织一次大型歌咏比赛或拔河比赛，这两项比赛实际上是比班集体的团结精神的。说唱歌，我们班没有一个演唱水平出众者；比力量，我们班也是以力量单薄者居多。可经过李老师的一番精心组织策划，我们班总能夺第一。每当歌咏比赛来临时，学校里有音乐专长的老师大都在李老师的组织下集中到我们班里。

有个叫王数的老师（在我们上高二时，因突发心肌梗死英年早逝）音乐造诣颇深，他义务为我们班教《学生守则》歌，因指挥节奏激越，激情之下，竟把教鞭甩成两截。李老师端着热水让他休息一下再干，他说："为李老师的52班服务，没说的。"虽是不在意的应答，但我们看出了李老师在教师队伍中的威信。

再一位记忆深刻的老师便是给我们带语文的江妙玲老师。江老师那时四十多岁的样子，但看上去要比实际年龄年轻得多。她事业心非常强，对工作极其负责。有一次全校统考，我们班的语文成绩被甩到后面，她很是难过。课上，江老师因此掉了眼泪。她没有批评我们，反倒做了非常深刻的检讨，把所有责任都归结到自己身上。打那以后，江老师每天坚持早自习进班辅导，让同学们背古诗文、记生词。我现在肚子里装的那点有限诗文大都是那时记下的。

江老师口才非常好，讲课声情并茂，极富感染力。一次，她给同学们讲陶铸女儿陶斯亮怀念父亲的文章，讲到伤心处，竟把同学们感动得掉下了眼泪。江老师最后总结说："同学们为什么掉眼泪？原因只有一个字，那就是'情'。文学艺术必须蕴含丰富的情感，才能感染读者。"江老师的话讲得非常好，以后，我每次写作文除着力安排好文章的结构外，重点在感情的挖掘和表达上下功夫。高二期间，我的作文多次受到江老师的表扬并被作为全班的范文来宣读。步入社会后，我还在琢磨着江老师那句内涵非常深刻的话语。其实人生也是一门艺术，要想使这株艺术之花永不凋谢，就须经常用感情之水来浇灌，让世界充满真情充满爱，那才是最美好的人生境界！

还有一位老师，那就是我们的物理老师汪度。那时，汪老师已接近退休年龄，或许我们那一茬学生就是他的关门弟子了。我之所以经常想到汪老师，就是因为他的那种特殊的敬业精神时常感召着我。汪老师是北京人，从参加工作到退休一直过着两地生活。每当我们下课打饭的时候，他也总是捧着大瓷碗到教师食堂去打饭。晚上，我们刚放下饭碗走进教室，汪老师已提前坐到了学生的座位上。同学们围着汪老师一个接一个地问问题，他总是不厌其烦地讲解，直到同学们彻底明白为止。那些年，拿不出什么礼物来报答汪老师对我们额外的付出。好几次，当汪老师拖着疲惫的身子离开教室时，大家不约而同地起立鼓掌，以特殊的方式来感谢我们的汪老师。

汪老师多才多艺，在曲艺、摄影、英语方面也很专业。一次学校搞师生联谊会，他用相声演员才具备的口吻说了一段“吃葡萄不吐葡萄皮”的绕口令，台下师生先是一愣，等回过神来，才报以雷鸣般的掌声。后来，汪老师告诉大家，他从小就跟过班，在曲艺方面下过苦功，如果没有走上教学这条道路，或许现在就是另一个“马三立”。

汪老师的经历也是非常复杂的。一次上课时，同学们吃惊地发现，他的十个手指都变了形。后来大家才知道，汪老师在“文革”中受尽了磨难，曾被划为国民党特务，挨过批斗，游过街，被红卫兵用细钢丝勒过手指。汪老师的身心受过如此创伤，但他在我们面前从未提起过那段往事。

我们毕业后，曾相约看望过汪老师，但他已退休回到北京。后来，再没见过他的面。屈指算来，他现在也该是八十多岁的老人了。

其实，母校里让我们怀念的老师何止他们三位，我们的化学老师——来自原平的李仲康，我们的政治老师——来自天津的张秀梅，我们的英语老师刘兆清，不一而足。他们的才华和学识足以滋养、塑造我们，他们的人格魅力足以引领我们一生。

过严冬

从古至今，一提起读书人，总要联想到“十年寒窗”。寒窗生活对现在的学生来说似乎已经淡远，但我们那一茬还是经历了的。

那时，学校里还没有暖气的概念，冬天一到每个宿舍照例要生起火炉。可烧炭是限量的，每星期一箩筐，四五十斤的样子。节约着烧，还可勉强挨到周末，稍一手松，只能维持两三天。我们宿舍的同学都顾了今天不顾明天，炭刚刚领回来，便迫不及待地生起火来。夹炭的不住地往炉膛里填，拿炉锥的不停地往虚里掀，红红的火苗带着烟蹿得老高，呼呼作响，不一会儿，大半截烟筒便被烧得通红。到了晚上，同学们烤着干粮围炉夜话。那略带焦香的面饼味儿弥漫了整个空间，谁饿了就去掰一块儿。几个看过《三国演义》的同学这时便来了劲头，一直从桃园结义说开去，直叨得人困马乏才肯上铺休息。

这时，被子已暖得近乎发烫，不一会儿，睡去的同学便浑身冒起汗来，有的掀去了羊皮盖被，有的扯掉了褥下的狗皮衬垫，简直像过夏似的。第二天一早，每个人的被子都被汗水洇得湿漉漉的。

三天以后，寝室里的炭已烧得精光，同学们只能瑟缩着在地上转悠。叨《三国演义》的嘴也已封冻，室内冷冷清清，全然失去了往日的热闹。被褥经过前几天的汗水浸洇，现在冰冷如铁，谁也不肯第一个往里钻。实在熬不下去了，只好和衣而睡，真是“布衾冷似铁”。

寒冷往往与紧尿相随。等到被窝里刚刚升起一丝热气，旁边的李建春就要下地了。在门枢的吱扭声中，一股冷风卷了进来，紧接着就从西墙角传来淅沥的声音。

第二天清早，一个同学的羊皮盖被不知啥时已被周围的同学撕成了几片，大家见状，相对而笑。

白天的课程照样是排得满满的。教室里虽然不存在断火现象，但还是感觉清冷清冷的。为了确保老师们不受冻，我们自发地发出了每人捐一捆柴的倡议。每到星期日，同学们就从家里带一捆柴放在教室后面，由班干部统一负责，老师走上讲台后才能往炉膛里填几根。

这寒冷的冬季，是一年当中最难熬的日子。我曾独自登上紧邻校园的边靖楼凭栏远眺。望冰雪覆盖的勾注紫塞，望苍凉悲壮的长河落日，联想古往今来的志士仁人，不禁吟诵起岑参“瀚海阑干百丈冰，愁云惨淡万里凝”的诗句来，胸中顿生豪气，世上似乎没有什么克服不了的困难。

苏东坡有“秀句出寒饿，身穷诗乃亨”的诗句。那时我虽没有做出令人感怀的文章来，但那段含泪微笑的岁月却是我一辈子的记忆。

备战高考

到了二年级下学期，我们便进入了全面复习阶段。这时，学校对毕业班的作息时间管理已不那么严格，只是晚上九点熄灯的规定依然没有废除。这时，好多同学准备了小煤油灯，等学校统一熄灯后，大家便点起来，二人一组，三人一围，像寒夜里明灭的疏星。

现在想来，那该是一道多么亮丽的校园风景啊！

学生宿舍当时也成了学习的场所。我和范福元紧挨着睡觉，一天他忽然产生一个奇想，计划把我们俩人的空间设计成一个小环境，以便学习起来安静。于是，我把铺床板的破毛毯翻出来，由他操作，从屋顶到床沿围成一个严严实实的“蒙古包”。俩人又把盛杂物的小木箱搬进来当课桌。九点以后，我们俩就钻进“蒙古包”，紧张地复习起来。如豆的油灯散发着微明的光亮，映照着我们这片小小的空间，俩人的身影模糊地定格在墙上，如剪影一般。王嘉涛和代利利不知从哪里搞来一瓶柴油，他们嘀咕说，用柴油点灯火焰高，省眼力。可第二天一早，大家望着他俩嗤嗤地发笑，等他俩拿起镜子看到自己的形象时，也不禁哑然失笑。原来，经过一夜的“熏陶”，他俩都留了一撮小胡子。

那时，也有一些同学不注意合理安排时间，过度加班加点。他们晚上不睡觉，白天上课打盹，很长时间都颠倒了阴阳，李老师批评他们是“别人吃饺子，他们捣蒜，尽做蠢事”。

由于学习越来越紧张，家长们便隔三岔五来学校看望。原来家里每月给我定的两元零花钱，现在也加到了四元。母亲和姐姐经常来学校看我，全宿舍的同学他俩都能叫上名字来，当然，我也认识了其他同学的父母。由于临战在即，学校和家里都想着法子给我们提高生活水平，同学们再也没有发生过饿肚皮的事。有时，同学们实在嘴馋了，就到国营饭店打一桶肉臊面，言曰“补充营养”。

临近高考那几天，基本上是自由安排复习。每天早晨，我单独来到边靖楼南的大校场背政治题。校场里只有几个晨练的老人，格外空旷宁静。有时夜里刚刚下过小雨，地上润润的，我背手踱步，默记课文，身后便留出一串串美丽的图案，太阳升起来，那脚印方消散去。

上午，我经常到城南滹沱河边看书，或草丛中，或柳影下。累了，就躺在那里养养神；热了，就撩起河水洗洗脸。偶尔抬头，也能看到微风里一两个和我一样赶考的人。

终于到了7月7日，这天下着如麻的阴雨，我和其他考生一道步入设在母校的考场，一切都很平静。考试前夕，姐姐给我送来一只卡时间的手表，这让我心里又踏实了许多。

当年，我的高考分数达了录取线，我去外地继续求学。

离开母校那一天，父亲来接我。又是他推着那辆小平车走在前面，我背着装得鼓囊囊的书包跟在后面。父子俩一前一后走出校门。与三年前进校时不同的是，当我跨出校门的那一刻，心底蓦然升腾起一种强烈的责任感，那便是做一个勤奋的人，做一个有用的人，报效我的母校，报效我的祖国。

2003年7月2日晚于繁峙寓所

农家小酌蔬豆香

书家李亮贤退休后回归故里，于市郊大檀村置小院一座，种瓜点豆，栽花莳蔬，经营已有时日，俨然一东篱农家。瓜熟蔬鲜季节，亮贤兄屡邀同道师友院内一聚，奈何疫情严峻，推延数度。

庚子五月既望，疫情减退。微云闲度，清风徐来。近午，书家陈巨锁先生、戏曲家杨仲义先生及众友朋八九人应邀齐聚亮贤农家小院。闲步畦垄，披叶扶枝，寻觅久违的田园记忆。

庭院方广半亩，坐北迎南。南房屋檐下种瓜数株，茎叶肥壮，沿竹竿蜿蜒攀爬屋顶，几颗碗大的倭瓜躲在宽阔碧绿的叶下，探头窥视着来访的客人。西墙木架上井然悬挂着各种农具，弯锄散耙、钢锹铁镬，一应俱全。亮贤介绍，这是父辈传下的宝贝，木柄上还留有前辈们常年辛劳磨下的指痕和岁月涂下的包浆。西墙空闲处，栽种丝瓜、苦瓜、黄瓜数行，竹竿搭架，披送翠影于西邻。架下挂满了鲜嫩待摘的果实，蔓如篆草，瓜如悬玉，正乃白石老人笔下之瓜蔬清影也。

院中央植枣树一棵，枝干丫杈，繁荫成盖，细密的枣花撒落树下。抬头观瞧，浓密的叶间缀满了串串小枣，晶莹如豆，泛着翠亮的珠光。亮贤兄是个很有生活情趣的人，枝头还挂了两个鸟巢，供佳禽来栖，为读书写字增添几许快乐。树周鲜蔬豆架数畦，青菜油绿可鉴，豆角垂挂如镰。西红柿还没有熟透，泛着微红的脸腮，像东邻害羞的少女，藏在疏枝密叶间。

正房三间，宽敞明亮，屋顶以琉璃瓦装饰，颇见气派。砌下并排摆几盆石榴，那娇艳火红的花朵随风摇曳着，为这恬静的小院平添几分闹趣。

枣树下，亮贤妻海兰嫂早已安置好桌椅，摆好解暑的清茶和现摘的黄瓜。大家依次环列，等巨锁先生入座。先生再三谦让，我笑曰："眉先生，须后生，先生本在后生上。首位理应先生来坐！"

先生笑答："后生更比先生长才对！"

先生正待入座，忽又笑道："呵呵，斯文扫地了！"

大家不解其意，待仔细观察才发现，椅座布料上印满了羲之书法，"王羲之"赫然其上。

有人不无遗憾地说："缝上个布罩就好了。"

先生双手合十，曰："掩耳盗铃，失敬，失敬！"

大家忍俊不禁，都为先生细致的观察力和敏锐的应变力所叹服。先生已八十二岁高龄，如此硬朗敏捷，这不能不说是忻州文化界之福啊！

大家呷着茶，品嚼着爽脆的黄瓜。一会儿，书友郭晓军从车上搬来一方黄色锦盒，沉甸甸的。待净手轻启盒盖，是一轴装裱好的巨幅书作。

晓军说："这是一轴《大佛顶如来经》，我用两年多时间才写完，七万余字，全部展开有二百多米。"

轻启慢展，只见一行行金粉隶书小字均匀地排列在湖蓝色的书经纸上，乍看若满天金星，近瞻，则字字珠玑，或鹤翔九天，或鳌游沧溟；或仙子曼舞，或老僧入定，不一而足。大家直为晓军的虔诚和严谨所叹服。

有顷，海兰嫂与邻家杜老师夫人已端来了鲜蔬调拌的凉菜，醋拌莙荙菜、芫荽红萝卜、蒜泥马齿苋、清煮豆角、黄瓜丝、土豆丝……绿者如玉，白者如雪，赤者如丹，悦目的自然本色直勾人们的食欲。海兰嫂说："这些都是亮贤亲手栽种的时蔬，施的有机肥，不打农药，能吃出从前的滋味来。"亮贤微笑着说："从小生长在农村，劳动才快乐，吃农家饭才舒服。"在座的都有农村经历，这份乡愁自是同感。

海兰嫂又从南房取出两瓶特大号青花瓷老汾酒，古雅精致的包装看上去已有了年份。亮贤笑道："这酒是二十年前买的二十年汾酒，海兰给存了几瓶，也是效仿东坡夫人，'我有斗酒，藏之久矣，以待子不时之需'。"海兰应道："我倒没那想法，只是藏几瓶想让你有个惊喜。你高兴，我就高兴！"朴实的语言引来大家阵阵赞许。

大家推杯换盏，品蔬论书，嚼豆引逗，其乐融融。西邻杜老师退休在家，热爱收藏，新中国成立后出版的小人书收藏近万册，话题自然说到了收藏的事。

陈先生说："多年前到李苦禅老先生家拜访，恰巧碰到一位自称是青岛博物馆的青年也来拜访先生。与李老叙谈了家乡的情况后，便提出了求画的愿望。李老略加思索，将墙上一幅四尺三裁新作《松鹰图》取了下来。正准备秉笔题款时，夫人李慧文从里屋出来说：'这不是你为出版社准备的作品吗？明天来取，你拿什么应对？'李老放下毛笔说：'老乡求画，也不能空手回去吧。'夫人又说：'内屋不是有几张吗？'遂从里屋选取一张，题款钤印，赠给那位青年……"杨仲义先生说："听说你们书画家的印章都是夫人保管，盖个章也挺难哩！"先生不无风趣地说："也和唱戏一样，总得有唱红脸和唱黑脸的，没个挡架真也应酬不过来！”范越伟接茬道：“李老赠送的那幅画说不准还是他儿子李燕的临摹作品呢！”逗得大家一阵大笑。

这时，热烩菜、东坡肉、红面鱼儿、莜面饺子、羊肉臊子陆续端上餐桌。做工精细，色味香形俱佳。海兰嫂说：“亮贤清早起来就忙乱了，炖肉是他的拿手菜。那红面鱼儿是我搓制的，不知道合不合大家的口味。”

陈先生放下手中筷子，不无幽默地说：“这么纯正的农家饭菜，饭店里吃不上。‘不知自己没本事，尽给别人添麻烦。’”先生引用张颔老的妙联答谢着主人，也给大家带来了更多的乐趣。

笑料作佐，美酒助兴，时间自然过得很快，不知不觉太阳已照到潘新华兄的背上。新华兄多饮了几杯，脸红扑扑的，鼻梁和两鬓挂几粒汗珠。

陈先生又给大家讲起了笑话：“东坡先生请佛印吃饭，让书童送去请柬。佛印启柬一看，上书请吃‘上半鲁（卤）’。佛印稍加思忖，噢，是请我吃鱼喽！便应约赴宴。自然是全鱼宴，佛印不能动筷。临别，佛印说，佛家过午不食，今天我早早就吃过饭了，明天我请你吃‘下半鲁（卤）’吧。第二天，东坡前往寺庙，日头已高，佛印在寺院正中支起餐桌让东坡先生入座。等待好久不见上菜，日头火辣辣的。噢，佛印是让我晒太阳来了……”大家又是一阵欢笑。

陈先生接着说：“今天我们也是来吃‘上半鲁（卤）’了。”

“今天我们没有鱼呀？”人们不解其意。

“红面鱼儿不是鱼吗！”大家又是一顿开怀大笑。

餐后，亮贤兄取来笔墨、册页，请大家留墨纪念。杨仲义先生搔首款步，若戏台上的诸葛老生，待成竹在胸，提笔写“团聚”二字。继则潘新华兄以章草笔意书“积健为雄”。晓军兄以汉隶笔意书“万紫千红总是春”。越伟兄以行草书元遗山《饮酒》诗一首。文成兄以隶书写孟浩然《过故人庄》一首。我摘东坡先生《浣溪沙》词，以行书写“簌簌衣巾落枣花，村南村北响缫车”。日后，待陈先生题签以永宝之。

写毕，同赴西邻杜老师家参观连环画收藏，众皆寻找着儿时熟悉的书名和英雄人物，感叹藏富之余不免慨叹时光之易逝。

临别，大家让我把这次“农家乐”记载下来。我也觉得，不写点儿什么，真对不起亮贤兄嫂一整天的忙碌！

2020年7月4日

貔貅

此貔貅者，非《史记》轩辕振兵之猛兽，乃我家瑞兽小狗之名。小狗品种本泰迪，又名贵宾，祖上法兰西，辗转几代到北京。貔貅何幸，由小女自网络购得，定居我家。其毛色金黄，莹莹然，若锦缎，若黄玉。其额旋涡，毛尤纤长，丝缕纷披，灿若金菊。其瞳如珠，靛黑而泛幽光，晶莹而示祥和。耳廓蕉叶翻风，鼻头橡栗黢黑。每疾走而返，常坐卧膝下，仰天咧嘴轻喘，鼻翼沁露，舌吐莲瓣。貔貅体长尺许，娇小可爱，活脱脱吾案头镇纸貔貅，以故名之也。貔貅年庚十二，已入暮年，然步履轻盈，至今无龙钟之态。

貔貅初来我家，小女如获至宝，庭中院内，逗引嬉戏，如索牵拽，须臾不离左右。

忽一日，貔貅静卧桌下，无精打采，不立不吠。驱之，鼻偃神茶，头颈瘫软，状若棉团。

妻曰："貔貅恐染疾！"

小女伏床哽咽，情状不胜。

吾顿生不爽，面挂愠色，喟曰："考妣不若也！"

女挥泪："此亦命耶！父也忒铁石心肠！"

余遂租车走街串巷，唇焦口燥，遍觅医犬郎中，终于僻静小巷寻得跛足兽医——韩大夫！

匆匆返家。余蹬链轮于前，女笼拎貔貅于后，流星火急，至韩郎中医所。诊断有顷，曰：“细瘟袭染，输液三日可愈。”遂展置貔貅于犬台，悬瓶点滴。吾寻净水小瓶，以棉球浸其唇舌，小女踯躅于台前，尽心呵护。逾三日，貔貅痊愈，饮食撒欢如初。家人怜其命途多舛，于是爱惜臻至。

越明年，小女赴京深造，余与内人日渐繁忙，遂将貔貅寄托母亲看养。日久未见，一日，余欲叩门，貔貅已吠声传至。方进门，腾跃三尺余，喧闹吻抱，余避之不及也。旋即倾囊饲食，令其坐卧，悉如人意。母曰：“汝方至小区院门，貔貅已觉，静立门后。步履刚至，眼盯门柄，侧耳哼哼唧唧，示我开门矣，小小精灵，感亦神矣！”而后，接通视频，与小女面晤，貔貅窥屏轻吠，似向小女诉思。余等皆叹，貔貅灵性亦谓通神矣。

如其名，通其性，貔貅特质也多矣。其胃口好，见食狼吞虎咽。母亲方握厨刀，它便尾随而来，前爪搭灶台，不停张望。家人吃饭，其由桌下探首注目，眼含哀求，瞧你进食。挟剩骨投之，喉音唬唬，含骨至僻静处撕啃。旋顷，又来讨食，复投之以肉，叼而远遁，啖尽乃返。火腿肠为其绝妙美食，切小丁以诱之，立作亲昵状，或蹲或卧，筋斗作揖，极尽其能事。晨兴锻炼，其影随母后，走走停停，撩后腿于墙角，淅沥志之。莳花种菜，其左右侍母，如母所令，或含绳索以绑架，或递毛巾以擦汗，不知止歇。

春和景明，万物焕发生机。得暇偕家人赴定襄七岩山踏青。人未上车，貔貅已跳车上。一路端坐母亲怀抱，恰似婴孩般。待下车，迎风狂奔于草甸，倏尔踪影如豆，复又回头跳踯而来，招呼家人一并登山。凌波微步于山中细路，摇尾快兮，回目盼兮。七岩山中，梵宇林立，每至空门净地，貔貅不喧不吠，或卧伏蒲团，或虎踞高台，若虔僧，若金刚。余等复叹，貔貅真灵异类也。于是，余口占俚句曰：

春风骀荡草芳殊，
鱼磬空灵若有无。
欲笑貔貅充护法，
绀园傲立小於菟。

吾家二弟，家居亳州，年少习武少林寺。小侄二十出头，身体健硕，商海弄潮，亦爱习武。偶见貔貅，羡其闪展腾挪迅疾，蹦跳旋走利索，且寓意招财，爱之甚切，欲领貔貅于亳州，养些时日。至则出入武林，游走商贾，锦鞋绣袄，遍览繁华。日前视频，梳洗打扮，一派富贵，真贵宾也。然其目噙珠泪，似有眷恋故园之意。母亦甚解其心，令吾侄子择日归赵。

吾本不喜犬类，厌其媚骨，憎其欺弱。曩读鲁迅先生痛打落水狗之檄文，甚感淋漓痛快！且扬手振臂：费厄泼赖应该缓行。今观吾家貔貅，此念易矣。犬有善恶，其阴险刁横者，诚应棒喝之，鞭笞之；其忠诚守责者，亦应庇护之，怜悯之。世间万物，本同无别，果善者善偿，恶者恶报欤？

2022年11月

艺苑闲谭

古城、书院、艺苑。几乎所有的秀容人都知道，忻州古城的秀容书院，有一座古槐参天、浓荫蔽日的院落叫槐树院，亦作遗山艺苑。

不拘从古城的东门、南门、西门还是北门进来，我总会从不同的方向避开川流的人群，把热闹和繁华留在身后，悄悄地抵达静谧的书院，然后拾级而上，来到书院的上院。从月亮门入内，小院方整。正屋五楹，为“杏花雨堂”。西屋四间，随形就势，筑于高台之上，为书画展厅。南建回廊，供诸人纳凉歇脚。檐下短篱，时花竞放，院中古槐，承露绽颜。忻州的文人墨客大都知道，这里是市文联的“文友之家”。

闲暇时，约二三子，茶烟氤氲，谈天说地，互吐心迹。月出东山之上，书院人迹星稀，这里却灯火依旧。妻来电，问所忙何事，答曰：砚友聚，闲谈云尔。复问：闲谈些甚？——雪泥鸿爪，云影天光，容我与诸位道来：

我的名字

古代文人士大夫皆有名、字、号。吾乡贤傅山先生，名号甚多，初名鼎臣，字青竹，改字青主，又有真山、浊翁、石人等数十个别号化名。傅山先生名号之多，一则因其不同时期的身份和时境使然，二则傅山先生乃著名书画家。说来，古代的书画家大都是文人士大夫，名号多亦不足为奇。集“诗、书、画、印”为一身的吴昌硕先生，除昌硕之外，又署仓石、仓硕等别号。齐白石先生亦有白石山翁、三百石印富翁、老萍等十多个名号。大抵书画家皆志趣高远，性情挥洒，抑或时移世易才会有这么多的名号。

言归正传，再说我的名字。我自是不敢忝列文人，亦无书画家那般洒脱豪逸的性情，“利民”这个名字，从童年入学，到青年时参加工作，及至后来从事书法创作，从未更改，亦无字无号。一如我的初心，固化在人们心中。

溯说源头，我的名字是奶奶起的。奶奶本不识字，我出生第七天，伯父家也喜得一子。两千多年前，人们就把生男孩儿称作“弄璋之喜”，奶奶抱着两个孙子，在邻里乡亲不绝于耳的恭贺声中，真是喜上眉梢、喜眉笑眼、喜不自胜啊！日有所喜，梦有所应。奶奶对爷爷说她每天夜里梦见星宿，乃寝乃兴，乃占我梦。吉梦维何？奶奶说：“利明星——利明星！”于是，奶奶为我取名“利明”，堂弟为“利星”。妈妈是读书人，上户时把我的名字写为“利民”。“王者所佩在德，德在利民”，而为民之德，亦要利国利民。

名字是有时代色彩的。我生于20世纪60年代，“利国利民”的思想自是一以贯之，但取名这事儿，效仿者甚多。于是，同龄人中，同名同姓者颇多，以至于因为名字，还发生过一件啼笑皆非险些耽误前程的事情。在基层工作时，组织部发调令于我，却把调令发给另外一位同名同姓者。那位“王利民”还是个女同志，原工作单位比较轻闲，本人也不想调来调去，便把调令私自压下来，准备向组织部门反映个人意见，却又一直没去。调令时限已至，组织部以为我不愿意调动，正要撤回调令，幸有工作细致者反复核查，方才明白原委。

来市里工作后，也遇过不少尴尬事。一次，领导在大厅喊："利民，过来一下！"竟一次跑过去三个"利民"。后来因工作需要，又到县里任职，班子里出现了两个"利民"，人们只好称呼"大利民"与"小利民"。

未承想，因为"利国利民"的初心，"利民"这个名字竟在生活圈内高度重合，于是，我有了改名字的念头。字典翻了几个来回，最终聚焦到一个"晟"字，家人都说不错，那就叫呗。可是，妻试着叫我，我还愣在那里；同事叫我，都说难以启口，感觉很陌生。话说，"利民"这个名字，叫了几十年，吾耳熟焉！家人朋友，亦口熟焉！称呼，早已成为一种习惯。习惯之为常，又焉能改之？自此，我不再推敲改名字的事。

今年，中国艺术研究院书画评论家刘波先生让我寄作品过去，写个评论。几日后复来电，说你应该有个字，体现你的境界，也会增加书法作品文气。这个建议不错，本名初心不改，后面加个字，不与他人雷同。

于是，约几位书友一起想这"字"的起法。但一月过去，"字"取了十几个，竟无一合意者。到生日那天，书友聚饮，恩师陈巨锁先生在列。人不多，便闲聊"字"的由来。先生说："字应与正名相关。孔丘，字仲尼，诞生于尼丘山下；王维，字摩诘，佛界有《维摩诘经》；元好问，字裕之，《尚书》有'好问则裕，自用则小'；白居易，字乐天，其弟白行简，字知退，居易则乐天而知命，行简则能进而知退，兄弟俩的名和字，是为'居易行简，乐天知退。’”众皆洗耳，我已入神，乘兴问：“那先生能否赐我一字？”先生略作沉吟，若有所思，道：“利民、利民……利乐有情。民为本，君为轻，社稷次之。叫‘本之’可好？”先生带着商量的口吻。我心中一动，大为赞叹：“太好了！”文成、向琴戏笑道：“古有羲之、献之、裕之，今有本之。”众人皆拊掌。生日之际，八十四岁高龄的恩师赐字，这份礼物可谓铭感不忘！

壬寅十月起，我的书作名字前便加了自己的字——本之，微信名也改为“本之·王利民”。

书友们说，以后有“本之”二字鞭策，“利民”定会更好地服务人民。

我的斋号

我曾想，把古今文人的斋号搜集起来一一诠释，便是一帙国学深厚的大部头。书斋三五字，浓缩人生感悟追求，寓意深刻，发人深思。南宋诗人陆游的书斋题名为“老学庵”，他说：“予取师旷‘老而学如秉烛夜行’之语，以此激励自己活到老，学到老。”明末著名学者、文学家张溥为了勉励自己，为自己的书屋取名“七焚斋”，也叫“七录斋”。他所读的书，一定要亲手抄录，抄完朗读一遍，随即烧掉；接着又抄，抄了又读，读了又烧，这样竟达六七次，书屋故取此名。近代鲁迅先生的“绿林书屋”，有投枪、匕首的味道。在黑暗年代，他为中国革命事业奔走呼号，一些反动文人却诬贬他是“学匪”，他就把自己的书斋命名为“绿林”，意即“学匪、绿林寓所”，以示嘲讽。当然，还有许多比较隐晦而寓意深刻的斋号，如著名诗人柳亚子将自己书屋题名为“羿楼”，羿为古代神话中的射日英雄，“日”指日本帝国主义，以此来表达他的爱憎。

书画家的书斋亦妙趣横生。史称“草圣”的怀素幼年出家，酷爱书法却无纸练字，遂在房前屋后遍植芭蕉，以蕉代纸，故书屋取名“绿天庵”。唐寅浸淫书画，寤寐求之，他的书斋叫“梦墨堂”。白石老人喜画花鸟，三十五岁在湘潭建了一所房子，院中种植白梅数百株，书斋遂命名为“百梅书屋”，在意境上更胜一筹。

山西老一辈书法家的书斋，我大部分造访过。姚奠中先生书屋名“樗庐”，甚是简朴，取意庄子《逍遥游》“吾有大树，人谓之樗”，取其“大而无用”之意，乃自谦之词。先生写字作画常署“丁中”“老樗”，一生教书育人，誉满学界。林鹏先生的书斋叫“蒙斋”，取《易经》“蒙卦”。我读余秋雨先生《易经简释》，其导读曰：“蒙，意为启蒙。选释两则，第一则：山下出泉，蒙。君子以果行育德。第二则，利用刑人，以正法也。‘刑’同‘型’，典型、模型之意。‘蒙’的主旨即：以典型让孩童领会法则。”

我的恩师陈巨锁先生书斋叫“文隐书屋”，也称“隐堂”。先生有《隐堂散文集》《隐堂琐记》《隐堂随笔》等多部文集行世，书中也多次提到自己斋号。“隐堂”自黄庭坚诗句“愿为雾豹怀文隐，莫爱风蝉蜕骨仙”，南山雾豹，怀才自爱，自是先生心迹。初，“文隐书屋”由楚图南先生题署，后来先生乔迁，海上词丈周退密先生再题写。这些，我在《书道师缘》一文做过详述。

我的斋号自然不可与诸位大家相提并论，赘述于后，只博一哂。我的斋号初名“聊然斋”。年轻时向姚奠中先生请教书法，便冒昧地向先生提出题斋号的奢求，没想到先生欣然应允。先生从老花镜上缘透出慈祥的目光问我，题个什么斋号？我当时爱看《聊斋》，工作又很繁忙，苏轼有诗句“悠悠未必尔，聊乐我所然”，于是，我说叫“聊然斋”吧。先生染翰挥毫，笔墨淋漓，书赠“聊然斋”，玉成斋号。

去年，我调回忻州市文联任职，我爱好的文学和书法都成了工作，这么一来，我好像清闲下来。这时又担心自己在“聊乐我所然”中从“聊然”成为“索然”，于是便有了重取一个斋号的念头。彼时，正在读《庄子》，便想到“葆光”二字。随即专门向恩师陈巨锁先生请教。先生一边思索，一边以食指在沙发扶手上轻叩、比画。

几日后，我在“隐堂书屋”收到先生题写的斋号“葆光书屋”，翰墨老辣，清气扑面。现在，“葆光书屋”已精心装裱，悬于书斋正壁。抬头看到这四个字，时刻不忘“注焉而不满，酌焉而不竭，而不知其所由来，此之谓葆光”。

我的印章

印者，信也。

《说文解字》中解释：“印，执政所持信也。”印章，乃示信之用。你印了，别人就信了。比如书画，有印才有信，才是真迹。

因为书法与印章之间天然的、血缘的美学关系，我与书法结缘的时候，便有了印章。我虽不会治印，但这方寸世界里的风雅情趣和博大气象，与书法一样令我着迷。

我手头有两枚铜质古印，是多年前在家乡雁门关下广武城一家古董小店发现的。这两方印章，比蚕豆略大，正方形，顶端有钮。其中一枚印面滞了砂石，字迹已不好辨认；另一枚只有一“玺”字。两枚印章布满苔藓般的锈迹，看上去朴茂苍古，简练厚重，我如获至宝，尽归行笥。值书友们相聚，我拿出来传递鉴赏，篆刻友人在放大镜下琢磨良久，笃定地说，是汉印。一枚雁门关下的汉印，无论是字迹磨损到无法辨认，还是一个单字“玺”，其斑驳的铜锈里都隐藏了许多历史的可能。卫青、霍去病、李广、王昭君，他们就是在雁门关下大败匈奴、出塞和亲，他们在这些著名的历史场景中诠释的是“报君黄金台上意”的知遇之恩，是“提携玉龙为君死”的英雄气节。而这两枚汉印，都可能是镶嵌在这些历史中的符号，它们的背后是雁门关下的金戈铁马，是燕赵大地的慷慨悲歌。

这些历史的可能，不是揣测，而是揆度。因为“玺” 印多半是诸侯王者的印信，既出土于雁门关，又怎么离得开雁门关下的风云际会和历史钩沉？我不是收藏家，没有刻意搜罗的习惯，而这两枚印信竟然没有被各地往来的游客带走，而终究归于我这个雁门人之手，这确是一种不得不说的缘分。

这两枚铜印之外，我的书橱里还有三十几枚篆刻印章，都是石印。寿山、青田、昌化、巴林，这四大印章石自然都有，这几年，又添了老挝石、云南玉石和家乡代县的叶蜡石，虽无极品，但经篆刻家的妙手冲凿，皆可赏心悦目。印章最大者宽可二寸，为宫廷元兄所制五台山文殊菩萨跏趺坐造像，法相庄严，启人智慧。最小者为范越伟兄为我所制名章，宽仅半厘米，“王”为朱文，“利民”为白文，为道兄在显微镜下所镂。其余有肖形印“游龙”“云冈印像”“汾河湾”“追梦”等，每与书友品茶闲聊，便拿出来赏玩品评，在这方寸世界里怡情悦性。

每一枚印章背后，都有一个精神世界，都有一段光阴故事，涵盖了雕刻者的非凡匠心，主人的时境心情、文学修养，以及岁月的回声。我所有的印章中，最有故事的有两枚。一枚是安开年先生为我所制“诸形无常”，石质为寿山，白文，附边款，以石绿挂色，乃先生1991年秋为我精心冲凿。这枚印章也是我首次投稿用印。印文以刀代笔，篆法高古，虚实反差精妙，匠心独具。只是在前几年的一次笔会中不慎掉落，印面一角损坏，不堪再用。我是个恋旧之人，每每耿耿于怀，挂碍在心。今年与安开年先生谈及此事，先生开颜安慰一番。过了几天，先生重新刻制一枚，由太原寄来。正文如旧，刊刻边款如下：“摘大智度句，为静友利民仁兄再造是印，感慨良多！壬寅开年记。”先生刀法愈加醇古，让我激赏。每每拿起这枚印章，我会更多地钩沉往事，感慨山阴路上道阻且长。

还有一枚是王志刚兄为我所治闲章，印石为老挝石，宽寸许，绵柔细腻，抚之如玉，乳白的石髓中飘着几缕红色游丝。我曾写过一首怀乡小诗，首句为“家住雁门滹水边”。志刚兄说，这个内容就不错，但不要催。过了整整一年，志刚兄打来电话，如释重负说：“刻好了！”我忙赴省城，晤面。只见印章以小锦盒封装，内贴印拓两帧。不难看出，这是志刚兄的精心力作，刀法细腻，宗法牧甫，以秦汉器用文字见示。一年治一印，如十年磨一剑，其中有磨砻砥砺的工匠精神，更有志刚兄与我的笃厚交情，我理当宝爱有加。

现在，我常把这枚印信携带身边，每每钤盖，便会想起志刚兄灯下奏刀剥剥然的情景，也会思念起雁门关下滹沱岸边的故乡。

日积月累，我也拥有名章与各种闲章几十枚。小器大雅，这方寸印章与千古文章，同样蕴含着无限的语言密码和蕴藉风流。

我想，我对印章的喜爱仍是对语言本质和传统文化的追求，这种喜爱更多的是鉴赏和品味，而意欲据为己有的亦是出于汉字的指意功能，比如，我的书橱里还缺一枚“本之”，一枚“葆光书屋”，我期待与它们的缘分……

砚边钩沉

当我在书房坐下来，叙说这砚边点滴，钩沉往事的时候，我用的不是笔墨纸砚，因为，我也成了这个时代的“键盘侠”。

从毛笔到硬笔再到键盘，人们写字越来越快，笔墨纸砚离人们的生活越来越远。我们不可否认，古代的文人标配 ——文房四宝的书写功能在减弱，收藏和观赏功能却在增强，尤其是砚台。

墨汁代替了研墨，碟、盏、缸代替了砚台。在我的书桌上，经年置于案头的是两樽小铜缸，带盖，一樽盛墨汁，一樽盛清水，墨和水“旱不枯，涝不溢”，常年保持适合毛颖舐汲的状态。但笔墨纸砚，还是我的文房四宝，我对它们有一种之死靡它的情怀。

一日，偶尔临习米芾《研山铭》，又想起砚台的轶事，古代研山和砚山是一回事。《研山铭》是米芾法帖，共三十九字：

> 研山铭：五色水，浮昆仑。潭在顶，出黑云。挂龙怪，烁电痕。下震霆，泽厚坤。极变化，阖道门。宝晋山前轩书。

《研山铭》的由来，源于一块灵璧石“研山”。这块灵璧石砚本来是南唐后主李煜的专属，后来传到李煜后人，也就是米芾妻子手中。新婚燕尔，米芾妻子将这块灵璧石砚赠予米芾，芾欣喜若狂，连睡觉都要抱着这块石头。后来在一天夜里写下了行书《研山铭》。学界公认，这是米芾大字行书的巅峰之作。

《研山铭》法帖现在还在。2002年国家文物局从日本高价购回，卷首还留下了日本第29任首相犬养毅“鸢飞鱼跃”四个江湖字。

研山却至今下落不明。

2020年重阳节，我与冀卫东兄到金陵参加书画活动，冀兄带我到一家私人藏馆参观历朝砚台。藏主收藏颇丰，整整一个下午，我们观赏把玩，仔细聆听，沉醉在砚台世界。特别在山西绛州澄泥砚旁关注良久。绛州澄泥砚自唐代起被誉为”四大名砚”之一，与甘肃洮州洮河砚、广东端溪的端砚、安徽歙县的歙砚齐名。可惜其制作工艺于明末清初失传。我们把玩的十余方澄泥砚均为唐宋时期所制，有抄手、簸箕、虎符、蕉叶，其色泽有朱砂红、鳝鱼黄、蟹壳青、檀香紫，观若古玉，抚若童肌，呵可生津，令人爱不释手。

今年夏天，我在太原晋宝斋闲逛，发现有绛州澄泥砚专柜。上前打问，工作人员说："绛州澄泥砚现在是'黄河文化'系列非遗产品。20世纪70年代，已故书家徐文达先生潜心研究数十载，出过一批精品。近几年，新绛艺人再度深入挖掘，开发了近百个品种。澄泥砚制作技术含量高，而且时间长，成品率低，也不宜大批量生产。"随手接过一方掂量，重如石，抚如玉，凉如冰，叩如磬，询问价格，均在千元以上。

我喜欢砚台，却不像米芾那样成痴成癖，得之亦随缘。且米芾《砚史》有云："器以用为功。"我家中倒有几方砚台，但案头常用者不过一石砚，是多年前游黄山从歙县买的。圆砚直径五寸，通体黝黑，隐约间有白雾一抹，状若银河。石质细腻，发墨快捷，砚池半研磨、半贮水。砚底由安开年先生镌刻"利民砚田"四字。写字时如果时间充足，我会用细铜匙从小铜缸内舀几滴清水，边看书，边构思，边用墨丸研磨。苏轼有曰："砚之美，润而发墨，其皆余事也。"砚之功用，朴素唯真。

另有几方砚台均为定襄的"文山石砚"，虽是雕刻精细，却繁缛花哨，又清洗不便，遂置之于书橱底柜，封尘已久。前日，定襄一位朋友贻赠一砚，倒令我心生欢喜。

这石砚出自老坑，沉稳厚朴，天然雕饰，虽有金蟾桂枝，也是神来几凿，未损造化之功。通体“赤比马肝，酥润如玉”，让我想起《陶庵梦忆》之“天砚”。于是作砚铭，闲来赏玩，铭曰：

蟾宫桂枝，片玉昆冈。
河汉疏雨，融融砚堂。
墨池湛湛，藜火送光。
欲界溷扰，培风夜航。

2022年11月

注：蟾宫桂枝，片玉昆冈：指石砚画面，又指文山老石砚如昆仑玉石珍贵。寓义学有所进，早日成才。

河汉疏雨，融融砚堂：孟浩然有“微云淡河汉，疏雨滴梧桐”诗句。指河汉中的星雨滴入砚池，融融发亮。

墨池湛湛，藜火送光：陆游有“湛湛一池墨，袅袅半篆香”诗句。藜火送光，自《太平广记》，刘向深夜校书天禄阁，夜有老人扶青藜之杖入室，吹杖取火，为其照明。

欲界溷扰，培风夜航：欲界为佛教用语。佛教把世界分成欲界、色界、无色界，合称三界。溷扰：指混乱、混杂。培风：自庄子《逍遥游》，指凭借风力。夜航：张岱有《夜航船》一书，借夜航船走向光明彼岸。

故乡的二月二

我属龙，一提起龙就有点儿兴奋！

小时候，听大人们说“二月二，龙抬头”，我就觉得这是我的节日。我一直以为，属什么，是一个人的本相，我的本相就是龙。所以，我对二月二这个传统节日情有独钟，过节的风俗习惯在我的童年印记里也非常深刻。每年的这一日，天刚亮，姥姥便开始洒扫庭院，那簌簌的扫帚声把我从梦中唤醒。我把脑袋缩进被窝里懒睡，姥姥会俯下身，贴耳轻声说：“起哇，今天是二月二，龙抬头哩。”

听到龙抬头，我一激灵，毫无睡意了。

吃过早饭，阳光已洒满院落。姥姥把板凳摆在院中，拿着围裙和剪刀说：“快来剪个发！”我一贯害怕头发渣的刺痒，一说剪发我就磨蹭。

“龙抬头哩！不剪头发就成了奓煞的刺猬！”姥姥哄诱着。

我听到龙就壮了胆。我知道龙的样子，角似鹿，头似牛，眼似灯，身似蛇，爪似鹰。我见过戏台上皇帝穿的龙袍上面绣着的龙形图案。老人们说龙可以腾云驾雾，行云布雨。那时候，我还不懂提起龙时的兴奋和胆壮，其实是一种精神图腾。我感觉到一种内在的鼓舞：我属龙，最厉害！于是，我乖乖地坐在板凳上，听任姥姥给我系上围裙。

那时农村的理发工具，只有剃刀和剪刀。儿童们看见那泛着寒光的剃刀就心里发怵，大人们只能用剪刀象征性地剪几下。剪发后，我对着镜子前后观瞧，嘟囔："像只花狸猫，哪像龙呀！"姥姥抿嘴，望我而笑，不再作答。

近午，姥姥开始做煎饼，这是家乡二月二的传统美食。姥姥从米面瓮里用葫芦瓢分别舀取豆面、荞面、红面、白面，置于红泥瓦盆里，用水调成糊状，然后以半截胡萝卜蘸油擦拭锅底。我在姥姥娴熟的手法里窥探着厨房里的这些奥妙。

灶膛里火苗升起后，姥姥说："乖娃，过来帮姥姥拉拉风箱。"

凡是和吃有关的事情，我干起来都带劲。我迅速又乖巧地跳到蒲团上，双手抱住风箱的把手使劲儿拉起来。"嗯嗒——嗯嗒——"火焰随着风箱的一推一拉有节奏地跳动着，不时蹿出灶口。姥姥一边传薪，一边把杂粮糊搅匀，以铜勺舀取，沿锅边绕圈溜浇下去，再以铜铲把面糊刮匀。

这时，姥姥会让我暂停。我站起来，趴在锅边，乖觉地观察着姥姥纯熟的动作。少顷，那煎饼的香味儿已弥漫整个小屋。

姥姥把煎饼一张张叠放在瓦盆里，再把土豆丝、萝卜丝、海带丝炝以麻麻花凉拌好，把品种多样的小咸菜切出各种花样，装入小碟，淋以亮油，顶端点缀几段焦红的辣椒，统一摆放在二尺见方的红漆大木盘中。

这时，姥爷从生产队归来，姐姐也放学了。

姥姥拿起笤帚从头到脚帮姥爷清扫尘土，然后四人一块儿围坐炕头品尝美味的煎饼。要说姥姥做的这煎饼，既可卷凉菜吃，也可切成细条拌起来吃，那味道素淡清香，淳朴绵长。吃时也可按照各自口味，配以小咸菜。这种吃法也更适合南朔一带老百姓的口味。

午后，姥姥又在赶着烘土琪，炒瓜籽、大豆（蚕豆）、豌豆，这是专门给我和姐姐特制的零食。制土琪需要用糕面、玉米面，和匀后搓为长条，切为骰子大小的小颗粒，再用窗棂上刮下来的黄土末一块儿烘炒，熟后为土黄色，乍看像榛子，嚼在嘴里“噌噌”作响，清香四溢，甚吊胃口。

掌灯时分，我们四人盘坐在热炕头，品尝姥姥炒制的各种干食。姥姥、姥爷牙齿都不好使，我和姐姐就用石杵臼把土琪、大豆、豌豆捣碎，倒入碟中递奉。二老用小勺吃，最后把剩余的粉末倒在手心，掬送口中。碎屑挂在姥爷花白的胡髭上，姥姥就帮着用笤帚扫下来。我和姐姐咯嘣咯嘣地嚼着，那脆亮的声响，与昏暗的灯光，与姥爷和姥姥慈祥的笑容，混合着空气中干燥的烘烤味儿和土琪炒豆的香味儿，就是记忆中二月二的味道。

许多年后，随着工作地点的变动，我亦度过了许多个风情各异和习俗不同的二月二，有的地方担水引钱龙，有的地方吃龙须面，但各地普遍遵循的习俗是理发，谓之“剃龙头”。我逐渐了解，举凡风俗，以及我小时候吃过的煎饼、炒豆，都是有讲究也是有来历的。据《燕京岁时记》记载：“二月二……今人呼为龙抬头。是日食饼者谓之龙鳞饼，食面者谓之龙须面。闺中停止针线，恐伤龙目也。”我儿时吃过的煎饼，原来叫龙鳞饼。我也记得二月二这一日，姥姥是忌针线活儿的，没错，就是怕伤了龙目。就连我吃过的土琪、炒豆等，都不是随随便便的零食，而是源自一种“咬虫儿”的风俗。吃炒豆是咬害虫，这样人畜庄稼来年不再受害虫危害。

这么多年过去了，故乡的风俗远去而弥新，故乡的风味香远而愈清。姥姥在二月二的那些做法和她做的食物，每至是日，都会唤起我心头对故乡永远的怀恋与感动，那样隽永、绵长。

龙的传人，根永远在故乡！

2023年2月20日夜

故乡的寒食节

自我来忻州，已过卅寒食。

这番感慨，原不似苏轼在《寒食帖》中生发的“自我来黄州，已过三寒食”那般的人生感叹，也不似韩翃的“寒食东风御柳斜”中所表达的亦歌亦咏又亦讽亦谏的深远含义，而是寒食即至，唤起了我的乡愁。

这不绝如缕的乡愁，让我念起儿时在故乡寒食节捏寒燕儿的情景来。

晋北的寒食节依然春寒料峭。头天晚上，姥姥就浸泡肥头开始发面。一觉醒来，空气中弥散着面粉发酵的酸甜香味。姥姥掀起炕头倒扣在红泥瓦盆上的面盆，牵拉起丝丝缕缕的面线，面团已经由原来的半盆胀成满满一盆。姥姥满意地看着蜂窝状的面团，盖上面盆，下炕开始这一天的忙活。

清水压尘，洒扫庭院。尔后准备好碱面儿、高粱秸、高粱叶，再把剪、梳、锥等面塑工具洗了又洗，擦了又擦，晾在窗前。吃过早饭，隔壁的生财妗妗、存福奶奶相继登门。农村邻里间的称呼不像城里，年轻的都是阿姨，年长的都是奶奶，完全没有辨识度。乡下，每个被称呼的女人，都在称呼前冠之以她们男人的名字。

三人分工明确，开始进入捏寒燕儿的程序。姥姥上碱，生财妗妗揉面，存福奶奶和姥姥负责捏塑。

太阳出来了，阳光铺满院子，也透过两孔小小的玻璃窗，射在炕的中央，气流在阳光里袅袅地升腾。白麻纸上的剪纸此时显得格外鲜灵，红盈盈的，那鱼钻莲、牛拉车、喜鹊登梅也仿佛在窗棂中游动。是时也，院中枣树上飞来两只喜鹊，“喳、喳、喳”叫个不停，似乎知道屋内有人要为它们造像，兴奋地蹦来跳去。

姥姥绾起袖管，把发好的面团放在案板上，稀释碱水，在面团上小心淋洒，边淋边揉，从手感上品验着碱的大小。等到手光、面光、案板光，面团里不时发出“噗、噗”的响声时，姥姥从容地说：“碱上好了，利民，抱柴火去。”

我从柴房里抱回一小捆玉米秸秆，刚要进门，姥姥忙说：“慢慢放，小心荡，小心荡！”爱干净的姥姥生怕尘土落在面案上。

生财妗妗踮着脚尖，已经开始不停地揉面。存福奶奶盘坐当炕，准备一展手艺，两只“金莲”压在膝下，像尊慈祥的雕塑。

姥姥似乎又想起了什么，说声“等等”，然后燃起灶火，用炉锥穿起一小面团，在火上转着圈儿，慢慢烤起来。未几，面团儿表面已焦黑，姥姥小心掰开，一丝白气如烟篆上升，散发出悠悠的香味。我忙说：“我来尝尝！”姥姥递我一半，然后戴老花镜观察另一半，问：“利民，碱大小？”我撇着带黑的小嘴，也答不上子丑寅卯。姥姥把面团搁鼻端闻闻，胸有成竹地说：“正好，可以开始了！”

捏寒燕儿对面的要求很高，上碱是最重要的一环，须比蒸馒头稍小些，大了发黄开裂，小了黑瘦瘪塌，其功夫只在毫发间。揉面的人不可间歇，歇则面饧，饧过头，面就失了筋道。

姥姥把揉好的面团搓为长条，切为象棋大小的圆墩儿。存福奶奶戴起老花镜，把小面团揉了再揉，分为更小的几组面团，分别搓成几段细条，铺于面案，再仔细衔接起来，弯曲为丫杈的树枝状。而后把两粒稍大的面团分别在手里搓捏，用梳齿在面团左右轻压。“嚯！”多像鸟翼！随后用拇指、食指轻揉、细搓，鸟头、鸟喙就成形了。从高粱秸上破几丝表皮，截两段插入鸟肚与树枝间。最后，把高粱粒大小的面团按瘪，用针锥挑起来，以小剪刀精微地剜几下，一朵五瓣小花就形成了。存福奶奶俯下身，目光透过昏晕的镜片，神情专注地用针锥一片一片把小花朵安插于枝头。存福奶奶踌躇满志仰起身来，端详着自己的作品，得意地说：“喜鹊登梅！”

姥姥和生财妗妗围在案头啧啧称赞，我也挤进来问：“喜鹊怎没眼睛呀？”姥姥抚摸着我的头说：“捏上眼就飞走了。”

以前我也听姥姥讲过傅山先生画鸟的传说。傅山先生给姐姐家画炕围，画的鸟都无眼睛，姐姐责怪傅山，先生笑而不答。第二天，姐姐亲手点睛，没想到，点一只飞一只，最后只剩下树杈了。我暗忖，莫非存福奶奶也有这本事！

少顷，姥姥也摆开阵势上手了。先擀一薄皮儿，搓米粒般小面球若干，分三堆置于面皮上，再搓面线穿插其间。之后，取稍大的面团在手中揉搓，成纺锤形。复以小剪刀在上下前后左右轻剪七刀，分别捏、揉、搓，“哦……”像小老鼠！薄薄的双耳，尖尖的嘴头，长而弯曲的尾巴好像在甩动着。姥姥把“小鼠”置于面皮上，再操剪刀修剪、压痕，面皮即刻变成宽硕的叶片，在老鼠腿上碎剪几刀，立现小爪。这时，姥姥又喊：“利民，从瓦缸里取几粒黑豆！”我掀开缸盖抓一把过来，姥姥甄选两粒，为老鼠安上眼睛。“哇，小白鼠！”姥姥说：“老鼠盗葡萄。”存福奶奶、生财妗妗的目光也都聚焦过来，大为赞赏。

我也想凑热闹。遵嘱，先净手，而后姥姥给了我一个小面团儿。我学着长辈们的手法揉捏、把玩着，最终滚成一圆溜溜的西瓜，并在姥姥的帮助下衬以瓜叶、藤蔓。

三位老人又捏了卧牛、盘蛇、小猴、小狗、燕子、绵羊等各种小动物。箅子上铺好打湿的高粱叶，姥姥小心翼翼地把小动物一一置其上，然后，盖上锅盖，又在锅边慎重地围上干净的毛巾，开蒸。

等待，显得更加漫长。

准备掀锅盖的时候，我既紧张，又兴奋。我屏着呼吸，甚至感觉到姥姥、存福奶奶、生财妗妗也紧张得不敢说话。姥姥握着锅盖的把手，定定神，然后"呼啦"一下迅速地掀起。只见那些小动物都胖了一圈儿，挨挨挤挤的，我那西瓜也圆鼓鼓、壮乎乎，惹得三位老人一阵开怀。水蒸气在仰尘间氤氲，四人的目光还在小动物间盘桓，满是餍足，尽是乐趣。

日光在窗格麻纸上移动，时间已经过午。饭后，姥姥从抽屉里翻出食用颜料，用小酒盅滴清水溶化，然后盘坐在南窗下，高悬毛颖，为这群小动物再添一抹亮色，也为我的西瓜勾勒出深深浅浅的纹理。

周日，妈妈和姐姐放假归来。看罢这些精巧的寒燕儿，姐姐领我到河边折柳枝。妈妈把寒燕儿穿于枝头，姥爷踩上高凳把一枝枝落满五颜六色寒燕儿的柳条插于仰尘。一家人仰望着、指点着、欣赏着，其乐融融。

光阴弹指，许多年后的2011年，家乡的面塑被列入省级非物质文化遗产名录，在省城太原举办的"大美雁门　魅力代州"文化旅游产业精品展示会上，展出了家乡面塑高手们制作的龙凤呈祥、孔雀开屏、杨门女将等工艺复杂的面塑作品。我为家乡的面塑手艺自豪之余，又想起寒食节姥姥们捏寒燕儿的情形来，不禁感叹，说代县的面塑扎根于民间，深藏于民间，真是名不虚传。在那些小小的精巧的寒燕儿上，我见识了乡间的妇女们几乎人人都是面塑高手。小如寒燕，大如孔雀，这门手艺正是从民俗活动中起源，才得以发扬、赓续和传承。

我来忻州三十年，其间亦曾在周边县城工作和生活过，人们大都过清明而不过寒食，有人知道“割股啖君”“重耳复国”“火烧绵山”等历史典故，也有人知道寒食节是纪念介子推，却鲜有人知道寒食是寒食，清明是清明。

寒食节，是冬至后第105日，在清明节前一二日。

寒食节又至，晏坐书斋，念及故乡寒食节的传统，脑海中浮现的都是儿时跟着姥姥捏寒燕儿的画面。

故乡难忘，念兹在兹；儿时难忘，释兹在兹。

2023年4月3日夜

故乡的腊八节

小时候的腊八节，就是那一碗热气腾腾的腊八粥，红艳艳地馋人，又软糯糯地烫嘴，让人等得垂涎欲滴，急不可耐。

至于腊八粥的传说和由来，那都是节日和美食的附会。对于一个孩子来说，把“吃”冠之以复杂的理由，显然是一件抽象的事情。因此，许多年以后，我才可以把坐落于佛教圣地五台山北麓的家乡和腊八节食粥认真地关联起来。腊八节是为了纪念释迦牟尼佛成道，是民间重要的传统节日，这是家乡关于腊八节最普遍的一种说法。其文字记载，大约从宋朝便开始了。

腊八，还得从腊月初七的刨冰说起。

腊七这天下午，族中兄弟五六人，手提冰船，肩挎箩筐，早早就在我家门外吆喝、呐喊。姥姥帮我系好围巾，戴上火车头棉帽，再把一副用细绳连起来的羊皮手套挂在我脖子上，依次撑开两只在火炉旁烘烤得热乎乎的手套，看着我把小手顺从地伸进去，再三嘱咐一番，才不放心地让我出门。我与弟弟们一溜烟向滹沱河跑去，风中还飘荡着姥姥拖得长长的吆喝声：“早点儿回来！”

“一之日觱发，二之日栗烈。”腊月的寒气真是凛冽刺骨。但河上已经聚集了很多刨冰的孩子。说刨冰，其实孩子们都是来戏耍的，有的打滑擦儿，有的滑冰船，有的在岸边奔跑，寂静的河面有了孩子们的欢笑就有了风景。我与弟弟们坐在冰船上首先来个追逐赛。冰锥点啄，冰船如箭，眨眼间的工夫便在冰面上溜出去十来里的路程。返程回来，个个脸蛋儿通红，嘴里呵着白气，帽檐上、眉毛上、睫毛上，都挂满了白霜。

其时，在河面上真正刨冰的是大人。他们弯腰弓背，用斧头、铁锹使劲穿凿，震得狗皮帽翅一扇一扇的。顷刻间，便听到“哗——”的破冰声。方方正正的冰凌被打捞上来，现出幽黑阴森的冰窟窿。大人们张开双臂不让小孩们靠近，生怕不小心出溜进去。

人们把晶莹剔透的冰块敲开，每人分几块。我与弟弟们装满箩筐，再选择干净的冰面，用冰锥捅几块儿含在嘴里。口里那清凉劲儿，心里那热乎劲儿，真可谓冰火两重天。

大人们背回大冰块、孩子们用箩筐提回小冰块，这时候，挑选一块形态周正又晶莹透亮的，立于院中，预示天平地安；另外，则预防翌日食粥时烫伤。

刨冰，是北方沿河地带的腊八习俗。我从未思考过这样的习俗在民间到底流传了多少年，有几百年，还是上千年？刨冰是怎样从一种标新立异的创举成为一种集体的习惯，再成为一种风俗，成为一种传统？但有一日，我在《诗经·豳风·七月》中却发现了刨冰，“二之日凿冰冲冲，三之日纳于凌阴”。“二之日”，即阴历的十二月，也就是腊月。我无法考证，此处的“凿冰冲冲”和腊八节有什么关联，但智慧的人类，却是从遥远的西周便开始了凿冰和用冰。我可以断定，腊月初七刨冰的习俗，必是凿冰生活习惯的一种创新和延续。

夕阳落山时分，姥姥端着瓦盆开始准备做粥原料。我跟在姥姥身后，看着姥姥分别掀开一个一个红泥陶罐，用半只葫芦壳儿舀取豇豆、绿豆、红芸豆、黍米，再取半碗干红枣，用清水浸泡。然后把晒干的金针（黄花菜）、木耳、蘑菇、海带、猪耳朵豆角（梅豆）放在砂铫里泡发，准备明天做素烩菜。

荤年素腊八，这是多少年的习俗了。只有这一味的素，似乎才能熨帖地表达心里的虔诚，才能合理地排列出腊月里农家食谱的花色与反差。朴素之心、淳古之风也由此可见一斑。

这时候，我的脑海里还想着冰激凌的事儿。姐姐取来饭盒、糖精、食用颜料，用开水稀释、搅匀后，码摆竹筷，置于窗外冻结。

腊八这日，我尚在梦中，就隐约听到姥姥“嗯嗒嗯嗒”拉风箱的声音。我把脖子缩进被窝二度入梦，还未见“黄粱”，姥姥已经催吃饭了：“起床喽！赶阳婆出山吃粥喽，迟了会害红眼病的！”

姐姐已早我起床，从院子里端回自制的冰激凌，在我头前晃悠：“快起床，迟了我吃冰你吃棍儿了！”

少顷，姥姥已端上热腾腾的红豆粥和烩好的菜，我与姐姐把粉红色的冰激凌敲在碗里。粥香和着菜香在小屋内弥漫，红泥小火炉的火苗也慢慢蹿上来。夹一口粥喂进嘴里还真有点儿发烫，嘴巴里左右腾挪，又黏黏糊糊，正无所适从，姐已把冰块塞我嘴里，瞬间粥温降下来。姥姥帮我和姐姐把碗里的粥颠来倒去地晾着，几个来回，粥温渐渐降下来，开始慢慢品嚼。时光就这样在年复一年的腊八粥里颠腾流转，自然地组成了童年里一个个相似的腊八画面，定格了一段又一段温暖的回忆。

太阳出山，姥姥把软糯的红豆粥，零星地粘在院中的枣树枝丫上。不知何时，两只喜鹊落于枝头，逡巡着，跳跃着，啄食着，发出“喳、喳、喳”的叫声，姥姥会念几段熟稔的童谣：

喜鹊鹊，喳喳喳，
背上二斗莜面辣荚荚，
飞一飞，歇一歇，
长长尾巴圪撅撅。
……

吃罢腊八粥，我与姐姐在檐下玩耍，姥姥坐于窗前，开始用小黑罐腌制着腊八蒜。尔时，姥姥瞭望负雪的五台山，嘴里又不停地喃喃起来，不知是念诵佛号，还是祈祷美好的明天！

2022年12月28晚于葆光书屋

代州风味杂记

代县，自古就有“菜代州”之称。

俗话说，一方水土养一方人，每一个地方都有自己的地方风味。但能代表地域气质和文化标志的才是这个地方的招牌，如袁枚的《随园食单》。而代州与菜，正如随园与食单，是地域与文化、风土与人情的集中体现，正因如此，才诞生了“菜代州”这个响当当的招牌。

我，便出生在这雁门关下的代州。自小习惯了这里的山川和风物，对代州盛产的荞麦、莜麦、黍米、玉米和高粱等诸多杂粮习以为常，对巧手妇女们“粗粮细做”的精致也习以为常，对那些色泽鲜亮的代州酱菜和小菜更是习以为常。但离开家乡三十年后，却越来越怀念家乡的风味。梁实秋在《雅舍谈吃》中曾感叹道：“偶因怀乡，谈美味以寄兴；聊为快意，过屠门而大嚼。”始知食物有故乡，味蕾在寻根。

“燔炙烹炰都少味，始知难敌菜羹香。”对于我们这一代人来说，家乡的菜羹香那才是无尽的香。“菜代州”啊！那口中的老味道，才是那片土地上真正的招牌。

小咸菜

汪曾祺先生在《肉食者不鄙：汪曾祺谈吃大全》中写道："咸菜可以算是一种中国文化。"

凡是到代州做客的友人，常会发现这样一个细节：主人宴客，首先要端上一个方正考究的大漆盘，里面用细瓷小碟盛装各种小咸菜，品种有白萝卜、胡萝卜、黄瓜、芥菜、豆角、白菜、茴子白等。刀工考究，有丝儿、条儿、丁儿、墩儿；花色鲜亮，有白、红、黑、绿、棕、黄等六七种。从装碟的形状看，不满不浅，上披翠绿的芫荽，或点缀几星焦红的辣椒。装盘时，淋香油、醋拌匀，虽是开胃的小菜，却排场讲究，活色生香，令人未动箸，食欲燃。

腌菜，是浸润在岁月中的风味。在代州，寻常人家腌制的小咸菜种类很多，这里先介绍具有代州特色的几样。

首先说"搅醋丝丝儿"。正宗的代州小咸菜，其名称大都带个"儿"字。这和梁实秋先生介绍的"豆汁儿"相仿，如果你到代州饭店要一碟"搅醋丝"，店主会感到莫名其妙。你只要带个"儿"——"搅醋丝丝儿"，尽量带出点儿哨音儿，他马上就心领神会。

"搅醋丝丝儿"用白萝卜制成，有两种做法。第一种做法年轻人比较爱吃。洗净白萝卜，切成筷子粗细的长条，阳光下晒至半干状，拌食盐、花椒，以醋熏蒸后盛入陶罐（代州人称海海儿），加盖入味半月即可食用。食用前淋醋、酱油，咬在嘴里有一定的柔韧性，且"咯嘣、咯嘣"带响。年轻人就爱这种嚼劲儿和脆口，酸中带咸，口感甚佳。另一种更适宜老年人。与前一种不同的是，切细丝，晒前上锅蒸一蒸，咬在嘴里绵软绵软，又是一种风味。

汪曾祺先生在关于咸菜和文化的文中曾写道："中国不出咸菜的地方大概不多。各地的咸菜各有特点，互不雷同。"是的，现在超市里的咸菜酱菜品类繁多，产地甚广，但我还没有见到"搅醋丝丝儿"这个品种。这便是人们常说的特产，唯代州所独有。就像"霉干菜""毛豆腐""臭鳜鱼"只能产于岭南，"搅醋丝丝儿"则只能产于雁门关下。

秋天的雁门关，天高气爽，秋阳杲杲。天空有点儿风也不会夹杂沙粒，这样晒出来的"搅醋丝丝儿"才不干不湿，厥中而收，用代州的话说叫"圪韧韧儿"的。我想这"韧"正代表了代州的地域文化，也是代州人特有的性格。

再说"娃儿白菜"。这菜和超市的酸菜口味接近，但酸度稍低，调动食欲更强些。"娃儿白菜"是妊娠妇女的最爱，若谁家婆姨端个碗上门来讨要"娃儿白菜"，准是有喜了。其做法比较简单：把白菜洗净，沥干，腌菜小瓮用白开水清洗，取食盐、花椒煮沸，凉至温水备用。把白菜一层一层铺于瓮中，层层施盐压实，然后浇食盐、花椒水，把白菜全部浸泡于液面之下。最后取致密的青石覆压其上。这看似简单的腌制方法，也是有理论和实践经验可循的。《随园食单》中记载："腌冬菜、黄芽菜，淡则味鲜，咸则味恶。然欲久放，则非盐不可。"冬菜，即大白菜。如此看来，腌菜的习俗不分南北，也都是非盐不可。方法虽则简单，却是人们在长期的生活中积累的集体经验和智慧。腌制"娃儿白菜"还有两个关键点，一是菜瓮要放在温度较低的地方，农村一般放在家门两边，温度高则菜黏软；二是每天必须用高粱穗头搅动，以免白醭（发霉变质）。大约半月即可食用。讲究的人家会把"娃儿白菜"切成寸许见方的小片儿，炝葱花拌匀，拌高粱面，凉爽清香，最有滋味儿；更有那爽快人，会直接夹在碗里，饕食一番，舌本染香，通体清凉，很是带劲儿！

同样的方法，如果腌制白萝卜，成品就叫捣腌菜。把捣腌菜在清明节前后上锅蒸一遍，晾于窗台晒干，叫干咸菜或老咸菜。其食用方法随着人们口味的开放，从老辈人饭碗里不可或缺的下饭菜成为饭店菜单上的新鲜菜式，如“老咸菜炒肉丝”“黄豆炒咸菜”，于传统中创新，又在创新中怀旧，让人在岁月的奔忙中，忽然咀嚼到光阴的味道。

代州的酱菜种类也很多，其腌制方法和其他地方大同小异，有腌黄瓜、豆角、芥菜、苤蓝、萝卜、得勒儿（甘露子），近年来又有腌洋芋、洋姜等，这里就不再赘述。名声在外，在刀功上则须更讲究一些，片儿、丝儿、齿儿的，所谓“食不厌精，脍不厌细”，食物要精研细做，而代州的咸菜，吃的就是这样的排场和讲究。

我的姥姥是腌菜、晒酱、淋醋的能手，印象中，三村五里的人们常常到我家买咸菜、购酱醋。姥姥做的酱菜色泽鲜亮，清爽可口，咸甜适中，及至后来我吃到六必居的酱菜时，竟是姥姥家的味道。

近些年，人们都在谈养生，不少专家言称腌制食品亚硝酸盐超标，会致癌。然去年清明节回村祭祖，祠堂前并排坐了三十一位高寿老人，其中两位超过百岁。问及饮食情况，慈眉善目的老者都有一个共同特点，就是顿顿离不开“小咸菜”，而且吃了一辈子。对于长寿，专家们着眼点放在了物理、化学过程，寿者却在“好之”与“乐之”中得益处，岂可同日而语哉？

黄菜荚角儿

梁实秋先生有篇《溜黄菜》的美文，文中的黄菜指鸡蛋。

> 溜黄菜是用猪油做的，要把鸡蛋黄制成糊状，故曰溜。蛋黄糊里加荸荠丁，表面撒一些清酱肉或火腿屑，用调羹舀来吃，色香味俱佳。家里有时宴客，如果做什么芙蓉干贝之类，专用蛋白，蛋黄留着无用，这时候就可以考虑做一盆溜黄菜了。馆子里之所以常外敬溜黄菜，可能也是剩余的蛋黄无处打发，落得外敬做人情了。

我这里所说的黄菜却和蛋一点也不沾边，是用萝卜叶子腌制的农家菜。把萝卜叶子清洗干净，切寸段，加凉开水腌于瓮中，覆压青石发酵，半月余即可食用，代州人称之为黄菜。发酵后的黄菜清香中带有一种奇特的“臭味”，且呈青灰色的柔团状，乡人也称之为“烂黄菜”。

在我的嗅觉记忆里，至今仍然能想起“黄菜”发酵后的“臭味”。但在味觉记忆里，黄菜的味道却是清香的。此间的矛盾，后来在《随园食单》里竟意外破解。袁枚先生在“腌冬菜”的文中如是说：“尝腌一大坛，三伏时开之，上半截虽臭、烂，而下半截香美异常，色白如玉，甚矣！相士之不可但观皮毛也。”几百年前的教科书，证实了“黄菜”之“臭”，之“烂”的历史和奥妙。后来，我又明白“黄菜”之臭，与臭豆腐、臭鳜鱼之“臭”，都是因为发酵的原因。

就是这种烂黄菜却是高粱面的黄金搭档。把黄菜洗净切碎，拌之以土豆丝、油梭梭（猪、羊肥肉炼油后的油渣），调之以葱花、姜末、食盐、花椒、胡油，搅拌均匀为馅。把高粱面放锅中干蒸后，以开水冲泼搅揉，像包大馅儿饺子一样，包为“黄菜荚角儿”。何谓之“荚角儿”？朔南一带遍种黄豆、豌豆、蚕豆，手工“荚角儿”和天然豆荚角相似之故也。

蒸熟的“黄菜荚角儿”，佐以小咸菜或蒜瓣儿，我想大凡品尝过的人都会赞不绝口的。如果把“黄菜荚角儿”做扁一些，烙熟，人称“黄菜火烧”。食之外焦里嫩，解人馋瘾。抑或把高粱面擀成薄片儿，再把黄菜馅儿摊上去，层层卷起切成墩状，像旧时竹席囤粮的样子，叫“黄菜囤囤儿”。外观层层递进，颇具韵味儿。我想，梁实秋先生笔下的“溜黄菜”是不具备这些优点的。

红面鱼鱼儿、豆渣蚌叭儿与抿圪蚪

雁门代州属滹沱河上游，水产品很少，但人们临清流而羡鱼美，就在面食的命名上起了许多水族的名字。

“红面鱼鱼儿”取了“小鱼儿”的名字。把红面干蒸十余分钟，以开水冲泼，揉和，面案上撒匀面醭，把和好的高粱面分成五六个剂子，用双手搓捻。衡量农村巧媳妇的标准之一就是看搓“鱼鱼儿”的功底和速度。曾见一位巧媳妇，左右手同时开弓，一次可搓十根，搓成的鱼鱼儿细、长、匀，置于篦子上，像一根根有序游动的鱼苗儿。我小时候也跟着姥姥学过搓鱼鱼儿，姥姥笑着说：“你那像曲蟮（蚯蚓），哪像鱼儿！”我一次次地搓，不是用力不匀，粗一截细一截，就是速度太快，中途断截。

享用红面鱼鱼儿，主要在配料上。如果你嗜荤，就与红面鱼鱼儿一道上锅，蒸一碗羊肉臊子——羊肉切细丁，撒葱末、姜末、胡椒粉，调以酱油、花椒、精盐。出锅后，羊肉臊子调鱼鱼儿，那叫一个香。如果你喜欢凉拌，就调制一碗盐汤——从“娃儿白菜”瓮里捞几片白菜切碎，舀一碗盐汤，用小铁勺炝以葱末、麻麻花。如果你喜欢热焖，就把黄菜、土豆丝、油梭梭上锅翻炒，上覆红面鱼鱼儿，撒以葱末、姜末、蒜末，以温火焖制。黄菜热鱼鱼，是家乡人的最爱。大部分人喜欢素食——以水萝卜丝、黄瓜丝、番茄豆角调拌，配以小咸菜，调上一碗，吃了还想吃。

“豆渣蚌叭儿”也是以水中贝壳类动物起名。雁门一带管小坎儿叫“蚌叭儿”。“豆渣蚌叭儿”，从正面看像圆圆的蘑菇盖，从底部看有深深的“蚌叭儿”，是故名之也。

豆渣是做豆腐时过滤出的渣滓，富含粗纤维，也是通便秘的有效食料。豆渣调以油梭梭，以滚油炝葱花、花椒、食盐，搅拌均匀为馅。把红面小剂子旋捏为钵状，盛豆渣馅，然后一手以手心撑托，一手以食指、中指、无名指轻轻旋按，待四周均匀，底部呈“蚌叭儿”状后，即可上锅蒸食。食用时，可以在“蚌叭儿”内放点儿小咸菜、油泼辣椒，那样滋味就更足了。

还有一种叫“抿圪蚪”，老家人称“蝌蚪”为“圪蚪”。“抿圪蚪”是以杂粮面制作的一种形似蝌蚪的美食，寻常做法多用豆面与白面以3：1的比例和好。待水开后置抿面床于锅沿，把揉好的面团在面床上抿压，那一粒粒蝌蚪状的小面条儿会随着你抿面的节奏钻入沸腾的锅内，水开两个来回，即可用笊篱捞于碗内浇臊子食用。臊子，也就是浇头，是美味的关键。把土豆、白菜切为小丁，以葱花、姜末翻炒，半生时盛水适量，待水开后加海带丝、黄花菜、蘑菇丁、豆腐条，喜欢吃肉的再加羊肉丁或红烧肉丁，焖制一会儿，撒精盐、胡椒粉出锅食用。“抿圪蚪”爽滑可口，吃两碗就额头冒汗，浑身通透，而且易消化，营养丰富，至今仍是代州人的家常美食。

与抿豆面相仿的还有猫耳朵、擀豆面等，浇头都一样，依个人口味而烹制，只是面食的制作方法上有异。“猫耳朵”需要手工制作。把豆面擀薄，切骰子般小丁，撒面醭，在面案上用双手大拇指推压，成薄而卷的猫耳状，煮熟食之，柔韧劲道，光滑细腻，且汤汁入味，甚可品嚼。擀豆面则需要一定的功夫，用力要均匀，节奏要沉稳。姥姥擀豆面很在行。小时候过生日，早晨还未睁眼，耳畔就传来姥姥擀豆面的声音，“腾嘣嘣——腾嘣嘣——”裹着面的擀面杖在面案上擀压发出的声音，现在回想还真有点儿“捣衣砧上拂还来”的韵味，在乡下，古风犹存，这捣衣声和擀面声还相仿。姥姥擀制的豆面薄如纸，细如丝，每次从锅里捞面时，姥姥还会念几句童谣：“谁家的媳妇会擀面？我家的媳妇会擀面，擀的面薄薄的，切的面细细的，下在锅里陀螺转，舀在碗里莲花瓣。”清清的豆香伴着麻麻花和蘑菇的野蔌香味儿，耳畔萦回着姥姥若有若无的哼唱，至今仍是我温暖而美好的回忆。

无论姥姥，还是童谣里那谁家的媳妇儿，她们都是雁门关下的代州人。无论是红面、豆面、豆渣，勤劳智慧的代州人都能就地取材，物尽其用，烹制出风格迥异的美食，并在这些美食中调制出浓浓的乡情，让每个人都难以割舍，无法忘怀。

粉浆饭与咸肉碗坨

我始终认为，用高级食材做成高级食品不算大本事，把普通食材做成高级食品，能够化腐朽为神奇才是真本事。《陶庵梦忆》有《濮仲谦雕刻》一文，濮先生“其竹器，一帚，一刷，竹寸耳，勾勒数刀，价以两计”，这才是大师级人物。

而古朴的代州人，就有这样的本事。他们能把比豆渣还廉价的，闻起来有点酸臭的粉浆做成独具特色的代州美食，正如《庄子·知北游》所云：“臭腐复化为神奇。”

粉浆，是如何从臭腐的食料化为神奇的美食的，那是代州人的集体智慧。过去，农村生产队都有粉房，做粉用过的水过夜发酵即为粉浆，上层喂家畜，底层稠的部分分给各家各户食用。原本是废弃食料，但村里的巧媳妇在粉浆里煮以豆腐条、土豆块、黄豆芽、油梭梭、柳叶面，出锅时再以小铁勺炝葱末、麻麻花，搅匀舀一碗，那真是人间美味。尤其是冬天，粉浆饭盛在碗里表面会结一层薄薄的皮儿，起保温作用，圪蹴在红泥火炉旁，端一大瓷碗沿边划弧吸溜，那舒畅劲儿就甭提了。

小时候，我经常能喝到这样熨帖的粉浆饭，但在当时，只道是寻常。不承想，几十年后，粉浆饭竟成了难以忘却的乡愁。

至今，每回故乡，我总要到边靖楼下、文昌寺旁的“粉浆饭店”喝一碗粉浆饭。喝一碗曾经红泥火炉旁的粉浆饭很多时候还需预订。问老板，答曰：“尽回头客！”

回头客爆棚。粉浆饭，与这位有慧根的老板，皆道行深矣。

咸肉碗坨儿是两种食品。咸肉即熟驴肉、熟牛肉或熟猪头肉，以熟驴肉为上品。碗坨儿由低糖小杂粮荞面制作。把荞面与水按1∶3的比例搅为糊状，上笼屉蒸半小时，出锅后趁热按顺时针方向快搅，搅匀置凉快处，俟冷却凝固即可食用。碗坨制作妙在一个“搅”字，要搅到水面交融才见效。我想雁门一带草原游牧与汉地农耕交汇，这搅碗坨也和民族交融有一定的关系吧！

小时候村里唱大戏，台上演《杨门女将》《金沙滩》《四郎探母》《天门阵》，台下荫凉处有老翁摆摊卖碗坨。老翁以专用碗坨刀在手里旋切，那圆光光的整块碗坨变戏法一样转瞬间成为一条条三棱形的“小泥鳅”。浇醋蒜，撒精盐，淋麻油，然后披咸肉，调拌食用。碗坨沁人心脾的清凉，与咸肉浓郁醇厚的口感交织，成为我唇舌间不能割舍的记忆。

许多年后，戏台、戏台下的老翁、老翁手里的碗坨、碗坨和咸肉游走在舌尖上淋漓尽致的香味，都成为童年岁月的注脚。

豆捏儿窝窝与酷垒

豆捏儿窝窝在晋北其他地方也称咸水窝窝或黑豆窝窝，只因代州美食“儿”化音多，才有了这独特的名称。

小时候滹沱河畔有大片的盐碱滩，湿地退水经日晒会在表面结一层“白霜”，这“白霜”就是盐碱。盐碱地寸草不生，经过多少年的农田水利基本建设，整成现在的良田，如今很难再见大片白花花的盐碱地裸在天地间。

滹沱河的春天，薄冰下流水淙淙，河畔刮点儿风，漾着融融的暖意。晌午，姥姥会给我围好围巾，带上小笤帚、小簸箕、卤罐儿到不远处的河滩扫盐碱。盐碱扫于卤罐，倒清水浸泡，去渣滓暴晒蒸发。反复几次，卤罐内就会结晶出黄红色的盐碱块。这盐碱块既可洗污渍，也可在蒸煮食品时作为辅料。做豆捏儿窝窝，这盐碱是不可或缺的原料。

把黑豆、高粱、玉米上石磨碾压成面粉，用肥头（又名引酵）

和面，发酵后加适量盐碱水揉匀，捏窝窝上锅蒸熟。豆捏儿窝窝出锅后表面都爆开长长的裂纹，嚼在嘴里满是豆香和略带泥土味儿的碱香，让人回味无穷。

前几年曾在太原一家粗粮饭店聚餐，食客颇多。不经意间在菜单上发现了“开花碱水黑豆窝”，是不是那些年吃过的豆捏儿窝窝呢？价钱还不菲。于是，点一笼品尝，嚼在嘴里甜盈盈、香喷喷，只是用纯碱蒸食，少了泥土的芬芳。不过这不太讲究的粗粝糙食，也登上了餍膏粱者的大雅之堂，且富含生机，不能不为之欣然赞叹。

酷垒的种类繁多，制作简单，因其酷似“块垒”，代州人称酷垒。雁北人干脆就叫“块垒”。写到这里，我突然想起了内蒙古草原上的敖包，人们把石块垒支成丘，或大或小，以祭祀山神、路神和祈祷家人幸福平安，“块垒”的吃法是否和民族交融有关？我以前从未考证过。但代州包括晋北一带，胡汉胶着，民族交融痕迹随处可见。我的奶奶就是内蒙古包头人，我的祖辈后裔现在还有许多人散居在大青山下。现在想来，也许正是代州胡汉胶着、农牧交错的自然造化，形成了代州人饮食文化的取材朴素、道法自然、率性超脱又返璞归真。

且说代州人叫“做酷垒”为“支酷垒”，似乎也与支敖包有联系。把土豆去皮，切丁，砂铫注水烧开后，把土豆丁入水煮至半熟，撒莜面或高粱面，充分搅拌，呈块垒状。炝以花椒、葱花、蒜末、芫荽。再反复炒拌，加盖焖熟。待掀盖，那香气弥漫整个屋子，入口更是酥软，食之不厌。

还有一种蒸制的酷垒，也称拨烂子，叫起来还有点儿外文的味道。把茼蒿、芹菜或土豆丝用莜面或高粱面拌匀，上锅蒸制，熟后炝葱花调匀，就小咸菜进食，也别具风味。童年时代物质贫乏，我们就捋榆钱、摘槐花、铲茵陈、拔苦菜，用这些大自然中的绿色食物调拌酷垒。这种吃法，成为我们这一代人舌尖上的记忆。

如今，那些年我们吃过的杂粮和各种野菜，在代州人的餐桌上，已经从用来果腹的粗粮晋升为地方特色美食，在南来北往的游客口中，在老代州人的舌尖上，愈加丰富多彩，风生水起。

水汆丸子汤

细细想来，水汆丸子汤是年轻时老家最高级的一道菜了。20世纪代州有一名厨叫魏祥，曾经是晋绥军炮兵司令周玳的专职厨师。在魏祥师傅贯穿南北风味的手艺里，其中有一道拿手菜就是水汆丸子汤。

改革开放后，魏祥师傅在代州城钟楼南开了饭庄，店面很排场，每至午间，人们就吆喝：“中午到魏祥（味香）饭店品尝水汆丸子汤！”水汆丸子汤，从此在雁门大地上被重新激活。

要说这水汆丸子汤的做法，也不难。丸子需用刀背将猪里脊击至泥烂，加精盐、花椒粉，配适量海米用鸡蛋清拌匀。水开后，勾以高汤，把里脊肉泥捏圆丸入锅。汤水复开后加胡椒粉、姜末、芫荽，淋香油出锅。尝一口，丸子清香酥软，入口而化；再嘬一口滚烫的丸子汤，七窍生香，四梢沁汗，真是酣畅淋漓。

但凡美食，都讲究色香味形俱全。这水汆丸子汤，口感滑嫩酥软，白圆丸儿，芫荽绿叶，清汤中还有几粒小虾，以精致的青花瓷碗盛之，色香味形当全矣。但仔细想来，若丸子沉没汤底，口味、色泽再好，亦是失了形态。所以，圆丸儿自始至终漂浮汤面儿，这就是水汆丸子汤的绝妙之处。

知其然，却不知其所以然。我与妻曾依着印象中水汆丸子汤的配料和做法试过几次，却都是汤水稍凉，圆丸儿随即沉没，又始终不得其解。三十年后偶遇魏祥师傅高徒，才得知沉浮关键全在丸子入水一招。方顿悟，此间的绝招，原是我没有明白所有食材的属性。

“致知在格物，物格而后知至。”吃，亦讲究格。

“物有本性，不可穿凿为之。”这是袁枚在《随园食单》中《戒单》中强调的。无论是杏花春雨的江南随园，还是铁马秋风的塞北代州，食材与风味都是取决于不同的气候和地貌。天地造化，让代州得天独厚，占尽天时地利，不仅盛产杂粮，亦盛产蔬菜。勤劳智慧、古朴醇厚的代州人又能因地制宜，以水土塑造风味，以风味为水土立名，创造了“菜代州”的招牌。

许多年过去了，代州的风味自是比“菜代州”时代更加食材丰富，包罗万象。但其中不变的永远是代州人的品格和他们对美食的精神与情怀。

2023年1月

云中河喂鸭记

忻州云中河西出云中山，蜿蜒东南而来，经米家寨水库，入双乳湖，复萦回忻州盆地，流入忻州市云中河景区。近几年，随着忻州生态文明建设步伐的加快，景区恢复、拓展湿地，浚河道，清荷塘，种花草，栽树木，亭台临水，长桥卧波，已成为本地人休闲度假观光的好去处，一些北方人从未见过的水禽也在此安家落户。

进入冬季，一场小雪过后，河面便结起了厚厚的冰层。这时，候鸟大都迁徙到南方。当你漫步河边，也会发现衰草窝、残荷边、树枝头有三三两两的本地鸟种。鸟依旧栖息于此不会迁往他处，对家园的眷恋守护已成为习惯，习惯养成了习性，习性背后当然是天道规律。尽管在严寒的冬季里它们瑟缩着、蜷曲着，岂非初心不改，不忘本性？万物有灵啊！人呢？令人钦敬之余陷入深思。何况还会给你带来八大山人笔下的幽寂景致。

星期天，雪霁天晴，红日高照，每当此时探望恩师也成了我的习惯，于是抬手轻轻敲开了陈巨锁先生的家门。先生正闲靠沙发，指叩扶手，听着梅兰芳的唱段。相互寒暄后先生说：“今天的太阳挺暖和，咱一块儿到云中河喂鸭子吧。”

我扶扶眼镜，有点兴奋，问：“云中河结冰了还有鸭子？”

先生道：“童小明常到云中河边转悠，发现一群鸭子。雪后鸭子很难觅食，他先准备点儿食物，咱一起去，新华和新吾也去。”

不一会儿，小明兄和新华兄都来了。小明军人出身，办事周全利索，对大家说：“准备了方便面、面包，这些食物能漂在水面，鸭子喜食，也不会污染水质。”

陈先生拄起拐杖准备穿衣。小明对我说：“咱俩先到河边喊鸭子去吧，把鸭子叫到河岸，先生他们也差不多到了。”

驱车北去，顷刻便来到云中河边，过云中河大桥，东折数百米入停车场。小明兄肩挎食物袋，手提马扎，在前边引路。

云中河北岸平时少人来，雪后显得更加寂静。松林中覆雪似化未化，几只小鸟见有人来，振翅欲飞。枝头抖落的朵朵雪花，散落在我俩的肩头，一激灵，清新而醒目，这种待遇倒也别致。沿松间沙路曲折前行，百二十步便来到河岸。

河面冻得严严实实。放眼望去，白雪如棉，直展天际。河对岸，亭榭数间，中有几人指点着远处的琼树，使我真切感受到了陶庵笔下《湖心亭看雪》之景况。是啊，心境平和，人生何处不逢景？即使潦倒绝望的柳子厚笔下的“千山鸟飞绝，万径人踪灭。孤舟蓑笠翁，独钓寒江雪”不也呈现出又一种凄美景致？

小明兄伫立河岸，双手拢成喇叭，运足丹田之气朝河面喊了起来，“鸭——鸭——鸭——鸭——”浑厚的声音在河面传得很远。我有点疑惑，这明明是冰雪天地，哪有什么鸭子？

小明神秘地指着河中的沙洲对我说：“鸭子就在沙洲草丛里住着。”

顺着小明手指的方向望去，河中有一段微微隆起的沙洲。洲上有数株落叶乔木，树下杂草披离，乱石点缀，俨然现实版的倪云林笔下《汀树遥岑图》。

正当我欣赏这洲上的野逸之趣时，忽然从沙洲背后传来一阵“呱——呱——呱”的鸭叫声。少顷，一只白色的头鸭领着群鸭从沙洲西头绕了过来。冰面上，鸭子们昂首挺胸，步履轻盈，以企鹅步伐排队行进，一个个宛然出场表演的卓别林，煞是滑稽可爱。走在前面的鸭子还不时扇动着羽翼，回头喊叫着落伍的同伴。

这时，陈先生和新华、新吾也来到了河边。陈先生手拄拐杖，头戴棉帽，红扑扑的脸上漾着孩童般的笑容，老远就说：“正赶趟儿！看看那只负伤的鸭子过来没有？”

新华笑着说：“还惦记着那只受伤的鸭子？”

“可不是吗？天道补缺，不可忤逆，伤员优先。”

陈先生他们几天前就来此喂鸭子了，先生发现一只白色的鸭子有腿伤，心上一直挂念着。

我们趴在栏杆上认真数起来。新吾说：“一共九只，四只白鸭，五只黑鸭。”

先生不无担心地说：“看来负伤的白鸭没有来……”

小明手里掰着方便面，欲抛未抛，大家似乎有点焦急怅然，都张目扫视着河面。

这时，忽然从大桥下的水潭里飞起一个白色的小点，径直朝鸭群飞来。等飞到近处，陈先生一眼就认出了受伤的白鸭，松了一口气，用手指点着说：“今天来晚了，差点儿误了饭。”随着大家的笑声，受伤的白鸭扇动着翅膀降落下来，双蹼张开向前直伸着，在冰面画了一个漂亮的“滑刺儿”，快停下来的时候，还重重地摔了个屁墩儿。看来伤势比较严重，等它站起来，尾巴猛地摇摆几下，估计是受了难以忍受的疼痛。

小明把方便面分发给大家，一阵天女散花。十只鸭子大概饿坏了，头贴着冰面，张开铲子一样的大嘴，像锄地一样吞食着，脖子快节奏地伸缩，嘴边还不时发出“嗒、嗒、嗒……”的响声。

我抛撒着方便面笑道：“这声音像小猪吃食！”

小明还和鸭子亲昵对话：“喂！没人抢，斯文点儿。”引得大家开怀大笑。

不一会儿，由桥下走来两位景区管护人员。

我们问：“这鸭子是野鸭还是家鸭？”

管护员说：“这是会飞的家鸭，学名番鸭。东边芦苇荡里有野鸭，也不怕人，能喂。西边蒲苇里还有几只苍鹭。”

又对我们说：“到桥下水潭边喂鸭子更有意思。”

顺管护员手指的方向我们来到桥下水潭边，鸭子们也尾随而至。明净的水潭清澈见底，可以看到漂游的荇菜和一群群银针般的小鱼。小明把面包掰成几块，朝水潭深处抛去。一群鸭子争先恐后扑腾下水，蹼掌悠然拨动清波，快速地游向水潭深处。

看来面包要比方便面有滋味，十只鸭子争抢着，有的扇动着翅膀，“咯咯”地叫着，虚张声势；有的干脆潜水下去，来个突然冒头袭击；两只花头黑鸭估计是公鸭，开始角斗互鸽，也不知是为了面包，还是为了显摆身手让母鸭瞧瞧。

水面溅起朵朵浪花，也溅起大家阵阵笑语。陈先生掰开几块面包，边撒边说：“不要争抢，都有份儿！”末了，还特地给受伤的鸭子多扔几块，然后双手拍打着面包屑说：“明天再来喂你们。”

鸭群在潭中悠游着，划出一道道涟漪。陈先生坐在马扎上，我们围在先生身旁，日光射在水面，返照的波光映在大家的脸上。小明兄跑前跑后，不停地按动着快门，给大家留下快乐的光影。

凝望着戏水的群鸭，我忽然想起了庄子与惠子游于濠梁之上的对话，便说："鸭子快乐，也不知鸭子是否知道它们给我们带来的快乐?"

小明兄拽了一句："汝非鸭，安知鸭之乐?"

陈先生策杖徐行，若有思而无所思，随口答道："请循其本……我知之濠上也。"

众皆喟叹，冀世间万物和谐共生，利乐有情。

夜晚，我做一梦，变为苍鹭，抑或苍鹭变我，独自蹀躞于云中河畔……

2021年12月19日

山中假日

又是国庆长假了，孩子们从各自工作的城市回到忻州这座温暖恬静的小城。他们需要停下匆忙的脚步，睡个懒觉，百无聊赖中随意翻几行书，或在手机屏里寻找点儿自己的乐趣。

回家又不能久待于家。清晨，天微放白，姐就来电话了："今天天气不错，咱们郊游去吧！到哪里合适？"

我思忖片刻，答道："到云中山吧！带点干粮，中午就在山中野餐？"

话音刚落，电话里就传来姐兴奋的回音："可以，可以！咱十点集合！"

姐平日里是个大忙人，出游是最好的减压了。

不一会儿就约了一大帮人，母亲还带上了小狗貔貅。

车出忻州，沿芦芽山旅游公路北去，行二十里到奇村，复前行十里到杨胡。这里是忻州有名的瓜果盛产地，中秋刚过，公路两旁卖瓜果的农家早早就上了摊位。那熟透了的葡萄，上覆几片新打的葡萄叶，愈显紫艳晶莹；新收成的辣椒、南瓜，这边一挂，那边一摞，煞是耀目喜人。我们忙停车道边，和农家讨问价格，买一打农货，勾一段往事，喜悦之情在眉宇间飞扬。在不远的摊位，我买了一盘现掰的葵花，好一路闲嗑。

出杨胡，转西北行，顺宁武达达店方向行进，少顷，便进入云中山。秋色已染遍了大山的每一个角落，苍翠的松林时而拥出一片金色的桦林，时而又点缀出几棵醉红的枫树，远远的山坡上成片的沙棘在秋阳的照耀下分外夺目。沙棘熟了，雉鸡不时从圪针丛里传来咯咯的叫声，偶或飞出几羽，那华丽的羽毛在阳光下划出靓彩的弧线，引出年轻人阵阵的惊叹声。

再往山深处穿行，忽闻道左溪声清越，如鸣佩环。溯流而上，不远处出现一豁山沟，溪水正是从这道山沟里流淌出来。几个年轻人下车探路，方知山谷幽深，并勉可通行。

车左转入山沟，颠簸行进有间，择沟掌平坦处停下来。年轻人手机定位通知尾车，十几分钟后随行也进入了沟掌。

车上的人们鱼贯而来，手搭凉棚，仰望着峰巅林壑，披草探寻着溪流踪迹。年轻人虎奔猿跳，跨过溪流乱石，来到一块平展如掌的空地，吹起气垫，选几棵桦树，悬起了五颜六色的吊床。大家又在茸茸的碧草上铺覆了一层硕大的花布毯。姐是个细心人，车上还带来了折叠桌椅，顺便买了酱牛肉、卤猪蹄儿、豆腐干儿、定襄黄烧饼和浑源凉粉儿。“貔貅”来到这自由的新天地，奔跑着，狂欢着，一会儿钻进草丛，一会儿踏进溪水，一会儿又对着树上的山雀吠个不停。

已是中午时分，大家围坐在花毯上，把随身带的方便食品摆出来，品咂着，天南地北闲聊着。爱喝啤酒的人们享受着酒的爽劲儿。小狗貔貅摇着尾巴这边蹭蹭你，那边望望我，生怕人们忘记它的存在。

清风伴随着笑语在山谷中回荡，溪水映照着大家的身影浅吟低唱。

餐余，我拎了半饼葵花，闲嗑着向山深处漫步。不远的山坡上出现了一户搬空的院落，病檐斜扉，荒草漫院，已是“兔从狗窦入，雉从梁上飞”的境况了。我想，院子的主人或许享受移民搬迁政策，早已搬到城里居住了。“青山遮不住，毕竟东流去”，人们追逐着心中的梦想，这就是奔腾不息的时代潮流吧。

再往前行，山愈幽静，溪流也更加湍急起来。这时，细路转弯处蓦然矗立起一群嶙峋的怪石，或熊罴兀立，或岩羊抵角，或虎卧狮蹲，或狼奔豕突，立于石下，森然欲搏人。余揣度，或久远山崩，巨石由山巅滚落，千年风雕雨蚀，成此状貌。细看巨石纹理，或云涛，或海潮，或落日，或长河，或甲骨文，或蝌蚪书，妙趣横生，不可言状。群石之上，数株崖柏扭曲着身躯，从石缝中挤出，历经千磨万击，傲视着苍穹。

转过山嘴，沟分两岔。左向有小道通往远村。右向鲜有人迹，清澈的溪水从这里淙淙流出。缘溪而上，踏芳草，历青岩，绕丛林，忽见一小石潭，涧溪落入潭中“噌吰”有声。蹲在潭边，水光鉴日，清冽见底，细石芦根历历可数。掬一口快饮，清凉五内。

潭边有巨石一方，花纹斑驳，平坦如砥。经暖阳饱晒，正可歇息。也不必扫去石上的松花，解衣敞怀，闲卧石上，仰观孤云飞渡，冈峦攒翠，鹰鹞旋空，倦鸟投林。微闭双目，耳畔溪声如诉，螟虫如吟，松涛不绝，清风如缕，还真有一番“疑有仙人白玉床，壶中景迥日月长”的意境呢。不知不觉中，已鼾声微起，进入南柯梦乡。

清梦中，依稀闻喜鹊“喳喳”声，定神观时，已过下午三点。于潭边逡巡片刻，见石缝中洇出几片碧绿的苔藓，如丝绒，如玉翠，煞是可爱。取小铲，剔取几片，放入包中，待归家作案头小景。

沿来时小路归沟掌，人们还在清溪边享受着难得的时光。或三五成群打扑克，或蜗曲于吊床，悠闲地看书，打着盹儿，或于溪边寻找多彩的石子，或立于岩畔仰观山色。我忽然想起修拉《大碗岛星期天的下午》这幅世界名画，眼前的景致不正是一幅难忘的家庭《山中假日》图吗？我取出相机，迅速按下了快门！

四点开始收拾行装，归忻已白日依山。

同游者：母亲，姐王晔，外甥鲁相廷携妻杨菲，弟柳春，弟媳王晓娟，内人贾玲香携女婿宫航、小女王晓丹。

2015年10月

行游情满怀

舟行五六里，眼前浮现出一青螺般的小岛来。弃舟登岸，由石阶斗折而上，一玲珑竹楼建于岛之腰际，嘉树芳草掩映彩错，翠鸟朱雀鸣喋其间。推开门扉，有一老者迎上前来。相呼入屋，则进入一竹子世界。

清凉宝刹圭峰寺

前贤王安石在游过褒禅山之后，曾发出过“世之奇伟瑰怪非常之观，常在于险远，而人之所罕至焉”的感叹。朋友，当您在庙宇林立、僧侣如云的五台山台怀镇游览之后，您可又曾想起到游人罕至的地方去观赏？这里我便给您介绍一个“奇伟瑰怪非常之观”的好去处，那便是位于清凉圣境五台山北麓的一处幽静寺院——圭峰寺。

圭峰寺我已去过两次了。第一次是去年春上我刚来繁峙工作的时候。那时，天气尚未转暖，原野上还残存着积雪。星期天无事，我独自驱车从繁峙出发，经峨口镇，溯峨河而上，路转峰回十余里，便来到了安头村。安头村依山傍水，气候比外界温暖多了。人们在田间劳作着，时而拉着家常，时而发出朗朗的笑声，轻烟在林梢间飘忽，笑语在山谷中回荡，俨然桃源中人。圭峰寺就建在安头村北面的圭峰岭上，站在村头的田埂上，就能看到林表木末之上隐现的红墙飞阁。

“圭峰古柏”是繁峙“十景”之一。这古柏生得非常奇特，远远望去，唯独这圭峰的山坳里郁郁葱葱，翠光照人，而四围的群山虽遍生林莽，却没有泛起丝毫的绿意。这时，我不由想起一则广传于繁、代一带的美丽传说。相传很久以前，一位没有爹娘的苦孩子在圭峰寺一带以割草放牛为生，一天他忽然发现低洼处有一丛非常茂盛的鲜草，就高兴地割回家去。第二天，他又路过这里，惊奇地发现他头天割过的那丛青草又长得和昨日一样肥美鲜嫩。他想探个究竟，就小心地剥开土层——原来长青草的地下埋着一只精致的玉盆。带着玉盆回到家里，他就试着往玉盆里投了一枚铜钱，结果一生二，二生四，四生八，一发不可收拾。不几天，穷孩子变富了。消息不胫而走，后来传到县太爷耳朵里去了。县太爷忙派兵丁衙役进山夺宝，这孩子闻讯抱起玉盆跑上山来躲藏。为防不测，他在一棵小柏树下把玉盆埋了起来，又把小柏树扭了几个圈做标记。追兵退后，这孩子回来寻找聚宝盆，可一进山坳，他被眼前的景象惊呆了。原来这偌大的山坳里长满了参天翠柏，且通体扭曲着。聚宝盆无迹可寻，却留下了美丽的传说和躯干都扭着圈儿的松柏林木。

行进中，我由聚宝盆的传说忽生奇想：这聚宝盆本为玉器，奈何这山峰又命名为“圭峰”呢？“圭”者，古玉器也，本来在这朔风茫荡的北方是不产玉的，奇耶否？另据本地人说，圭峰一带的山势又呈凤凰欲落之势，圭峰寺就建在凤冠之上。凤是无宝处不落的，或许这圭峰寺就是那聚宝盆之所在吧！

正当我思绪遄飞、暗自称奇之时，圭峰寺的山门已矗立眼前矣。山门虚掩着，一副对联颇引人注目：“寺院有尘清风扫，佛门无垢白云封。”门楣上悬挂着一通蓝底寺匾，为乡贤侯璧亭老先生所书，古朴凝重，魏意甚浓。山门右侧为一株三人方得合抱的古柏，虬枝老干，郁屈有姿，加上那通体都打着圈儿的纹理，看上去像一尊内涵厚重的钟鼎。进得寺院，一切都显得静穆淡雅。方整的院落，清清静静，一丝风来，一石溅落仿佛都能听得真切。众比丘尼正在大殿参禅温经，间或传出一两声游丝般的钟磬声方才打破寺院的宁静。大殿的屋脊蜷曲着几只斑鸠和红嘴鸦儿，一动不动，铸就一般，好像也在静听着殿内的玄理。我深恐打破这尘世间难得的清静，便独自静读阶下的几通碑石。从漫灭的碑文记载可知，这圭峰寺在隋代已建立，其后几经破落衰败，修缮重建，现在的构建当在清代嘉庆年间。碑石左右各植奇木数株，因叶落枝枯，不可辨其名目，但从木质和成形来看，少说也有上百年的历史了。沿仄道小径绕过南殿，便可登上寺院南端的魁星阁。阁楼虽小，但构筑精巧，玲珑剔透，檐牙高翘，有凌空欲飞之感。这阁楼便是立于安头村就能清晰看到的那座阁楼了。漫步其上，独自凭栏远眺，头顶明蓝的天空，任清凉的风儿拂面，温暖的阳光沐浴，这该是多么惬意的事呢！这时便什么都可以去想，什么都可以不想，且独自受用这属于自己的天地罢了。少读代州知州吴重光的诗句，曾有“岩头明霁雪，峨河吟溪流”的吟唱，其时，岩头的冬雪尚未消融，峨河的覆冰业已解冻，仰观俯视皆为画图，远闻近听都成清韵。对于整天忙于繁杂事务的人来说，偷得一时闲暇，寻一份山林寺庙之幽静，理一番忧虑烦躁之心绪，这该是多么难得的雅事！

从圭峰寺归来，我一直就有把圭峰寺介绍给外地朋友的想法。但很长一段时间因忙于自己担负的工作，没能如愿。一年过去，终于在今夏六月搞完“繁峙县反腐倡廉书法展”之后找到了一个难得的机会。这次成行偕有著名书画家陈巨锁先生和书友杨文成君。

那天，连宵的夜雨一直挨到早饭后方歇。汽车在公路上破雾穿行，但见远山空蒙，近树含烟，眼前景物恍恍惚惚，仿佛梦幻一般。巨锁先生兴致很高，不时讲出一个幽默且文采飞扬的笑话，逗出满车的笑声。车抵安头村，微雨又来。村里的人有的在檐下谈论农事，有的用善意的目光审视着我们这些外来人，几个小孩藏在大人身后，扑闪着机灵的大眼紧盯着我们手里五颜六色的花雨伞。溪水从山涧流下来，从路边的白杨树下潺潺流过，透过一排排白杨树可以看到每家庭院里挂满果实的瓜棚豆架，正是“溪水深处翠光涵，茅屋人家隐宿岚。犬吠鸡鸣桑柘里，一村风景似江南”的景致。正当我们走出村落，开始攀登圭峰时，后边急匆匆跑来一男子，衣着简朴，一脸的憨厚，他瓮声瓮气地搔着头告我们，他叫邓玉红，安头村人，是寺里的居士，这几年一直义务看林护寺，至今尚未成家。我们说明了来意，他说从左边的山路走更省道，而且愿意做我们的向导。这次来圭峰和上次的情况可不大一样了，一来有知识渊博的巨锁先生在，不懂的问题可以随时请教；二来季节正好，满山烟雨霏霏，一路诗情画意。巨锁先生一边歇脚，一边感叹道：“不虚此行啊！眼前的美景作为山水画家的粉本是再好不过的了！”我忙说：“先生何不写一篇圭峰寺的纪游美文，以邀天下骚人墨客来此览物抒情呢?”先生欣然应允。

在玉红居士的带领下，我们沿山间细路行进片刻便来到了寺院的后门。门外的空地里遍植奇花异草。几株小紫檀顶着浓密的树冠，油绿可鉴，煞是喜人。那不知名的黄花儿灌木，一丛丛，一簇簇，分外夺目，一群群山鸟栖息其中，等我们走近时方才扑棱棱飞去。是时细雨方歇，迷蒙的天空渐渐放晴，回望远山近峰，尽在指顾之间，真有点儿郎士元笔下“青山霁后云犹在，画出西南四五峰”的感觉呢！

进得寺院，陈先生双手合十，道明来意，管事小尼领我们在客堂坐定。不一会儿，寺院监院便走进来，她慈眉善目，衣着简约，言谈举止舒缓得体。她告诉我们：“妙音住持近日外出参加活动，过几天才能回来。”我们见墙上有一张集体合影，便询问起来，她说："这是妙音师父前几年参加佛教大会时的合影，其中还有海内外的华裔高僧。"我们不禁感叹："深山藏古寺，古寺藏真人哪！"

我们随监院走进大殿，她介绍说："大殿的佛像为清代所塑，年代虽然不算久远，但技艺精湛。"巨锁先生深谙美学之道，他一边观赏，一边啧啧称奇，并说："保持文物原貌最好，古朴沧桑感是很美的，现在一些寺院为古佛像金粉沥面，为古建筑鎏金增色，搞得不伦不类，做法很是愚蠢！"大殿藏书非常丰富，紧靠东西墙尽是盛满书籍的书架。我对佛经知之甚少，只是以前临习古人碑帖时涉及过《阿弥陀经》，其中一段表述为："从是西方过十万亿佛土，有世界名曰极乐。"我便问那监院："用现在科学的视角看，那西方极乐世界是不是天外人的世界？"她说："十万亿佛土要比天文数字大得多。佛教讲的是绝对真理，主要是让普天下的人们广结善缘，行善积德。缘说近就近，说远就远，少缘分时，我们就与极乐世界相距十万亿佛土，有缘时，我们就近在咫尺。大家看问题的角度不同，但认识问题应该是殊途同归的。"我们都为监院的回答所叹服，看来这里实是真正的修身净土。

走出大殿，阶下去年所见的几株古木，现在已浓荫蔽日了。其一为紫檀，根如龙爪，突露地上，根下伏一石龟，名曰"龟背檀"。靠西一株翠柏，其旁一株多年生野山葡萄，足有胳膊粗细，翠蔓缠绕，直通碧霄，曰"龙缠柏"。寺院山门外的那株古柏，经过一夜甘露沐浴，现在显得更加苍翠。监院告诉我们，这古柏之上还生有一株檀树，曰"柏抱檀"。可不是嘛！那檀木寄生已有年代，茂密的蓬冠已可洒下不小的荫凉呢。

时近中午，当我们离开这座游人罕至的古寺时，大家都不约而同地道出一个感受，那就是相信在不远的将来，这里定会变成游人如织的景点。天南地北的游客来这里寻幽探奇，考古访贤，共同享受一幕神奇，一份休闲，一片荫凉!

2008年9月

天柱山赏雪

静乐城南天柱山，擎天护邑，千秋泰然不动，金刹飞甍，四季梵林清幽。苍岩森森，松风习习，远望冈峦拥碧，近察苔衣裹茵，得似董源笔下巨幅山水画屏。余履职静邑，每临风伫立汾碾滩头，油然神往天柱寒林肃涧之幽境，坐爱飞阁流丹之粉本。

乙未十月十四日，大雪连宵。晨起临窗，但见雾凇迷离团簇，天地浑然一色。遂披衣呼冯君、张君同登天柱山赏雪。沿路人鸟俱寂，宛若玉界仙境，山林如梦，恰似海葵珊瑚。蠕而前行者，三串屐痕而已，伫而观望者，满目赞叹讶然。穿林拾磴，蜿抵凌霄山门，凭栏俯瞰，笼覆参差城郭。楼影如骰，行人若蚁。远眺岑山、风神山，缥缈虚幻，若隐若现，唯汾水浅黛一线，逶迤自天际南来。阶前松柏，苍颜古貌，浸雪愈翠，亭亭然若迎客天使，兀兀然如策杖皓老。凌霄阁下、龙王庙南有龙泉一池，水尤清冽。余蹑足而至，躬身欲汲水。忽闻池上亭子有声如埙，往而观之，观音寺住持对雪诵经也。余皆诧异，曰："尊者晨起何辰？"对曰："雪夜修真未知时也！"再问曰："呼吸成雾，滴水成冰，尊者不知冷乎？"对曰："天山一白得其空，林泉目遇成其色，大千入妙，何知冷乎！"

余等踏雪尽兴而返，不禁回望亭中老僧，盘桓松雪间，安然如初。噫，吁嚱！虔诚信仰者，禅意梵心通透如斯。

2015年11月25日夜

登雁门关记

利民与内子秋游雁门关，歇坐关楼高台。时红日西坠，群山负晖，长城凝紫，松林喧秋。内子曰："长城之外，平沙无垠；长城之内，万木凋零。断蓬枯草，凛若霜晨，苍凉之极，有何乐耶？"

利民曰："昔司空图论诗之美有《二十四诗品》，'雄浑'当列首位，其曰：'大用外腓，真体内充。返虚入浑，积健为雄。具备万物，横绝太空。荒荒油云，寥寥长风。超以象外，得其环中。持之匪强，来之无穷。'亦有'绮丽'之美，其曰：'神存富贵，始轻黄金。浓尽必枯，淡者屡深。雾余水畔，红杏在林。月明华屋，画桥碧阴。金樽酒满，伴客弹琴。取之自足，良殚美襟。'漓江荡舟，秦淮赏月，曹植洛神，羲之兰亭，巫山云，峨眉峰，或可'绮丽'之美；壶口观瀑，泰山迎日，东坡赤壁，真卿祭稿，钱塘潮，华山石，此或可为'雄浑'之美。今登雁门关，寻古战场，谒李牧祠。云气森森，望关塞回抱；古堞重重，闻铁甲呼啸。天外风来岩岫号，秋月倚石山花俏，心得雄浑之美矣！"

内子曰："可有佳句否？"利民说："直面苍凉雄浑之美，心中有感，腹内无词。"

俄尔，夕烟漫谷，素月出山。两人方弹尘起坐，披一身豪迈感慨，沿蛇折小径蜿蜒而还。

1990年9月

明月池寻幽

客居五台山，无事甚感郁闷。晚饭后在院中踽踽独步，萧君走来说："今晚风清月朗，何不去明月池一览为快?"虽说来台山已是好多次了，可还从未去过明月池，况且在这皎洁的月光里，听其名字也是颇富诗意的，于是我便欣然应允。

车出云峰宾馆，沿梵仙山山麓西行，顺清水河畔南下，行六七里到镇海寺。复前行三二里，遥望清水河对岸，一溪若带，飞坠河谷，水石相击，噌吰有声。萧君说："那里便是明月池的所在了。"弃车而行，过石桥，绕巉岩，跨清溪，便踏进了幽谧的山谷。走上石板小路，树木蓊郁，兰蕙飘香，流水淙淙于石罅，夜莺鸣喋于深山，置身于此，顿觉浑身轻爽，心头万念荡涤一空。萧君不禁吟诵起王维《山居秋暝》中的诗句来："空山新雨后，天气晚来秋。明月松间照，清泉石上流。"吟哦声轻风般在山谷中飘荡，其韵味清泉般在胸中流淌。伴着脚踏石磴的清音，我也不由得脱口诵起了傅山的《崛围石磴》来："石磴鸣筇戛磬微，松风轻拂箓琴徽。芒鞋拾级穿云鸟，一迳天西是崛围。"萧君连连称赞："好诗！好诗！"说罢，随后又吟："斋余聊结伴，来此叩禅关。古寺开前代，危楼倚北山。僧持灵锡去，龙带岭云还。寂寞烟霞里，优游且共攀。"就这样，我们边聊边诵，路一程，阶一程，不觉已走出几里远。

正当我们汗水浸背，意欲稍歇的时候，萧君指着立于半山的一片古松说："那便是明月池了。"顺着手指的方向，趁着朦胧的月色，我向前望去。只见嘉禾芳草之上，蒙茸山谷之侧，参天古松之下，一围高墙，几处飞甍，依稀可辨。流云飘来，时浓时淡，似波似澜，而这高古的宝刹却似神仙世界中的方壶胜瀛，忽明忽暗，忽隐忽现，飘游于浩渺的苍波之中。

我们加快步伐，向宝刹奔去，不一会儿，便登上了山门前的平台。平台之上立有木牌坊，看上去至少也有上百年的历史，漆皮已脱落了许多。就着月光可见，牌坊楣额上书"明月池"，朱漆涂就，分外醒目。我摩挲着这斑驳的牌坊柱石，独自欣赏着无边的月色，神游于清幽的山水世界之中。

寺门虚掩着，萧君上前拍拍门环，便推门而入，"吱呀"的门枢声在山谷中萦绕许久，惊飞了几只庙宇中夜宿的鸟，还真有一番"鸟宿池边树，僧敲月下门"的意境。

步入寺院，一老僧已从厢房出来迎接，见他须眉染霜，仙骨嶙峋，问其年庚，已八十有三了。老人法号能成，十三岁出家来到此寺，已整整七十个春秋了。禅师挑灯引我们到大殿右侧的一通石碑前，指点着为我们朗声读起碑文来："遐想五台山为百神降临之区，群贤毕集之所，峰峦之形势曲折，古刹之殿宇整严，乃天下之名地矣。而此观海寺相传自汉建立，厥后改为明月池。"能成禅师说："此寺原名观海寺，因立于寺后，可以望见能镇'海眼'的镇海塔而得名。后改明月池。据《清凉山志》记载：'昔人晦夜，见皎月澄池，故名明月池'。"禅师边介绍边引我们到金刚菩萨殿廊下。殿额挂木匾三块，中为"金刚密迹"，左为"含宏光大"，右为"毗卢真境"，均为清人所书，笔势挺拔，浑穆高古，有李北海、苏东坡之笔意。

殿宇不算大，内塑金刚菩萨一尊，造型非常奇特。黑脸金身，伟岸高大。右脚蹬地，左腿屈曲，脚踏风火轮。菩萨头上有头，臂外有臂，共九头十八臂；臂间缠蛇，手脚戴镯，双耳戴环，腿筋暴起，面部坚毅刚突。能成禅师说："此菩萨人称九头十八臂黑脸金刚菩萨。菩萨两手高托日月，象征主宰宇宙的无量佛法；其余各手，有的持弓执箭，象征伏魔降妖；有的持蛟龙，象征吉祥如意；有的捧钵盂、拿法铃，意味着对佛的虔诚。金刚菩萨是文殊菩萨的化身之一，象征佛法无量，法力无边。这是五台山唯一的一尊黑色菩萨像。"能成禅师清清嗓音，慢悠悠说："相传，明代成化年间某夜，本寺月舟禅师伫立寺前观景，忽见对面山梁出现一尊九头十八臂，手执各种法器，能放出金光的黑脸黑身幻影，他确信是文殊显圣，慌忙跌地跪拜，许愿建金刚菩萨殿，塑九头十八臂金刚菩萨像，并在对面山梁文殊显圣地，建金刚宝塔一座。"顺着禅师手指方向望去，对面黑魆魆的山岭上，一座玲珑宝塔在月色中熠熠闪光，让人遐想无限。

寺庙西院就是明月池了。谓之池，但并不是我们想象的那么大。一座别致的六角亭在几株垂柳的掩映下，显得格外恬静，一格幽黑的方池建在这亭子里，一米见方的样子。地的中央有一瓷碗大小的圆洞，黑幽幽深不见底。禅师介绍说："清泉渗出，溢于洞中，旱不涸，涝不溢。每当夜幕降临，明月升起，明月池内偶尔便可出现圆圆的月亮，或可看到菩萨、仙人、潜龙之类幻影。究竟能否看到，这就要看每个人的缘分了。"出于好奇，我跪伏池边，窥视良久，直至眼花缭乱，也未发现什么。定睛再看，唯水中映照的两面月亮般的眼镜片与我相望而已。看来是没有缘分了，我只好掬一捧清泉来解渴。唔！这水是这样的凉爽，这样的甘美，还真有点殊像寺般若泉的滋味呢。此正“般若泉边止渴时，手抹湿唇乐何止。尘世烦恼俱消歇，无限清凉说向谁”。

带着些许遗憾，望一眼即将告别的清泉，不意间一个神奇的景观出现了。只见清澈的泉水表面，映出一轮明月，水面在晃动，圆月在游弋。摇曳的柳枝也映入水面，若众多的仙人在蟾宫翩翩起舞。萧君也跳下方池，与我共赏这不可多见的美好景色。禅师双手合十，口中不住地喃喃：“善哉！善哉！”

及上池来，禅师对我们说：“昔乾隆皇帝巡幸五台山，专程到明月池观月，因未见水中明月，留下《笑题明月池》的诗句：‘盘转山腰至山寺，苍松怪石清绝伦。寺额明月池三字，寻胜笑昔题非真……’看来，我们比乾隆皇帝还有缘分了 。”

沿西院小径，顺侧门步出寺院，萧君似有不愿离去之意，口中轻吟起苏东坡的《水调歌头》：“明月几时有，把酒问青天，不知天上宫阙，今夕是何年。我欲乘风归去，又恐琼楼玉宇，高处不胜寒……”声调怆然，哀转不绝。我问萧君：“为何如此伤感？”萧君说：“久居闹市染尘纳垢，难得一方净土。今游明月池，见禅师以云林幽泉为伴，以虫鱼鸟兽为友，渴饮清溪，饥食斋粥，困卧高榻，闲访山阿。每每供十方云水粥饭，遍结天下诸友；沐浴无边明月清辉，独享世外之幽。或修清业，或习禅观，或阅藏典，或赋诗词。远离尘嚣，情寄山水，孤蓬飘飘，襟怀荡荡，名利不能缠，五欲不能缚。高洁身世，为我所羡！今吟明月词，叹时光易逝，好景难再，众友难聚。”能成禅师笑笑说：“方家所言并非如此。岂不知，春夏过后，风雪塞牖，半载闭门，何其孤苦。况春夏来时，备衣储食，迎来送往，广收布施。桑榆已晚，岂能闲事！君只晓五蕴皆空，而不知度一切苦厄。”萧君与我颔首若有所悟，依依与禅师告别于明月古寺之下。

1992年8月

石咀三奇寺

由五台山台怀镇沿清水河蛇折南行，两岸翠崖叠嶂，满眼清嵘峻茂，幽泉星罗而暗涌，古寺棋布以掩映，顿感圣地端穆，佛天祥瑞。五里至镇海寺、明月池，十里过佛母洞，三十里越金岗库，四十里石咀村已入眼帘，山势微伏，河面渐阔，白杨雾列而葱茏，瓦舍隐现以浑融，俨然武陵风光。石咀村周有三寺，一曰海会庵，一曰写字崖，一曰古佛寺。因其远离市嚣，游迹罕至，故而神秘内敛，鲜为外人道也。

乙亥暮春，京都来客，喜作险远游，遂出台怀，探佛母，临石咀。是时也，新雨初霁，嘉禾蓬勃，野雉鸣喋于坡田，农人躬耕于阡陌，甚有“雉雊麦苗秀，蚕眠桑叶稀”之韵致。

余等穿密林，涉清溪，已至清水河边。忽见对岸河畔如掌，孤零零静卧一落庵堂，红墙疏落，古松傲岸，谛闻，风铃叮当，梵音唱和——此亦海会庵。

一行脱鞋挽裤，探手牵搭，涉水蹑足小庵前。众尼正自诵经，一河北籍老尼近前相迎，言：“海会庵因建于清水河畔，每至山洪暴发，四面皆为汪洋，以故得名。本寺始建于民国初年，历经八十余载，曾遭暴雨洪水十余次，然寺院完好无损。1993年秋遇洪涛侵袭，其时淫雨霏霏，连月不开，山洪暴涨，漫过山门，小庵若一叶方舟游弋于河心。及至水落，小庵竟毫发未损。或言，小庵之下有避水神珠，洪水再盛亦难奈何于它。”众皆愕然，将信将疑。

客人燃清香，拜佛祖，余独往庵外察之。庵之正西，杂石成堆，若熊罴，若虎豹，或大者如墙，小者如柜，经年为山洪裹挟，自上游冲落积聚。庵之后，地势稍低，乱石如拳，五色交辉，遇大水漫溢，可为水道。庵东二十余丈，地势下倾，水流如注，噌吰不绝于耳。私以为，清水河由西蜿蜒而来，至庵前遇乱石而迂回，逢洪水，经乱石缓冲，已弱毁噬之势；山墙根基，坚如磐石，无渗透之力；庵东地势下陷，泄洪迅急，故而庵外洪水咆哮，庵内安然如山。窃忖之，此亦非效东坡夜探石钟山，洞微发幽乎？确否，留待后来者考之。

告别海会庵，复东去三二里，一山突兀，状若奔牛。峰脚有石壁层叠，翠蔓披拂，此即写字崖。青壁左，小庙一座，方池一格。庙前珍花灵草，蜂蝶戏扑；池中水尤清冽，天光可鉴。方丈取水钵抹布，告余等显字之法。余择平整石面，以湿巾抚之。青石经水色渗化，蓦然，石面清晰显出端正有致、提按分明之工楷“定州”二字。同行诸贤，有见“菩萨”者，有显钟鼎文、甲骨文者，有讶叹龙飞凤舞之草体者。自己才疏学浅，难辨其形义。蒙文？满文？岣嵝文？未敢妄加定夺。待水迹蒸发，石面复归青紫，字亦烟消云散。本以为世外高人以特殊药剂所书，滴水氤氲，水干而还原。方丈云，石壁数层，此为外层。去表层，内层亦如此。审视写字崖，高两丈余，宽可七八丈，斧劈鳞萃，皆自然造化，何以石层之内亦有字迹？我等皆作云雾中人，天造之，地设之，抑或仙书之，不得一解。

从写字崖复向东行，林中穿行有顷，到古佛寺。

"先有古佛，后有天地"，古佛当为万物之先，显见寺院不凡。庙宇坍塌有许，残垣断壁，小径就荒，唯正殿木鱼清声划破寺院宁静。一行循声叩门入内，一老僧须眉皆白，微启双目，起坐合十。

老僧道，古佛寺建于民国初年，因外界知之者甚少，布施难以为继，故日趋颓废。大殿主供燃灯古佛。《心经》所言"三世诸佛"，即谓过去佛、现在佛与未来佛，过去佛亦称燃灯佛，为释迦牟尼启蒙先师，距今三千亿年之久矣。仰望斑驳古佛塑像，令人不禁顿生宇庙之无穷、人生之须臾的喟叹。

祭坛供桌立一旧式相框，相片长者慈眉善目，口阔耳垂，甚具大德高僧之态。老僧云："高僧法号至善，本寺修行七十余载，1986年圆寂，享年九十有二。"老僧言语间自内室取示玻璃净瓶一尊："至善法师圆寂后，遵嘱火化，得舍利子数粒，其中大者酷似弥勒坐像。"众皆惊奇，捧月般观之。舍利子十余粒，皆洁白如象牙，小者如粟，晶莹亮泽，大者又似蚕豆，玲珑剔透，弥勒头、颈、身分明，宛然打坐姿态。吾等不禁载喜载愕，惊叹佛界万事奇巧，凡间难测。

道别古佛寺，木鱼声依稀犹耳，如滴露天籁，清清静静，缥缥缈缈。回首残寺颓垣，松柏浓荫，烟岚缭绕，益显高古空灵。噫！天造万物，混沌无极，奥奇幽微，皆出因果，唯缘者潜心躬行，方冀窥悟化境。信则仰之，仰则信之欤？

1995年5月

台山日出观睡佛

佛国五台山，神秘不可揭。1994年仲夏，陪远客到台山，在普化寺听住持妙生师父言："普化寺南依嵯峨巨佛，北傍粼粼清水，为台山风水宝地。"临别，馈赠寺院简介一帧。细观压封题照，乃由山峦组成之睡佛，恢宏静穆，葱葱茏茏，众游人皆惊，欲登北山，远观佛祖景廓。导游曰："不为稀奇！方圆五百里台山，群峰竞秀，烟霞变幻，类物状者甚多，况世间万物，白云苍狗，成岭成峰，任人想象耳！"众人意见不一，终未成行以观。

斗转星移，寒来暑往。今年，适逢机缘，再赴台山观光，首先想到的便是目睹这神奇的睡佛了。

时维既望，序属孟夏，皓月的清晖还笼罩着台怀，我便披衣轻轻带门而去。出云峰宾馆，沿柏油路向东行百二十步，至友谊宾馆，复向北，沿一条由碎石铺垫的幽静小路缓坡而上，未及里许，到望佛处。时月挂西天，星垂河汉，微风送爽，雾缭群山。独立高岗，静观清凉山平明夜色，其景亦幽，其韵亦清。

连绵的群山在薄薄的山岚拥戴下，睡得那样甜熟。一轮圆月划过蝉翼般的烘云，将水一样的清光泻落下来，将那倚山而建的殿宇楼阁、古塔碑亭勾画出较为清晰的轮廓。一湾河水带着半河瑟瑟半河银光，从山的那边流转过来，穿过石桥，静静地流向远方，倒有几声蛙鼓为这沉寂的台怀增了几分声韵的美。啊！梦幻般的清凉圣境，如果把你的美景比作一幅浓淡相宜的水墨画图，那么你的清音就是幽远淡雅的洞箫笙歌了。

5时许，东方的天幔忽微发一丝光亮，天色由幽蓝转而靛青。凝眸间，光亮由一丝变为几缕，继而连为一片。东方山峦的景廓也渐渐明朗起来。少顷，绵亘的峰脊变为一条清晰透明的不规则线段，分离出天与地、空与实、清与静两个不同的世界。这时，一个神奇的景观出现了。东方不远处由北向南的山岭，随着天幕色彩的变幻，山之体势的起伏，出现了一尊浩大的睡佛剪影。但见其螺发层叠，前额宽广，睫毛整齐，嘴唇厚实，丰润的脸庞微微偏向东方，双目凝视黎明前的曙光。佛身长可三千米，胸膛高隆，双臂搭腹，脚踏南山岭，神态祥和。须臾，东方的天幔已由靛青转为绯红，甚或殷红，这时，整个世界仿佛成了一座熔炉，光华四射，而这神秘的睡佛，则如锻造的金刚。

倏尔，睡佛的眼睑下露出麦芒大的一粒明珠，在朝晖的映衬下流转、滚动，而且越来越大，愈来愈亮。注目片刻，那明珠已变为半个通红通红的太阳，驾着祥云流霞喷薄而出。金光在衍射，烟霞在涌动，红日在升腾，当她离开山顶的刹那，似乎跳跃了一下，有如初生的婴儿离开了母体。此时，世间的万物变得晶莹透亮起来，组成睡佛画面的山峰，绛皓驳色，其层次也渐渐拓展开来。丛生树木，丰茂百草，嶙峋巨石，万壑千岩，明灭可辨。历数普化寺、南山寺、金界寺，其红墙高甍、苍松翠柏也渐次呈现出它古老而沉寂的影子来。空旷明净的台怀，飞泉流碧，众鸟飞回，巑岏秀出于天半，山云吞吐于翠微，复望睡佛，其圣景已不复清晰了，此正“水至清则无鱼”之道吧！

少焉，悠悠的晨钟开始在台山上空回荡，此起彼应，不绝如缕。我的心绪也随着这超尘梵音荡漾开来——昨日赴台，一则新闻不时在我的脑际浮现：太原画院高级美术师张宝亮、《五台山研究》副主编崔正森等四人，在去年春夏秋冬四个不同季节，从不同时辰、不同角度、不同地点、不同光线下进行了认真的观察研究，终于在一天凌晨6点多钟，发现了这一巨型卧佛……于是，我聊发感慨了。天造万物，奥妙叵测，探微发幽，终有可揭。而见揭之时，常在于一瞬。见奇不奇，见怪不怪，谓之“愚”；人奇亦奇，人怪也怪，谓之“随”；善识奇，善识怪，谓之“智”。愚者千虑，善假于物，总有所悟；随者无思，见多不怪，亦可至愚；智者有识，而懒于留记、表达、升华，又何异“愚”哉！以此所得，感吾生之性惰，复叹今人之简于调查也。

1996年6月

登芦芽山记

至宁武关，沿长城之限，西行六七十里，一水中流，晶晶然如镜之新开，冷光乍出于匣者，汾水之源也；顺流而下十余里，转北上，冈峦渐碧，土膏微润，远望松杉茂密，绿鳞层层，复无边际者，管涔林海也；峰回路转，一山突兀，耸立于蓝天、白云、碧海之间者，芦芽山也。每雨霁，山峦为云雨所洗，娟然若破土之芦芽，娇翠欲滴，以故名之也。

丙子酣春二十日，天微放白，偕数友负管涔之野雉，天池之白鳞，汾源之甘泉，长城之毛健，至于芦芽峰脚。时烟霞出岫，林霏初开，悠然荡然，飘忽于远山近峰之间。

沿峡路蛇行而上，至芦芽山阴。向南，有上山小径，前行百二十步，入密林。仰视苍穹，松枝交织，如盖封顶；俯察临地，藓苔垫脚，如履帛锦。入之愈深，其景愈幽，其气愈清。吐一腔长年之积闷，块垒骤平；纳一口清新之气，倍长精神。沿曲径缓坡而进，未几，闻水声潺潺流于右，掠望处，山荷亭亭，薄雾氤氲，几朵白莲点缀其间，皎美动人，披荷而视，则脉脉山溪也。缘溪而上，踏滑苔，越木桥，踩石墩，时遇枯木欹侧覆于溪，鲜藻陆离生其上，别一番韵致也。行进间，忽山云涌来，人在云中，虽丈许不得见也。相呼而行，但闻其声，不见其人。人趋于前，云翻于后，人徙于左，云卷于右，方是时，飘飘乎欲仙，而不知其所至。待山云飞过，已满身浸湿，正“入云深处亦沾衣”之境界。

山行六七里，树渐稀疏，景渐明朗，人渐意疲。忽举目仰望，芦芽之顶已矗立眼前矣。然视其路径，已没石林，更上一程，愈加难也。攀藤牵棘，石块丛起则历块，岩崖侧削则援崖。几经息歇，终达峰顶。山顶多奇石，或熊罴长啸，或樗蒱（今作樗蒲或摴蒱，曾有樗蒱的用法）壁立，或高猿望海，或巨鲸跃波，不一而足。上有题刻，皆为点睛之笔。有古松数株，立于峰脊，虬枝老干，铁甲金鳞，观其姿态，似邀游人。复向南穿石罅而行，攀石级，越飞峡，至峰之绝顶。其上平旷，可容五六十人，为一巨石飞砌而成。石之南缘，凌无地处建小庙，曰“太子殿”，相传祭祀龙王三太子。友曰“庙后有石阶，攀之可达屋顶”，并先登以示左右。及我攀附，一友先登，垂接而上，既登巅顶，如入仙境。浩浩乎天风，飘飘兮衣袂，四山在望，万峰无不下伏，真乃帝王之气也。

少顷，来往游者渐众，吾等联手而下，得一平台息歇。或茗者，或歌者，或啖野味而品啧者，或扶古松而盘桓者。是时也，清风徐来，浓雾半作半止，下盼诸峰，时出为碧峤，时没为银海。烟涛微茫，景廓恍惚，东望雁门，山川相缪，沟壑纵横，一线逶迤西来，古长城也；西望偏关，层峦叠嶂，林海浩瀚，淡绿深青间明灭一线蜿蜒于云端，汾水也；南望秀容，冈峦纷沓，浮云筛落日光，洒于高原之上，一珠莹莹，镶嵌碧幔，马营天池也；北望朔方，一山若砥，郁乎苍苍，缥缈间牛羊浮动于其上，荷叶坪也。四顾归来，胸襟开朗，平心敛气于其内，放浪形骸于其外，冲天长啸，一山呼而千山应，狡兔奔而百鸟惊，何其壮也。

亭午过，白日斜，山风起，松涛鸣。卧听松涛，敞怀临风，乃另一异趣。倚松而坐，闭目静听，忽闻千军万马自东南来，稍住，又一阵排来，若铁甲奔腾，若钱塘潮涌，续断往复，以至无穷。细聆之，松涛呜呜间有鹿鸣，其声呦呦，如丝如缕，有铮之古韵。其时，神归自然，万念皆空，衣袖迎风而鼓，肌肤任风而抚，洗一日之风尘，消长年之劳顿，微启双目，不禁长叹：“快哉，此风!”

时光易逝，好景难再。不觉天色向晚，人影散乱，明霞举，众鸟还。相呼同游者，复入密林，转西行，另得出山小径，至峰底。及下山来，成小诗一首，见拙于后。

芦芽雄踞壁千寻，
太古幽林类展襟。
鸟道扶摇何足叹，
浩风倚荡吐高吟。

1990年7月

思兮雁门

——辛丑上巳琴书雅集

辛丑上巳，晋阳、秀容操琴妙手、书画名流三十三人，雁比落座于忻州古城代州杨府大院，鼓素琴，运紫毫，畅叙幽情，追慕羲之兰亭之雅会，欣迎中共百岁之华龄，兼助力文旅振兴大业，增浓城乡教化氛围，诚一举而多得矣。是日也，丽日蓝天，白云恋缀于长空，清风拂面，灵鹊和鸣于脊吻，人间万象共享其乐欤？

倏尔，街巷游人闻香识味鱼贯而来，托腮倾听者，开颜品评者，捋髯凝思者，欢欣鼓舞者，不一而足。

或曰："吾闻裂帛金声，古韵澄醇，似松风，如磬滴，若珠玉落盘，幽涧飘灵，天籁之音也，其曲名者何？"

答曰："《关山月》《忆故人》《普庵咒》《龙翔操》《送别》《幽兰》等，皆琴瑟古调者也！"

又曰："腕底毛颖，或蹲或跃，或镌或镂，素帛墨迹，若虎卧，若龙翔，其书写者何？"

答曰："皆历代吟咏雁门之篇什。'思兮雁门'语出东汉张衡《四愁诗》'我所思兮在雁门'。雁门嵯峨，胸中山岳。嗟叹之余，鼓琴以歌之，咏歌不足，书画以记之。左琴右书，追古风而叙幽怀，不亦君子乎！"

再询："永和九年，癸丑暮春，有会稽山阴之兰亭雅集，今之'雁门兰亭'，何可谓耶?"

答曰："天下九塞，雁门为首。古关北连山阴广武，南望佛国五台。秦将笔祖蒙恬，军守雁门，沙丘之变，罹难于此。斜阳哀鸿，荒冢蔓封；古寺晚钟，声萦在耳。况东汉、西晋，曾有鲜于璜、索靖为太守，其书法宽博刚健，银钩虿尾，汉隶、章草，万世景仰。今者，欣逢盛世，文旅繁荣，南留绍兴兰亭之璧，北延雁门兰亭之珠，可称古今和璧之事！更有绍兴花雕助兴，雁门金波添彩，不亦乐乎！"

客顿首称许，细乳分茶。众皆击节奉和，畅悦于琴韵书香之中。

2021年4月14日

暮春随笔

壬寅春节前，我到忻州市文联履新。办公室在市委东楼三楼，此办公地也是我曾经任上经常逗留的地方。何曾想到，从市下县、由县返市履职，兜兜转转十大几年，这里大抵将成为我的职业终点站了。

办公楼前有一排生长多年的翠柏，枝头已冒过楼顶，臂粗的丁香树间植其间。推开办公室窗户就能触摸到柏树枝，俯瞰那一丛丛繁茂的丁香。春风吹来，紫色的丁香花蕾渐次绽放，弥漫着醉人的芬芳，也招来一群群蜜蜂扎于花蕊中采蜜。侧耳可以听到嘤嘤的蜂鸣，这些小精灵比楼中埋头工作的人还要繁忙呢，还真有点丁香枝头春意闹的意思。

在我伏案工作的时候，时常会飞来几只喜鹊或斑鸠，翔落于枝头、窗沿，歪着脑袋向室内张望。窗沿上撒几粒玉米或稻谷，胆大点的鸟儿也会飞上窗台，警觉地扫视着周围的环境，机敏地窜动、啄食，羽翼间闪耀着幽幽的光亮。

这小小的办公室是文友们的家。我每天早早来上班，紫砂壶里刚刚沏好茶，便有同道前来叩门。来者有老有少，来自社会各个层面，有的带着文稿，有的挟着书画，大家围坐桌前，呷口茶，品一段诗文书画，逢精彩互欣赏，有疑义相与析，满室融融泄泄……

文化人登门，心中满是责任和天下，对一些时弊会拍案而起；音乐家来临，时常激情澎湃，每有新作，会一展歌喉；书画家拜访，沉浸如湖水，清澈明净的涟漪会带你一起荡漾……

我每天忙忙碌碌，然则忙而有序，忙而尽责，忙而充实。打开微信文友圈，有的在晒诗，有的在约稿，我脑子里满满的事儿，没有一点儿灵感，也只能任由心绪的溪水喧闹着奔腾流逝。

布谷鸟又在空中叫起，春潮急，农事催。我随手翻起老一辈20世纪创刊的《春潮》(《五台山》杂志前身)，其中好多作者已隔世，但他们留下的文字照样鲜活，他们的音容笑貌又会浮现眼前。他们的成就时时提醒我，要服务好这群有风骨的文人，要传承好忻州的文化基因。

为了赶写几份材料，推敲几段文字，我会时常端坐案头冥思，毕竟文章千古事，得失寸心知。不知不觉中明月已挂上树梢，屋里空空，楼道空空。舒展一下僵硬的腰身，对镜瞧瞧满头的华发，我禁不住喃咕一句：也是月光族！

晚上躺在床上，随意点开诗词群，回想一天的工作，不由得凑了几句俚语：

窗外丁香倚柏枝，
纷纭紫气碧参差。
游蜂久驻采头蜜，
飞鸟时来索四诗。
三五文朋敲门早，
几行律句应酬迟。
子规啼起催春急，

新月梢头起暮思。

2022年3月12日

注："四诗"是指诗经里的风、大雅、小雅、颂。"三光日月星，四诗风雅颂"，这里面有个典故。它是辽国使臣与苏轼的对子，上联是"三光日月星"，暗含挑衅。辽使者认为，这是副绝对。因为，联语中的数量词，一定要用数量词来对。上联用了个"三"字，下联就不应重复。而"三光"之下只有三个字，那么，无论你用哪个数目来对，下面跟着的字数，不是多于三，就是少于三。谁知，苏轼略一思索，就对出下联："四诗风雅颂。"妙在"四诗"只有"风、雅、颂"三个名称，而原来《诗经》中"雅"这一部分，又可分为"大雅"和"小雅"。

得雨楼记

岁在己亥，十月既望，快雪时晴，丽日暖照。

秀容高平君邀余等瞻观古城，流连半日，小憩庆丰园内。杨公巨才、郭公晓明、李公秀廷等次第环坐于多思轩，茶烟氤氲，畅意而谈。

高平君曰："赐子千金，不如教子一艺；教子一艺，不若赐子令名。庆丰园即日竣工，园内小楼何不请诸公探骊赐名？"

少顷，余曰："名艺之轻重暂且不论，殷殷之期励着实可嘉。昔坡公于凤翔府建喜雨亭，并作《喜雨亭记》，着意民心，千古传颂。山右少雨，民心盼雨，何不撷一雨字？"

杨公双目微闭，五指叩台，无所言而若有所思。忽停叩而竖指曰："得雨楼！"

继而曰："秀容古城，逢盛世而重建，赖甘露而绽颜，得善政于斯，此天时之雨也；置巽位而兴财路，处闹市而怀民生，街井交汇，左右逢源，此地利之雨也；商贾云集，人流如川，守取利有道之规，抱诚信于民之心，此人和之雨也。得三才之润泽，民心所向，丰收可望！"

余等拊掌称"妙"！皆叹杨公老骥伏枥，敏思健虑如故。

喜瞻杨公童心得意之季，诚祈庆丰春风得雨之实！

2019年12月

西山琐记

忻州城西二十里有西山，曰云中山，重峦叠嶂，南北绵亘数百里。每云起，缭绕山之腰际，青崖半露，时隐时现；每霞举，彩彻天幕，苍巅排闼，镕金鎏铸。西山景物殊胜，可洗尘，可避暑，可访古，时令不同，心绪不同，皆可适氛。数年来，余每得休暇，或停车坐赏云林丘壑，或登高扶松放目山川，或求田问舍共话桑麻，情景历历，时浮眼前。

西山翁

西山翁，余不知其姓名，但知其为西山东麓西呼延村人。村名呼延，相传为纪念北宋名将呼延赞而得名。

庚寅春二月，余纵步呼延田埂，见满山桃杏花开，陂田峁梁，香云滚潮，蒸霞映天，翕然心动，欲近前瞻观。遂寻羊肠，披蒙茸，未几，已忘路之远近。忽闻桃林深处鸡犬相鸣，自疑误入桃花源中。定神复前行，见田舍三楹，桃李掩荫，犬吠鸡鸣之声传于草丛林中。欲探究竟，有针莽樊篱。觅小路旋寻，得蘅门一爿。

惕然叩门，一山翁前来，步履轻盈，胡髭花白，开笑作迎，露落齿一豁。翁出语如钟，踩芒鞋，着布衫，挎箩筐，筐内一穗谷、数枚蛋。披枝引路，逐鹅驱狗，邀余田舍作客。

园占地三十亩，植梨果桃杏三百株。林下养鸡二百余，饲鹅五，豢犬一。青蔬数畦，篱笆围隔之。

与山翁歇坐檐下，满目果蕾稠闹，桃杏堆雪，蝶翩翩然，蜂嘤嘤然。

余笑问翁曰："白鹅美人林下踱步，苍狗义士膝边作伴，闲来观山色，困时望流云，劳作时清风作摇扇，烦闷时明月可对酒，不亦快哉?"

翁曰："余山居二十多年，养种劳作一生所爱。远离市嚣，近揽林泉，得一清；雨中听檐溜，雪中观鸿爪，得一静；时有闲客来访，常有儿孙关顾，得一乐；收成少则自给，年景丰则济人，不为衣食忧，不为烦恼累，得一自在。"

余忖："自在者，身心舒畅，逍遥也。身清、气静、心乐，可追古人矣!"

归家，读苏子《放鹤亭记》，身心恬然。

漫岩村

西山西延为静乐。静人谓东山即忻州之西山，一山东西二名，皆人之站位不同。

山巅有村，曰漫岩，属地静乐娑婆乡，概云中山之最高村落。

辛卯仲夏，余履职静邑，往访漫岩。出娑婆东北行，过巾字山。蜿蜒曲折复东行，沿途溪水潺潺，芳草萋萋，藜谷泼彩，浓绘于陂田，莜黍翻浪，铺展于畦畴。山冈林樾涌碧，崖畔杂花竞放。

山环水绕十五里，见山势放缓，坡田漫旋，间或草甸一湾，牛羊散布于其上。蓝天白云下，一村落静卧其间。村落随山坡地势起伏，随高就低，轻舒漫展。溪水从村中流过，浅吟漫漱，汇入潦水滩中。村人往来互答，鸡犬引颈和鸣，一派宁静祥和的山村美景。

山下暑热，这里尚带丝丝凉意。余添衣下车，村民告曰："山下之夏乃山上之春，且一日之内温差殊异，气象万千。云来布雨，雾去澄碧，可谓避暑胜境。"

问答间，有老叟曳杖引余等至村之东崖。叟杖指东天，曰："崖下即忻州地界，左奇村，右三交，前合索，紫霭之下即秀容城。夜幕蔽地，崖下起繁星，若非明月在天，直疑银河倒转!"

余等皆叹上苍造化，在山乡僻壤中竟留此净地。东望秀容川，空明积水，直接太行，双乳如豆，明湖如盏。西望静邑，万峰下伏，唯巾字山峥嵘突兀，拔翠于松海林涛间。浮云作兜罗锦，铺展天际，直叹天上人间也!

近午，于村民家中用餐。烧山药、蒸莜面，山野菜、蘑菇汤、鲜小葱佐之。麦香扑鼻，蔬爽舌本，清新纯真之味经年难忘。

合索温泉

西山东麓方圆几十里出温泉，北有奇村，东有顿村，南有合索。合索温泉紧傍西山，近年始得发现。

己亥冬，余与友人结伴而至，见合索村北平林含烟，直接西山坡坳。林中瓦舍俨然，车辆往来如梭。近前，则水声潺潺，人声如沸也。

西为露天大游泳场，碧波潋滟，热气蒸腾。暖泉直注池中，若鼎镬沸泺，若水妃簸玑。俊男靓女健影如鱼，搏浪穿水；苍头老者鹅划龟息，悠然自得；孩童少年游凫扑溅，脆声盈耳。游泳场北有澡池两格，或泳后雁坐池边闲聊者，或仰漂池中驱寒者，或泼水溅浪嬉戏者，彩衣迷离，玉体恍惚，若群仙沐浴天池。

余等心痒，解寒衣，穿泳裤，搀扶入水。狗刨扑腾数圈，已气喘力竭，尽兴上岸。一老者曰：“冬泳需热泡，驱寒气，祛百病。”

复于澡池热泡，通体松爽，神志澄明，如艳阳暖照，如游仙梦乡。

好山有好水，西山之水健体祛疾，福泽万民，世人当以宝之！

观里牡丹

从合索西行十余里，至三交。复西行六七里，一溪脉脉，斗折蛇行，自南而来。溪深见尺，清澈澄碧，近岸，杂花映日摇曳，蒹葭随风曼舞，此则马川沟也。转南行，过清石潭，八里至观里村。山村恬静，鹁鸪传声，时见翁媪成群，坐晒于暖阳之下。

观里以太清观得名，道观在村西山窝之阳。沿涧底细路一路缓坡爬行，古榆青槐，浓荫筛日，菟丝藤萝，蔓织道旁。正值百花盛开季节，千树万树，竞相吐蕊，花色染遍了沟谷坡梁，正如“川原远近蒸红霞”之盛况。

转过山嘴，忽见坡阳一参天古松兀立眼前，松下柴门半掩，茅屋三楹，此即太清观。

太清观以种植牡丹而名世。相传，其中牡丹有明代古株，折枝培植，风雨六百载，成此规模。观之周围，梯田层叠，畦垄连片，其间新植牡丹，嫩叶油光可鉴，零星花朵映日盛开。

推门至观内，非牡丹畦、牡丹圈，直牡丹天也！四周之内，或檐下，或墙角，或松周，皆为牡丹。密密匝匝，花气袭人，蜂蝶成阵，寻路入观需披枝踽步而行。牡丹皆为单片紫霞，花头轻盈富贵，云裳霞衣。花枝穿插，疏密有致，皆花仙自然造化。东墙下有明代古株，老枝虬干，仙姿丰容，甚可宝也。

道观为牡丹拥挤，愈显逼仄。天尊坐青牛，庄严肃穆，静观人间芸芸众生。

观之南有清潭一湾，澄明如镜，游鱼细石，荇菜芦芽，清晰可数，村人谓之钓台。

噫！西山之景致亦多矣，唯此处最幽，可得探幽览胜之趣耳！

陀罗灵峰

陀罗山，实一仰天大佛陀之天然造像。

丙申四月，余由静乐返忻，依车窗南望，忽见南天攒青处，祥云缭绕，山体随车行幻化，栩栩然一仰天佛陀展现眼前。但见罗髻嵯峨，五官清晰，鼻尖高处有小庙，翼然欲薄云天。定睛细瞻，则西山陀罗灵峰也。

是年秋，余与内子策杖入西山，经合索，进黄龙王沟，得陀罗山一游。

午后，余等从黄龙王沟口入山。清风举袂，杖声滴滴。眼前松杉苍翠，秋枫欲燃；耳畔鸟语嘤嘤，溪声潺潺。谈笑间，已过珠帘瀑、响水潭、千丈崖，至山腰歇息平台。

妻歇坐石畔，笑对余曰："眼前景致，可有诗否？"

余扶松而盘桓，曰："先贤兹山留诗甚多，正眼前有景道不得之况耳！傅青主曾云：'东海西昆未得过，秋风吹客上陀罗。陆离云粉凝青血，菡萏峦蕤演石波。’正合时况！”

妻曰：“独横烟雨过陀罗，乱石奔涛见古河。北有云中南牧马，双流合抱入滹沱。未登山巅，何能得此景廓？”

遂协力登攀，沿山间石磴，绕巉岩，越危石，牵棘荆，披蒙茸，且行且歇，语声渐息而呼吸渐烈，汗渍盈背，终达峰巅。

山顶秋风清冽，天高云淡。指顾秀容山川，百里之内，皆若掌中画图。秀容城郭，高楼如擩蒲，长街若规尺，平畴延绵，远村缥缈。回望群山如沧海，众水如走线。荡胸释形，将与寥廓者会。

已而，于清凉石畔拜谒孤松，绝顶处瞻仰飞来亭、文殊寺。

意犹未尽，忽忆遗山公咏陀罗山的诗句：

念念灵峰四十年，一来真欲断凡缘。
凿开混沌露元气，散布兜罗弥梵天。
云卧无时不闲在，楼居何处得超然。
殊祥莫诧清凉传，会与兹山续后篇。

登高秋兴，胸胆开张，亦步韵聊成拙诗，令贻笑观者耳！

坐爱灵峰过壮年，一来争可断凡缘？
秋风走马屯元气，丽日盘雕散远天。
幽并少年书愤在，秀容诗客涕潸然。
异时人读遗山传，会与吾侪续后篇。

2010年11月

喀纳斯湖畔听楚尔

丁丑八月，余适新疆，出天山，沿北疆入阿尔泰山。经阿勒泰、布尔津，抵喀纳斯，随团听民乐演奏。

弓身入牧民毡房，见帐之正中并列有成吉思汗、毛泽东主席像。帐之东围，睡榻一铺，绒毯上覆，靠墙花被褥两摞。帐之中央煨火盆一圈，青烟升腾，经烟囱送帐顶外，奶茶壶悬于火旁，“噗噗”滚沸。门之东西，挂苍狼皮两张，獠牙森白，面目狰狞。帐西空阔，正中设三尺木凳，二十余人环坐左右。主人好客，分茶盏，一一奉赠热奶茶品尝。

少顷，一老者至，戴黑色毡礼帽，着天蓝蒙古袍，蹬云纹草地靴。个不大，脸黝黑，精瘦微驼。腰带下斜插白色草茎一管，食指粗细，长尺许。

导游介绍：老人俄尔德实，年逾七旬，为喀纳斯湖畔蒙古族图瓦人。腰间草茎谓楚尔，是图瓦人特有乐器，即汉代西域演奏《胡笳十八拍》器乐之一。草笛由湖边蒲苇制成，上下凿三孔发音。俄尔德实为图瓦人中仅存的楚尔演奏家，首曲《黑骏马》为自创代表作。

老人作揖，安坐于木凳，双脚垂地，取楚尔，紧勒腰。轻抵楚尔吹气口于唇角，做深呼吸，微闭双目起吹。但闻耳畔忽风沙起，呜呜然，众皆愕然，屏息引颈。继而，类笛哨声起，若疾风掠雪野白草声，由远而近，作烟飞、作沙鸣……老人复作深呼吸，声又起，由弱息而强音至混响，喉音、唇音、笛哨音和鸣出窍。细辨声响，如游牧群羊，咩咩有声；犹快马追风，铁蹄掀尘。自天岸来，到溟海去，溯风逆进，冒雪艰行，眼前似现“云山万重兮归路遐，疾风千里兮扬尘沙”之诗境。观老人，双目微闭入定。薄唇扇动如蜂翼，作沙鸣音；喉结微震如呼麦，起牛羊声；吹风入管似笛哨，发白草声；拇指、食指、中指交替起伏，伴以马蹄声。继而，声入幽远辽阔，千里沃野，直接天幕，有“雪尽马蹄轻”“千里暮云平”之意境……见老人轻敛气，唇微闭，声渐息，蹄音远遁。

老人微启双目，气定神闲。众稍回神，喝彩如鼎沸。

余等皆叹，草管三孔，竟出如此天籁之音。复邀老人再奏一曲，以解心痒。老人颔首微笑，以蒙语应允，奏《喀纳斯湖波浪》。

渐闻清风浅唱，自林樾来，过草场至湖畔。牛羊如云，烈马成阵，牛羊声、马嘶声回荡于旷野。意念中忽现“逐有水草兮安家葺垒，牛羊遍野兮聚如蜂蚁”之画面。清风飘入湖面，掀波鼓浪，搅散满湖云影青山。须臾，风入高山峡谷，湖水随风飘荡，壶泻入峡。骤闻水石搏击声，排浪拍岸声，澎湃汹涌，水沫嘶风。眼前“急流胜箭，猛浪若奔”。激越过处，水面渐阔，风行渐缓，波光粼粼，清风习习。幻现雪山延绵，流水漂碧，众鸟高飞，白云迢递。俄尔，渐现长波浩渺，清音袅袅。

曲罢，众皆陶醉，音乐焉，图画焉，梦境焉！

余尝听古琴曲《流水》、洞箫曲《平湖秋月》，丝弦悠扬而管声清越。听楚尔曲，悠扬自喉带出，清越自草管出，节奏自指间出，疾涩和鸣，一曲三叹，典此古音，也会不知肉味！

1997年9月

佳县白云观小记

癸巳瓜月，余与陈巨锁先生及师母石效英女士由静乐、娄烦经岚县、临县，过黄河抵陕北佳县。时值首秋，黄土高原，冈峦添彩，清风送爽。

佳县县城坐落于黄河西岸之白云山岗，远望城廓，气势森然。孔孔窑洞，或坡梁，或崖壁，或巇崿，各抱地势，成韵成律，若音符，若蜂房。偶有新建高楼，拔地刺天，屏列山岗，为这古老县城平添几分现代气息。

白云观位于县城东南，驱车穿枣林，越深涧，翻峁梁，车如牛喘。出城五里，至白云观天一广场。道观建于高山之巅，细路沿云，盘盘囷囷，纡纡茀郁。仰观白云迢递，下摩飞甍；碧树蓊郁，翠拥红墙。游人往来，踽踽如蚁，或倩男靓女，脚跟追风；或皓首翁媪，步履蹒跚。沿街兜售香火者，如秦腔高歌；行香许愿者，如朝觐虔诚。

凭栏二天门迎客松下，俯瞰黄河脚下流淌，如铜汁，如熔岩。河槽蜿蜒北去，断岸千尺，壁立森严。有蹬道逶迤而下，直接河谷香炉峰，峰顶建香炉寺，檐牙高筑，鼓翼欲飞，危临波涛，摄人心目！放目黄河对岸，冈峦如海，直接天际。或有浮萍聚散，则乡村窝铺，兔坂、克虎尽在指顾之间。

道观有张明贵长者，道号希仙子。鹤发童颜，银髯飘逸，去还往来，洒然清风，问其年庚，已八十有余矣。长者擅音韵，喜诗联，谈吐敏捷，声若洪钟。坐客堂，长者赠陈先生及余等《山野流萤》诗集，辑长者“风物人情”“咏物励志”“即兴题赠”诗词概二百六十余首。

陈先生曰：“先生耄耋之年尚遣词作诗，令人钦佩！”

长者曰：“人脑像机器，越动越灵敏。搜集题材快，措辞自然成。用典随心欲，描绘更逼真。筹思不觉倦，陶冶性与情。”

陈先生又曰：“先生诗集辑录几何？”

长者对曰：“夜思晨录多半年，滥竽充数二百篇。自惭不合格律韵，饭后全当自消遣。”

陈先生叹曰：“先生每日迎来送往，这么忙碌，看不出一点疲累。”

长者再曰：“登台演技身犹健，专家交流不觉劳。逢徒可造全心授，道遇高人彻夜聊。”

……

噫！技近乎道，识忆概能如此，真山野流萤，神仙中人不啻也。

2013年10月

桐庐印象

少时，常读毛主席与柳亚子先生的诗词，那“观鱼胜过富春江”和“分湖便是子陵滩”的诗句，空明幽远，情满绢素，暗含淡怨和苦涩的滋味，着实耐人品读！其时，余耽爱书画，偶于母亲的旧书本中猎得一帧黄公望《富春山居图》，颇引眼前一亮。那山、那水、那草树，迷离空蒙，似曾相识，又很遥远。心灵中，富春江便是我梦寐以求的地方了！

及长，屡有南下公务之旅，然或人多，难以成行；或事务紧迫，无暇抽身。归来未免叹惋，年复一年，反复筹划着快游一番。

一

己亥六月，余往上海交通大学培训，周末适有自由活动，便终得桐庐之旅的机缘。

下午3点半，由上海虹桥火车站乘高铁往桐庐。一路风驰电掣，钻山跨水，5点半抵桐庐，打车入住毗邻富春江的临江饭店。

这是一个不算太大但井然有序的县级城市，站在窗前便可一览县城概貌。富春江穿城而过，将整个县城分为南北两区。北区是繁华的闹市区，高楼林立，商宇栉比。时已傍晚，霓虹灯开始亮起来，一条条灯带勾勒着每座高楼的轮廓，萤光闪烁，五彩变幻，随城市的脉搏而跳动。

隔江向城南望去，夜幕下冈峦似剪影起伏，微茫草树与山体浑为一色，延展东西天际。几处华灯，亮焰争辉，映照在富春江上，也分不清哪是星光，哪是灯光。

连接南北两区的是东西两座大铁桥，车辆行人往来其上，如鱼贯，似飞梭。桥身遍饰五颜六色的霓虹灯带，倏尔闪变，分外夺目，真有一番“长桥卧波”“不霁何虹”的景象呢！

晚饭后，我踱步来到江南城区。这边显得更为静谧闲适。三三两两的中年人或比肩散步林下，或闲坐沐浴晚风。青年男女，有的牵狗遛步，有的依偎情语。几位练太极的老者，轻舒猿臂，闪展腾挪，洁白的衣袖随风飘动着，真有几分仙风道骨。

江边的树木很多，蓊蓊郁郁的，看上去都是上百年的古木了，盘根错节，连枝交柯，清风徐来，树叶在耳畔沙沙作响。我徘徊在这清洁的石板路上，仿佛一只自由的沙鸟。面临江水，我忽而想到苏东坡夜游赤壁的美句，但此情此景似乎有点儿粗犷玄远了；忽而又想到白乐天的《琵琶行》，又似乎有点儿悲怆伤惋；诵几句张若虚的《春江花月夜》吧，这似乎又有点儿太幽邈了；念一曲柳永的《望海潮》吧，感觉又有点儿太明丽了。一时真难以释之。哎！“今日得宽余”，想这么多干嘛！我且受用这无尽的江水、无边的清风、远幻的霓彩好了。

晚10点返宾馆，稍作打理，11点解衣就寝。

2019年9月

二

翌日，天微阴。

早餐后，赴城南汽车站。严子陵钓台在城东南约十五公里的富春江镇，半小时一趟的公交车十分便捷。登车后，恰与一位大妈同排就座。大妈看上去像是乡下人，干净利落，朴素大方，腕挎竹篮，头罩蓝布巾，倍感精神。我怕乘车有误，随口问道：

“大妈！到钓台就乘这辆车吧？”

“没错！到富春江镇芝厦站下车，再向北步行半小时就到了。”我连忙称谢。

大妈又说：“听你是外地口音。这么早就坐车，还没吃早饭吧？”随即撩开竹篮，露出满篮子的包子。

“快吃吧，昨晚蒸的，刚又加热，给工地上的人们送去。”大妈一脸的真诚。

我着实被大妈的诚意感动了，赶忙起身致谢。我暗想，在这物欲横流的年代，桐庐竟还有这样古道热肠的人。“衣冠简朴古风存”，用在这里是多么贴切啊！

车行半小时抵芝厦站，大妈又提醒说：

“到站了！顺北面这条街直走，到大坝右拐就到钓台了。”我反复致谢，与大妈匆匆作别。

按大妈所指，穿过镇上热闹的街区，顷刻间就来到大坝前。向右转是一条沿江的柏油路，或许是我出发太早，路上还没有行人。我踽踽独步，欣赏着江边的风景。茂密的竹树植列道旁，浓荫蔽天，时有“好鸟相鸣，嘤嘤成韵”。向江的对岸望去，高山屏列，“负势竞上，互相轩邈”。白云飘来荡去，直与峰峦草木相厮磨。山色倒映江中，漂碧似梦，堆烟难收。我欣赏着，品味着，直叹叔庠下笔生花，道出人之欲道而未道者，真实不虚也！

有顷，摇曳的竹影下忽然露出一段石柱来，上书“严子陵钓台”。石绿填染的大字，唐风汉骨，气势夺人，细加品读，为楚图南老先生手迹。

绕过石柱，便来到游客大厅。上前打问，原来到钓台景点还需坐游船过去，等够了五十人方可启程。大厅内人影稀落，或在纪念品前问价，或斜倚靠椅闭目养神。我盘桓着，心痒痒的，翘首期盼着游人的到来。忽然，一辆旅游大巴驶入院内，车上跳下一群帅男靓女，叽叽喳喳，像舞动的蝴蝶飘进大厅。

人数够了，马上起航。

三

游船行驶在明净的江面，船上的马达给游人们的说笑敲着鼓点。帅男们伫立船舷，指点着江山；靓女们拿出相机，摆着各种造型。笑声溅到水里，随江水一路荡漾。

不一会儿，不远处的江岸露出一段古建来，粉墙黛瓦，高阁连亘，古木掩映下回清倒影，乍看像一堆精致的盆景。早有一位靓女先声夺人：“到了，到了！”

等游船泊岸，年轻人已迫不及待登上码头拍照去了。我一个人悠然漫步，踏上我心仪已久的严子陵遗迹处。这里是古今文人向往并留迹甚多的地方。临江的粉壁上镌刻着“严子陵钓台，天下第一观”十个擘窠篆字，这是日本著名书法家、篆刻家梅舒适先生的手迹。东侧的石牌坊不算高大，但尽显古朴典雅，颜额为赵朴初先生所题“严子陵钓台”，背额为沙孟海先生所题“山高水长”。这些书家都是活跃在20世纪书坛的老前辈，瞻仰那平正刚健、富含儒雅气息的书迹，便可隐隐感到一种铮铮的文人风骨，这从当下的所谓书家笔墨中是很少能感受到的。

沿石板小径前行百二十步，便是严先生祠了。祠内供奉着严子陵造像，北宋范仲淹所撰《严先生祠堂记》俨然东壁，文中“云山苍苍，江水泱泱。先生之风，山高水长”是最为有名的了。默默瞻仰着先生丰仪，细细品读着先生生平，心中景仰之情愈加浓炽。

严子陵名光，会稽余姚人，为东汉初年著名隐士。少时曾与刘秀共同游学。刘秀即位后，子陵不愿出仕，遂更名隐居，“披羊裘钓泽中”。刘秀再三盛礼相邀，授谏议大夫，仍“不屈，乃耕于富春山”。后老死家中，年八十。高士的境界和风范，秕稗之辈是无论如何也想不通的。倘若搁到当下，能有这样的高攀而舍之不用，得到这样的权位而弃之如敝履，恐无一人。这种风骨时人是学不来的，蕴含于文字中的古贤风神，时人也是无法效仿的。时下有人妄自尊大称自己书法“已超越古人”，徒增笑料耳！

沿着盘盘曲曲的石磴向上攀登，前面是双清亭。登临亭上，可望峰，可窥谷，亦可凭栏观江望潮。我厘辨着严子陵简约而不凡的一生，不禁要问：严子陵风雨一钓翁，既无旷世文章留天下，又无赫赫功绩泽于民，何以古今中外文人雅士络绎不绝前来凭吊？倘严公当时就职于朝，后人还会记起他吗？世事如水，诸形无常，其实我们的先贤早已给出了结论：“太上有立德，其次有立功，其次有立言”，“唯其不争，故天下莫能与之争”。现代人的眼光是难以在纷繁复杂的世事中洞穿这些真谛，看到自由光明的。

从双清亭斗折东来，有“富春江诗文碑林长廊”，这里荟萃历代诗文名篇，云集当代书家墨迹，蔚成大观。于碑林中，我认真品读了南宋谢翱的《登西台恸哭记》，郁达夫的《钓台题壁》，皆为千古名篇。于连云绕冈的碑林中，我邂逅了恩师陈巨锁先生的佳构，碑石立于高冈醒目处。南国他乡，能品读到先生手泽倍感亲切。我连忙拍照，微信传于师母，即刻便收到先生和师母满是喜悦的回复。

近午，复乘游船返游客大厅，几位年轻人已先期返回，购物，拍照，收获满满。

中午，于富春江镇特色饭店就餐，一碟鲜笋，一盘江鱼，两个酒酿馒头，甚可品嚼。

下午3时，乘高铁返沪上。

2019年9月

维多利亚海港写意图

一阵小雨过后，稍一愣神，那平时并不多见的太阳也随雨落进了海。几朵绯红的云挂在西天，把鲜艳的色彩映照下来，给香港岛披上了瑰丽的晚装。我独自漫步在维多利亚海港，伴着紫荆花香，乘着习习海风，仿佛在梦幻中，又仿佛在巨型油画里。

三三两两的行人在海岸上散步，享受着属于自己的那片霞光。几个从南亚来的少女就地铺一块丝巾，落座其上，中间摆些酱鸭、卤鸡、鱼片之类。一对从欧洲来的伴侣，身背旅行包，正倚栏拍照，那男士一睁一闭的眼、半哭半笑的脸，惹得那女子在哧哧地笑。凭栏而坐的几位老者在观海，像兀立于海岸的几尊青石。

蓝蓝的海像陈年的老酒，惹人心醉。还有几艘往来于港湾的船，划过海面。一群白鸥从头顶上轻轻地掠过，翅膀贴着波浪，围着那艘船翻飞。

岸的对面就是香港岛的全景了。林立的高楼像结晶起来的水晶石，密密地簇拥着挤向墨绿的紫罗兰山岗。那些面海而建的楼群更像五彩斑斓的屏风，在你面前展示着现代化的风采。

天空乍晴还阴，像美人蒙眬的睡眼。启德机场的客机从天外徐徐飞来，指示灯忽明忽暗，向你眨着眼。一架小型直升飞机从铜锣湾向尖沙咀飞去，像蜻蜓般盘旋着落在了一栋高楼的顶端。

风凉丝丝的，掀起你的头发，掀起你的衣衫，使你仿佛沐浴在清凉的世界之中。当你伸出舌尖轻舔那风，那风似乎带着淡淡的咸味。有风便会涌起浪，浪花不算大，像排队的小号兵，一波接一波，一眼望不到边。那排头的队伍率先攒足了劲，撞在堤岸上，发出散珠落罄之音。那第二排又在做着撞击的准备，踏着节拍前进、撞击、发音。此情此景不由得让人感受到了一种节奏和韵律的美。

我曾伫立于厦门鼓浪屿海岸，晚风伴着波涛有节奏地涌来，一浪接一浪，我的心也随之澎湃，随之荡漾，耳畔回荡着《春江花月夜》这首千古名曲，那韵律和节奏是多么自然，多么和谐。而今伫立于维多利亚海港，伴着这节奏，目睹这美好的景象，我感受到了人类改造自然的伟大力量。我不由得哼唱起《蓝色的多瑙河》，它的节奏明快而急促，如同眼前的维多利亚海港，多了一份时代的强音，多了一份现代的气息和品位。

1998年7月

南行纪事

世居“塞上燕脂凝夜紫”之雁门，常忆“春来江水绿如蓝”之江南。迈开步履，畅游江花红胜火的江南美景，是我的夙愿。1998年11月20日，适逢休假，应广西、浙江友人之邀，余随团两周游。其间，参观了广西大王滩、文物苑、青秀山诸景点，并赴越南芒街进行了考察。之后，取道北海，经广州，北上浙江宁波、溪口，赴海天佛国普陀山。那些天，我始终感动于祖国的壮丽河山，时常处于激动之中。在激动中零乱记下了这些萍踪屐痕，聊作备忘而已。

11月20日

早7时，乘太原至北京特快列车抵达北京站。

北京的天气已经寒冷。出租车场等客的车辆明显少了许多。拖着旅行箱走了好一阵，方见铁栅边有几位出租车司机瑟缩在那里等人。呼一辆径直赴西直门宾馆。

将近中午，外面的风依然冷飕飕的。另加毛衣外套，到民航售票处购得明天中午1时飞赴南宁的机票。顺便到书店购买柏杨先生《西窗随笔》一册。

11月21日

午11时，天色渐渐空蒙起来，少顷，空中便飘起了雪花。车出北京城，雪越下越大。原野上下，纷纷扬扬，混沌一片，仿佛梦幻世界。

12时半，出租车排成一字长蛇阵的车队，终于在蠕动中赶赴首都机场。

候机楼里水泄不通。上前打问，方知因天气原因，航班延时。同行的人们只好在过道里找个地方歇脚等候。我背倚行李箱，品读《西窗随笔》。

下午4时许，天色微微放晴，雪花渐渐稀疏起来。向窗外望去，整个机场已成冰雪世界，高楼、客机仿佛排列有序的冰雪雕塑。不一会儿，广播里传来了机场开启的消息，跑道上时有飞机起落。到问事处打问，飞往南宁的新华航空157次航班21时方可起飞。人们长吁短叹，只好拉长战线死心塌地等待了。

21时10分，广播里终于传来了登机通知。给家里去电话，妻与女儿已上床就寝了。

11月22日

昨日八个小时的候机已搞得我们疲惫不堪。一觉醒来，已是中午11点了。

从千里冰封的北国来到四季如春的南方，心中别有一番清新感。阳光透过纱窗照进屋内，几盆嫣红的三角梅在窗前怒放，一切都显得暖洋洋的。棉衣毛裤在这里是不需要的，一衫一裤一身的轻松。虽是冬天，草树依然葱茏，到处焕发着春天的气息。绿树掩映下，街道是看不清的，整个市区简直是绿色的海洋，一座座矗立的楼台，仿佛碧海中的小岛。我曾听说，南宁市素有“半城绿树半城楼”之美誉，看来是不虚的。

我们住在市中心地带的银河大酒店11楼，远山近水一览无余。南宁的山不很高，有几座也是青青的、淡淡的，仿佛美人的眉黛。南宁的水倒是非常充沛，银河大酒店正南不远处便是有名的邕江，正西是朝阳溪，正东是南湖。远远望去，椰林拂堤，水光潋滟，真“水绿天青不起尘”之境界。

午12时，广西书协林女士打来电话，安排了这几天的参观计划。

11月23日

上午参观广西美术馆、广西博物馆。

下午2时，几位书友敲门相约，准备去大王滩观景。

大王滩在南宁市南郊，离城二十余公里。因其水面广阔，景色宜人，且远离市嚣，近年来被辟为旅游度假胜地。

陪我们去的司机小王，老家山东，父亲是南下干部。他从小在广西生活，站在你面前瘦小黝黑，已成为一个地地道道的广西小伙子了。

车出南宁市区，过邕江大桥，便一头钻入了莽莽的热带雨林。一崭的柏油马路蜿蜒于丛林之中，时而潺潺溪水欢歌而来，时而艳丽的花丛倏忽而过，时而透过茂密的枝柯隐隐露出错落有致的农家小楼。诗句“一路缘溪花覆水”“几家深树碧藏楼”来形容眼前的景致是再合适不过的。

峰回路转，眼前忽现一泓浩渺的水滩。汽车沿着高高的堤坝缓缓行驶，摇窗瞭望，青山四围，竹树环合，微风吹过，水面荡起层层涟漪，那水中倒映的白云青山恰似风漫素绢的画图。

这便是有名的大王滩。

汽车停在游船码头。各式的楼船画舫很多，游客却仅我们几人，反倒更觉幽静。据小王讲：“大王滩平均水深二十多米，养有各种鱼虾，最多的要数武昌鱼、罗非鱼、板节虾，爬爬虾。过了谷雨，百鱼上岸。那时的大王滩，水面张起了大大的网，捕鱼的船儿来来往往，岸边也撑起了五颜六色的伞，各地游人云集而至，或观景者，或买鱼者，甚是热闹。”小王边介绍，边租来一艘敞篷小船，亲自做向导，带我们在水中漂游起来。是时，清风拂面，水波不兴，桨橹欸乃，光摇波动，恰似“镜湖俯仰两青天，万顷玻璃一叶船”之境地。

舟行五六里，眼前浮现出一青螺般的小岛来。弃舟登岸，由石阶斗折而上，一玲珑竹楼建于岛之腰际，嘉树芳草掩映彩错，翠鸟朱雀鸣喋其间。推开门扉，有一老者迎上前来。相呼入屋，则进入一竹子世界。屋内从墙到铺，从桌到椅，一律由竹子编制而成。那地板也由竹片拼制，踩上去咯吱作响，颤颤巍巍，荡荡悠悠，别是一番情韵。

老者沏壶茶，与我们面水而坐，边欣赏这远吞山光、平挹江濑、幽阒辽敻的江面，边侃侃聊起天来：“八尺江水由南向北，汇入邕江，历史上水患不断。20世纪70年代，政府拦水造坝，才使江水驯服。大王滩是广西境内最大的水库。改革开放以来，政府加强对水库的建设和管理，多方引进外资，并对库区小岛实行对外承包。我们这座小岛就是由一台湾商人承包，聘我来监管的。入冬后，旅游进入淡季，然每年春和景明之际，游人络绎而至，那时整个滩区才热闹哩！”老人捋捋胡子，说：”明年开春后，岛上计划建几座像样的宾馆，那时你们再来，住上一宿，悠闲地欣赏这无边的水光山色，那光景才称得上天上人间呢！”老人眯缝着双眼，憧憬着大王滩美好的明天。

继续登舟西行，少顷，眼前又展现出一片密匝匝的桃林来。小王说：“这个岛是大王滩最大的岛，岛上盛产水蜜桃、柑橘、桂圆和菠萝，是大王滩的水果岛。可惜你们来的不是季节，阳春三月来，整个小岛桃花盛开，远远望去，小岛披上了一片片绯红的云霞，你若在桃林中穿行，满身都会沾上花香，几天也不会散去。如果你暮秋而来，柑橘正熟，灯笼般的果实压弯了枝头，惹人心醉。这时，你可弃舟登岸，现摘几个称来，然后立于船头边品啧边言谈，边赏光，那光景才别是滋味呢！”我们简直被小王诗情画意般的讲述陶醉了。小舟绕岛缓缓而行，那阵云般的桃林橘树一幕幕飘入眼帘，悠悠然荡过身后。我们遐想着收获季节里岛上繁忙热闹的景象，笑语声随着轻风在水面飘荡。

6时许，我们开始操舵返航。将近坝址，正红日依山，赤水接天。这时隐约从西山深处荡出几叶小舟来，舟后漂游着几头粟粒般的水牛，明霞映照，桨声依稀，大家不禁赞叹：好美的水乡牧归图哟！

11月24日

按书协计划安排，上午与书界朋友座谈交流，下午集体组织到广西民族文物苑和青秀山参观。

带我们前去参观的导游是一位姓黄的壮族小伙子。汽车在浓荫夹道的南宁市区行驶，小黄用纯正的普通话为我们讲解着南宁的物产和概况。小黄指着道路两旁种植最多的一种树，让大家猜其名称，居然没有一人猜得上来。小黄告诉我们，这种树叫扁桃树。扁桃是一种美味水果，为了装点街景，园艺师们专门精心培育了一种不结果实的树种。这种树枝繁叶茂，树冠拱圆若篷，成材后，路两旁的树冠便拥抱在一起，使整个道路变成了绿色的涵洞。行进中，间或也有我们叫得上名来的花木，诸如米兰、橡皮树、铁树之类，其中最有名的便是紫荆花了。冬季里紫荆花还在怒放，远远望去，像一团团彩色的烟霞，煞是耀眼。

在我们应接不暇地观赏这五彩斑斓的世界时，车已停在了文物苑的门口。

文物苑是广西壮乡、瑶村、苗寨历史精华和民俗风情的缩影。走进文物苑的大门，最显赫的建筑物便是墨绿色的铜鼓雕塑群。

据小黄介绍，铜鼓相传是诸葛亮所制，故也称诸葛鼓，它是壮、仡佬、布依、瑶等族人民十分珍爱的乐器。但从历史角度考究，早在春秋战国中期，南方少数民族已发明了这种乐器。铜鼓一般用青铜铸造，大小不一，鼓面有制作精美的浮雕图案，中心为太阳，边缘有蛙、牛、马等立体装饰，鼓身有花纹围绕。古时，铜鼓是统治权力的象征，用以号召部众进行战争，并作为祭祀、赏赐、进贡的重器。明清以来，成为一般的娱乐乐器。

不知哪位好事者用力击打鼓面，这雕塑居然发出“噔嗒”“噌呟”的声音，游者莫不惊叹。原来这铜鼓全由青铜铸成，外实中空。击打鼓面，自然会发出黄钟大吕之音。

绕过铜鼓雕塑，向南沿鹅卵石小径前行，一桥横卧溪水，这便是由侗族人民所建的风雨桥了。此桥全为木结构，桥长二十多米。令人不可思议的是，整个桥身竟没有一颗铁钉。与桥体相连建有拱顶，上披青瓦，遮蔽风雨，故其名曰风雨桥。步行桥上，不管风吹雨打，胜似闲庭信步，你我皆安然如山。

沿石径东折，建有浓缩的苗族村寨。溪水绕石林穿行，花树随清风摇曳。溪水左右，随形就势列建寨门戏台，民居吊楼。据小黄讲，每当民族节日，戏台上演出民族歌舞，石林深处有山歌对唱，列坐苗楼还可品尝民族风味小吃，整个苑中别是一番情趣。

走出民族文物苑，复乘车南行，过南湖，翻曹屋坡，便驶进了前往青秀山的盘山公路。

汽车在林莽中穿行，热带雨林的特有树种不时从眼前掠过，枝柯交织成网，浓叶铺张成片，藤蔓缠绕如绳，青丝垂落若须，千姿百态，不一而足。

在一山岙间，汽车忽地来了九十度转弯，眼前便呈现出一片绿茵茵的草地来。导游小黄说："这里便是青秀山景区了。"

青秀山又名泰青峰，俗称青山，离市中心约十公里，是有名的旅游胜地。

站在平坦的草地上，放眼青秀山景区，烟嶂四围，翠峰跌宕，山脚下江流如带，涧溪纵横，松林含烟，桦林醉雾，大片的草甸好似刚刚出水的荷叶，铺于缓缓起伏的山谷之间，更有巍峨塔影，亭台榭阁相映成趣。此刻，仿佛置身于大兴安岭的草地林区，又仿佛游走在风光旖旎的西双版纳。

景区正南，一山葱茏，上建玲珑宝塔，这里是整个景区的最高点。沿石阶缓步而上，翠蔓夹道，青苔锁阶，复有游云徘徊左右，正是"云光浸履迹，山翠拂人衣"之境界。及至峰巅，有垒台高矗，一碑立于塔之正北。从碑文可知，这座宝塔名为龙象塔，明代万历年间初建，后被雷电击毁两层。至1937年8月，日寇侵华，国民党桂系军阀怕龙象塔成为日机轰炸南宁的导航目标，下令炸毁。1984年，南宁市人民政府为恢复历史原貌，决定拨款重建，在广西广招建筑高手，按原塔比例，破土动工，历时三年，方告竣工。龙象塔高可十余丈，拾级登临其上，顿觉两腋生风，满目山河，尽收眼底矣。

从龙象塔下来，沿曲径北去，有千亩草坪直展山根。这里是第四届少数民族运动会的赛马场。有几个身着红装的园林少女正在喷雾灌溉，水雾在阳光的折射下，形成几架美丽的彩虹。蓝天、白云、青山、碧草，复有红装、彩虹点缀，形成了一幅绝妙的风景画。游人或卧或立，摆弄着各种姿态，尽情地在此摄影留念，争相成为这风景画中的一员。

穿过草地，折东北向，山岗之上隐约有粉墙黄瓦，庭院一座。扶枝穿松林小径，踏石过溪涧小流，至院落门前。这里是中泰友谊园。据主人讲，整个庭院全由泰国友人按泰式格局建造。远处看，建筑似流光溢彩的皇冠；近处瞧，每个结构建造非常精细，富有民族特色。特别是那门楣上雕刻的孔雀、大象图案，或奔者，或顾者，或梳理羽毛者，皆活灵活现。院中有椰树数株，石桌石凳环列树下，供游人纳凉歇坐，徜徉其间，仿佛在泰国人家作客。

将近中午，在一曲径回廊处歇息。静坐栏边，忽闻水声淙淙，探头下视，却是一泓清潭。潭水宽数亩，有小荷点缀，红鲤数百尾。揉碎食物散落水面，游鱼来聚，红鳞翻泼；复投小石一粒，鱼群顿作烟霞散。

栏边有旅游摊点，为小女购得印有“丹丹”的纪念章一枚。在文化用品店又购石印章一对、青秀山碑拓一套。其中明代梁能定的《青山晚照》诗意境颇浓：

青山如列戟，一带势崔嵬。
落照纷纷去，斜晖冉冉来。
江中鱼棹急，途畔客心催。
迢递层阴起，山猿处处哀。

11月25日

这是南宁行的最后一天。同行者将集体参观越南的经济特区——芒街。

8时整，汽车已准时驶上了开赴东兴口岸的高速公路。百十余名参观者绝大多数是第一次走出国门，对于这个过去非常熟悉，近年来因种种原因，印象中又逐渐陌生的国度来说，大家久已心有所往。

汽车在高速公路上飞驰，路旁的江河村寨、蔗林翠竹不时从眼前闪过。导游小黄介绍说："越南是当今世界少数几个社会主义国家之一，近年来，为加速发展经济，实行了革新开放政策，并效仿中国，开辟了芒街、凉山经济特区。今天我们去的芒街，八年前还是边境小镇，现在的城市框架，都是近几年才建设起来的……"

南行八十余公里，过防城市，折向西行。不一会儿，透过竹林，闪现出一群白色小洋楼。小楼造型别致，有欧式风格，白墙红瓦，格外引人注目。楼前曲水环绕，楼后翠竹云涌，真乃人间仙境。小黄讲："这是一个华侨村。1979年越南反华排华，绝大部分被驱逐越境的华侨就在这里安家落户。这几年，这些村民成了边疆的首富户。他们利用精通两国语言、熟悉两国民情的优势，常年往返于两国口岸，搞贸易，通有无，赚了很多钱。”小黄接着讲：“这一带的华侨，因旅居越南多年，保留了很多越南的风俗习惯。越南人信奉基督教，人死后，其墓穴便建成教堂模样。这一带的华侨殡葬习惯也和越南人一样。”顺着小黄手指的方向望去，村西一片空地上密密麻麻盖满了两米见方的白色水泥尖顶建筑物，上有十字架，若浓缩的教堂。人们不禁为之称奇。

11点20分，汽车到达东兴口岸。在友谊宾馆进餐后大家列队出关。

芒街与东兴是两个隔江相望的城市，走过桥的中央就意味着踏进越南的国土。说起这桥，也和别的地方不一样。以桥的中间线为界，以北由中方设计制造，以南由越方设计制造。如果探头下望，两国的桥墩、桥架也各不相同，正“一座桥梁，两种构想”。

奇怪的是，结队的游人，皆中国人南去者，而无越南人北来者。问及小黄，答曰：“越南的经济非常落后，吃不饱的人很多，能来中国旅游的人也就微乎其微了。”

接着小黄为我们讲起前不久他带团到越南考察时发生的一件小事：“……在越南永实岛的一个小船上，随团的八名游客要了几碟菜，其中一道菜是红烧肉。大家你推我让，都嫌猪肉肥腻。等酒过宴散，船家的几个孩子围过来，想讨那肉吃。我们觉得，自己吃过的菜给人家不礼貌，便摆了摆手。那船家以为我们不愿给他，便跳入海中，打捞起一个在国内来说非常贵重的珊瑚石，来和我们换肉吃。当我们望着几个孩子狼吞虎咽、笑逐颜开的样子时，我们瞠目了。”是啊！长年的战争使越南人民深受其苦，使他们失去了本应属于他们的那份美好生活。听着讲述，也不禁为这个民族而叹惋。

刚过越南国门，就有几个越南妇女迎过来。她们一律的精瘦小个儿，头戴竹斗笠，一块三角白布把整个脸庞遮掩得严严实实，头部只能看到一双深陷而明亮的眼睛。从额角的肉色不难想象，她们的脸庞是黝黑的。她们上身穿着一色的白的确良衬衣，下身是海潮蓝布裤，脚上是长年没打过油的水牛皮凉鞋，其中好几个都没有穿袜子。

见大队人马过来，她们就用蹩脚的中国话说："欢迎光临，欢迎光临。"我们还以为是兜售越南货的，低下头只管往前走，她们倒不在意，跟在我们屁股后面不住地介绍着商店、旅店的位置。这时，小黄对大家说："这几位是越南的导游小姐，大家不要在意。"我们这才放松了警惕。

芒街树木稀少，天气显得比南宁热多了。顶着火辣辣的太阳，沿着并不宽敞的马路向南步行二十多分钟，就到了市中心。最繁华地带，和我们的一个小县城差不多，最高的楼房不过五六层的样子。街上来往的机动车辆很少，零星跑着几辆拉货的大卡车，也以从中国进口的东风140居多。小汽车是极为稀少的，转了半条街，连个普桑、伏尔加之类的车也很难见到。街上最多的要数摩托车和机动三轮车了。

街道两侧满是不太高档的店铺，招牌上半边写着越南文字，半边写着中国汉字，一看就知道经营什么商品。商店的货物比较单一，以牛角工艺品、香水、天然橡胶制品、纪念邮票、缅甸玉石为最多。牛角梳、牛角挠背做得精致耐用，在国内是买不到的，在这里只需四元钱就可买一把。越南的香水比较出名，因法国殖民统治的缘故，这里的香料工业比较发达，其中一些香水工厂是越南独立后法国人留下来的，一些是近年来与法国人合资创办起来的。从货架上递下几瓶来，各种香型应有尽有，且香味纯正，只是包装差劲些。为妻子买一瓶法国产紫罗兰香水，只花了四十元钱。我暗想，如果回国后换个考究的包装，总能让她高兴一番。

越南盛产橡胶，用纯天然橡胶制作的拖鞋防滑防水，柔软舒适。据导游讲，这种拖鞋穿三四年不成问题。所谓欠缺，就是工艺粗糙，有宽无长。取一双拿在手中，软软和和，绝没有塑料鞋那种僵直坚硬的感觉。好！三元一双买下！

越南邮票和货币是商店里的热货。翻开邮册，扉页都是胡志明主席的纪念票。胡志明主席已逝世多年，越南人民仍然把他作为心目中的精神领袖。其余邮票则五花八门，有海洋动植物方面的，有体育运动方面的，也有国家建设方面的。越南货币称作越盾，市面时价一元人民币可换一千五百越盾。花十元钱，就可买成套的越币。

拐过几个街头，有一海洋动植物标本商店，货架上摆满了各种螺、贝、礁的标本。有几位操江浙口音的中年人正和店主讨价还价。我凑过去想看个究竟，见柜台上摆着一个草帽大小的乌龟标本。经过一番手势比画，最终以六百元人民币成交。离开商店，人们围过去打问，那人才神秘兮兮地说："这哪是乌龟，是只玳瑁，在国内一万元也买不到。"

逛了半个芒街，相跟的人群已各奔西东，互不照应了。结几个同伴来到北仑河岸，找个水果摊歇脚解渴。大家回望祖国河山，延伸开来竟和越南一脉相连。这时，我们才真正体会到了"山连山，水连水"的含义。

不知何时，我们对面围过一群十来岁的越南小孩来。其中一个小一点的伸过一张俏皮的小脸冲我嘿嘿地笑着说："擦皮鞋，先生擦皮鞋。"还没等我答话，那小孩已操起满是油污的小手给我擦起鞋来。我连忙翘起双脚说："不用擦，不用擦。"那小孩见别的孩子都找到了活儿，近似哀求地说："先生，一块钱一双，一块钱一双。"我摸摸衣袋，全是几张整钱，就对小孩说："没有零钱，不用擦了。"这时，另外几个找到活的小孩每人领了1到5元的报酬，嘻嘻地笑着，飞也似的消失在街的尽头。那小孩又来缠我："先生，皮鞋亮亮的啦！亮亮的啦！"我知道，他心里是很难受的，我想找个小一点的纪念品给他，可从上至下摸遍全身也没有找到一件合适的东西。正在我左右为难，准备到附近商店买些零碎东西，找几个零钱之际，导游小黄远远地向我挥旗招手，示意出关。我夹起皮包，快步向大队人马奔去。那小孩也挎起擦鞋小木箱跟在我后面小跑。

慌乱中，我已来到口岸，并随大队人马验证过关。当我踏进祖国国土的刹那，无意识地回望越南这块我刚刚踏过的土地。这时，猛然发现为我擦皮鞋的那小孩正蹲在桥边哭泣。我的心一阵紧缩，一股热流溢满了喉咙。我一并把衣袋里的所有整钱掏出，快步向那小孩奔去。

这时，从岗楼里钻出几个越南警察，示意我不要乱冲乱挤，并让我出示通行证。另一个瘦条子脸嚷嚷着，近似吼叫地撵那小孩滚蛋。

警察推搡着那小孩渐渐远去了，可那小孩的呜咽哭声还在我的耳边萦绕，仿佛越来越近。唉，我真后悔！我当时为什么没有把身上的钱留给这位越南小朋友，让他和别的孩子一样快乐呢！这成了我越南之旅最大的遗憾。

11月26日

早8时乘车出发，11时30分抵达北海市，住北海迎宾馆。

北海迎宾馆是一座古老的宾馆，19世纪末，这里曾是法国领事馆，建筑古朴，环境优雅。院之南北各有三人方可合抱的大榕树，树不太高，蓬冠很大，像一堆绿色浓雾。楼前，花木成畦，粉蝶翻飞；院中，喷泉洒雨，碎石漫道。步行其间，树影婆娑，香风习习，令人神清气爽。

安排好住宿，已是下午1时。同行三人商议，到海边吃海鲜去。

打的士沿北部湾海岸到滨海路。这条路依城傍海，路旁都是清一色的酒家。司机说："这条路是北海有名的海鲜路，品种齐全，物美价廉，吃后保您满意。"我们就停在一名叫红帆阁酒家的门前。

这酒家不算绰，面积倒挺大，穿堂子屋，十来张桌。门前摆满了各色各样的海鲜。屋子后壁全由钢架玻璃窗做成，开启自由，可乘海风纳凉，也可观沧海消遣。

要了半斤基围虾、三只醉螃蟹，泡壶清茶，临窗观海倒是件美事。北部湾的海域波澜壮阔，横无际涯。白帆是看不到的，有几条渔船，是装有马达的机船。饭店离港口不太远，往来的船只很多，汽笛声、马达声不时在海面传响。

不知什么时候，苍茫的海面涌起了浓密的乌云，海风也鼓起了劲，吹得海水涌动起来。一眼望不到边的波涛从云际一浪赶着一浪向岸边奔来，浪头卷着水沫击在岸基上轰轰作响，如龙吟虎啸，如雷霆怒兴。那远去的航船像漂在海面的一芥草茎，在浪峰波谷间时隐时现。这时，我的心底不由得吟哦起观海的诗句来，"天地黯惨忽异色，波涛万顷堆琉璃”。

将近3时，怕受风着凉，方起坐回宾馆。躺于床上，脑际还激荡着连天的波涛。

11月27日

清晨起来，无风也无云。阳光透过浓密的树叶洒进屋内，几只小鸟在窗前花畦间跳来跳去，啾啾鸣个不停。按预定计划，吃过早饭去市南十公里外的北海银滩。

银滩是北海新开辟的海滨旅游景点。因滩宽线长，波浪平缓，沙质细腻如银粉，每年都吸引不少各地的游客。近年来，银滩建起不少度假村，建筑大多是欧式风格。远远望去，红瓦高脊，碧树矮墙，很有规模。据当地人说，1993年盖房成风，供过于求，现在，闲置的房屋很多，按每平方米八百元的价格便可自由买卖。这价格倒和我们忻州差不多了。

银滩素有“天下第一滩”之美誉，到银滩一来为踏沙，二来为观海。脚踩柔软的沙滩，极目辽阔的大海，胸襟顿时开阔起来，平时心里所想的事和需要办的事，这时可一任搁一边去。

太阳已升在半空，光辉洒在沙滩上，整个色彩呈现出亮银色的基调。天边的云虽然有些，也被轻轻的风扬得淡淡的了。手提双鞋漫步在如砥的沙滩上，柔柔软软，暖暖和和。回头来看，一串曲曲弯弯的脚窝显示着你来时的轨迹，随你走向滩的那一边。儿童们撅着屁股在那里刨沙垒城，几个浪头冲过来，一切便无影无踪。儿童们搓着满是沙粒的手在那里很是失望，他们的父母却在海岸上前仰后合地笑个不停。

银滩的海浪比北部湾的舒缓多了。一波接一波从天边涌来，一层接一层在沙滩上悄然而逝，没有《英雄交响曲》的悲壮，但有《小夜曲》的闲逸和静谧。这时我忽生遐想，若待暮霭笼罩，新月初上，那时观海或许更有一番意境的。多少年来，张若虚“春江潮水连海平，海上明月共潮生”的诗句，曾使我梦魂萦绕，心向往之，然时日紧迫，恐也难以成愿，徒触景构思月夜大海景致而已。

中午，在银滩海边就餐。下午4时整，回宾馆安排明日行程。

11月28日

上午11时乘飞机赴广州，11时40分飞临广州上空。俯瞰珠江流域，浓云蔽空，气象森森。待飞机停稳，方知广州正下着绵绵小雨。

乘出租车前往山西大厦，一路细雨如纱，眼前景物扑朔迷离。

12时半，抵山西大厦。经理赵新林、服务员小段，皆忻州石家庄村人。异地见老乡，自然热情招待一番。

晚上，由赵经理安排，到中山路逛街。进了几家服装店，皆因自己体形特殊，便早早出来。在街头小摊买布背包一个、《中国名胜风光诗词选》一册。因行人拥挤，小雨不断，游兴全无。

10时整，回大厦休息，给家里去电话，告知近日行程。

11月29日

早晨起来，淅沥的小雨还在下个不停。

上午，给宁波弟弟王利国发去传真，下午4时半，登机赴宁波。

飞机颠簸着穿行在厚厚的积雨云层，从舷窗外望，云腾雾卷，迷蒙一片，机翼颤动着，直让人提心吊胆。飞行有顷，云层渐渐铺平，作兜罗锦。飞行其上，仿佛破冰船在北冰洋的冰雪世界中缓缓漂游。放目远眺，云天一线异色，若杏黄李熟。下瞰闽粤大地，皆没于银海之中。

飞抵江浙一带，云层渐退。苍穹若积水空明，瓦蓝幽深，偶有珊瑚状浮云擦机而飞。回望西天，红日欲坠，明霞流金。下视山峦湖泊，林莽草树，皆明灭交辉，若翡翠琉璃世界。

6时，飞机降落宁波机场，弟利国早来迎候。驱车至新芝宾馆。

晚饭由市书协主席和几位书界朋友招待，分别介绍各地风景名胜、物产资源，觥筹交错，气氛热烈，恰似故人相逢。

11月30日

早8时半，到溪口雪窦山风景区游览。

雪窦山早在汉代就有“海上蓬莱”之誉。加之，这里又是蒋介石、蒋经国父子的故乡，近年来，爱国爱乡人士，览胜觅迹之客云集而至。

汽车沿高速公路向奉化市奔驰，沿途晓岚将歇，远山若黛，阡陌纵横，碧水环流，茂林修竹间时有农家小院飘过车窗，俨然行进于桃源画卷。车行六十余公里，到溪口镇，有奉化市旅游局葛士芳及导游小李接待。

主人讲：“溪口雪窦山景区为国家级重点风景名胜区，主要由溪口镇、雪窦山、亭下湖三个景系组成。溪口镇景系以蒋氏故居遗迹为主，突出人文景观；雪窦山、亭下湖景区主要突出湖光山色，以自然景观为主。因时间所限，我们只能走马观花，参观溪口镇和雪窦山两个景区了。”

溪口镇长街临水，青山环峙，武岭门雄居镇口。由小李带领，漫步于石板小径，忽见粉墙黛瓦、翠竹掩映下的一处庭院。小李介绍，这是蒋氏故居之丰镐房。

进得前院，青砖墁道，粉壁四围，有松柏两株各植东西。从西仪门入内便进正院。这是一个完完整整的四合院落，檐牙高筑，雕梁画栋，气派非凡。正屋为报本堂，门庭匾额上书“寓理帅气”，为蒋介石亲笔所写。东西厢房十余间，为闲杂人等住所。

出丰镐房，东去百二十步便是玉泰盐铺，这里是蒋介石的出生地。

玉泰盐铺门前便是有名的剡溪水（李白诗句有云“湖月照我影，送我至剡溪”）。凭栏远眺，溪中小舟，悠悠过往，溪南绿竹，回清倒影，沿溪文昌阁、憩水桥、武岭门诸多景致尽在指顾之中。

走出溪口镇二三里，一山峥嵘，上多古木，雾霭缭绕其上，这便是白岩山，蒋母墓道即建于此。沿鹅卵石砌成的盘山小路攀登五六百米，有新式洋房一座，大门题额“慈庵”。院内有中西式平房十二间，西屋有蒋母王采玉遗像。正屋立碑数通，正面为《孙大总统祭蒋太夫人文》，反面是蒋介石泣述的《毛太夫人事略》，均系国民党原监察院长于右任先生所书。东西二壁有蒋介石的《哭母文》，为谭延闿所书。其中段落所记不复清晰，唯“悲莫悲于死别，痛莫痛于家难。哀莫哀于亲丧，苦莫苦于孤子”句记忆犹新。

复前行，次第有白凉亭、路岗亭，登之可极目眺望。

蒋母墓庐倚山而建，古松环抱。孙中山先生亲笔为蒋母题写墓碑“壶范足式”。碑两旁有蒋介石自题联：“祸及贤慈当日顽梗悔已晚；愧为逆子终身沉痛恨靡涯。”墓前水泥地上刻有凤凰与翠竹图样，意为蒋母是从葛竹村飞出的金凤凰。

沿原路下得山来，复登车进发，进入雪窦山区。汽车在山林穿梭，白云在脚底飞渡，仿佛羽化而登仙。导游小李说：“雪窦山在四明山东缘，山水秀丽，气候宜人，素有‘四明第一山’之誉，宋代仁宗皇帝曾梦游此山，因故取名为‘应梦名山’。这里也是弥勒佛的道场，有雪窦古刹建于山中”。顺着小李手指的方向望去，一座古刹已浮现于林表木末间。谈论中，汽车停在了寺院门外。

小李讲：“雪窦寺在佛教界有很大影响，在明朝被称为天下禅宗十刹之一，近年来，又争取五大佛教名山的称号。”

进入寺院，顿觉气势不凡。特别是那建于正中的弥勒宝殿气象恢宏，颇具庙堂风范。宝殿正中供奉弥勒佛祖。据小李讲：“弥勒出生于古印度南天竺一个大婆罗门家族，后来信奉佛教，拜释迦牟尼为师。由于他对佛教做出了巨大贡献，所以先于释迦牟尼离开人间，上升到兜率天的内院。佛教说他五十六亿七千万年以后，到人间于华林龙华树下成佛，接替释迦牟尼。所以称弥勒佛为未来佛。宝殿左右塑十八罗汉，为明代雕塑精品。瞧那神态，或闭目养神者，或坐坛说法者，或侧卧掏耳者，皆仙骨嶙峋，面目传神。特别是那降龙、伏虎，肌肉暴突，啮嘴怒目，钢须倒竖，观后令人背部生凉。

寺院正南为天王殿。内塑大肚弥勒佛，袒胸凸肚，笑容可掬，箕踞而坐。小李讲：“大肚弥勒佛是诞生在中国本土的佛。传说五代时，浙江岳林寺内有一位和尚叫契此，经常背一条布袋四处化缘，他平时生活不拘小节，习惯给人预言吉凶，竟十分灵验，人们称其为布袋和尚。他圆寂时端坐在一块磐石上，留下了‘弥勒真弥勒，化生千万亿，时时示时人，时人自不识’四句偈语，一时轰动了佛界，认为他就是弥勒的化身。”

寺院东西厢房为僧寮。西厢房前有白果树一棵，三人方能合抱。虬枝老干，黄叶稀疏，给寺院增添了几分幽静与萧瑟。

出寺院折西南，拾阶百余级，至妙高台。《重庆谈判》《大决战》等多部影片曾在这里开机拍摄。妙高台背倚雪窦山，古松如幡，浮空荡翠。南临剡溪水，一川空旷，日色澄丽。登临高台，满目青峰乱坠，丹枫绿竹，间如错绮，令人胸襟开朗，心旷神怡。

妙高台为两层木结构小楼，一层为蒋介石生平展览馆。二层是作战指挥室，按原样设有旧桌椅，旧床铺。檐下有蒋介石亲笔颜额“妙高台”。书体硬朗，有黄庭坚韵味。

午后1时，驱车返回溪口镇，葛士芳先生设宴招待。饭后稍加休息，回宁波。

方入旅寓门庭，忽闻乡音，上前打问，才知是代县老乡李志荣。小李研究生毕业后，分配到海南工作，近日随夫调来宁波。听说有故乡人来，特来打问。他乡见乡亲，分外亲切。晚饭由小李做东，在宁波有名的东海大酒楼设宴招待。晚10时，方宴散息歇。

12月1日

早晨六时起床，由小李夫婿马大光君开车到穿山码头。7时30分，匆匆与相送友人握别，乘高速客轮赴普陀山。

上船后，与舟山市书协虞慧联系。对方听是五台山来客，迅即安排了食宿和接待人员，虽未晤面，却似故人相逢。

高速客轮在舟山海面贴浪飞行，人们在封闭的船舱内只能听到隆隆的马达声和船头的辟水声。隔着舷窗外望，舟山一带岛屿林立，或若舰船，或若巨象，或若青螺……船行其间，如脱缰的野马，尾部扬起尘暴般的水雾，又如一架喷气式飞机在群山中穿行。未几，至洋面，眼前景色顿时开朗起来，但见海天相接处，烟云缥缈，天水一色，洪涛滚滚，白浪飞飞。这时，我忽然想起普陀山“不肯去观音”的一段美妙传说来。在唐代，日本派遣慧锷和尚到五台山巡礼求法。当他第三次来五台山时，从五台山祈请了一尊木雕观音像渡船回国。船到普陀山莲花洋，忽然狂风大作，白浪滔天，慧锷只好泊船山岙，等待风静。第二天风平浪静，于是再次扬帆出海。谁知，船刚刚驶出山岙，海面又狂风大作，帆船不能前进。第三天清晨，天空忽降五色祥云，慧锷大喜，连忙起锚。不料船出山岙，海面上蓦然间布满了铁莲，进不得，退不得。慧锷把三天来的遭遇细想一番，恍然大悟：“莫非观音菩萨不肯东渡日本?”于是他双手合十，高喧佛号。这时，海底涌出一头铁牛，张开大口，吃掉铁莲。这样一来，佛意已明。于是，慧锷在当地渔民协助下，在普陀山修起一座小庙，专门供奉这尊“不肯去观音”。后来，这座小庙被命名为“不肯去观音院”，这片海域被命名为“莲花洋”。

船行一小时后，忽有灵山障目，远望松筠耸翠，烟岚凝紫；琼阁流彩，塔影嵯峨。正“缥缈云飞海上山，石林水府隔尘寰”之境界。众人皆翘首以观，争相目睹这海上仙山的迷人风姿。

8时50分，客轮在普陀山码头停泊靠岸，有普陀山青年书家小王举牌前来迎接。小王既是司机又是导游，率我们在银云山庄住宿就餐后，便开上213吉普车上路参观了。

一路穿云破雾，盘旋而上。行进有顷，至佛顶山。佛顶山为普陀山最高处，也名白华顶或菩萨顶。小王讲：“佛顶山经常云雾笼罩，人行其间，前不见去处，后不见归途，仿佛置身于虚无缥缈的仙境，华顶云涛为普陀十二景之一。古人说：‘不上佛顶山，不算到过普陀山。’”是时，浮云已踩足下，或若棉絮，或若丝带。远眺千岛隐现，白浪连绵；俯瞰梵宇金沙，峡谷危岩，海山风光尽收眼底。

沿石径小路东行，有慧济禅寺。据小王讲：“禅寺始建于明代，为一小庵。清乾隆年间扩庵为寺，光绪年间又加扩建。1984年重新修复后，形成现在格局。”

寺院依山就势，深藏于森屏之中。步入禅院，大雄宝殿、大悲殿、藏经楼、玉皇殿、方丈室一字排列，另加左右厢房相拥，颇有浙东园林建筑风格。大雄宝殿正中供奉佛祖释迦牟尼像，左右为弟子阿难和迦叶，两厢塑有佛教传说中的“二十诸天”像。

院东侧新建观音殿，置观音石刻一百二十三尊。这些观音像汇集了自唐以来历朝名画家所绘观音宝像，是本山宗教艺术之精华。

从禅院南门出来，有照壁一通，上刻“佛顶山顶佛”。相传，当代文史大家郭沫若游佛顶山时，曾以“佛顶山顶佛”为上联，求对下联。后有人以“云扶石扶云”相对，上下句顺念倒读皆成佳句，也传为佳话。沿柏油路西行，道路两侧有稀世珍树普陀鹅耳枥，不远处有刀劈石。刀劈石下，双峰对峙，山多白石，似积雪涌浪，名曰大小雪浪山。因相去有间，且需步行往返，均未能成行。

从佛顶山下来，过大乘庵、锦屏山庄、杨枝庵，至法雨禅寺。

寺前有海会池、青玉涧，池水映照，涧水潺湲。寺之左右，林木葱郁，浓荫蔽天。寺倚锦屏山，峦石晶莹，林木青碧，白葩丹蕊，掩映如锦。

步入山门，整个寺院依山势起伏，巧构七重殿宇。依次有天王殿、玉佛殿、九龙殿、圆通殿、御碑殿、大雄宝殿、方丈殿。最可仰瞻者莫过大圆通殿。大殿共七间，重檐黄瓦，巧构宏制。殿顶内槽九龙藻井，一龙盘顶，八龙环绕八根垂柱昂首舞爪，皆栩栩如生，呼之欲飞。殿内供奉观音菩萨，两旁为十八罗汉。殿前有二十四块青石围板，分别浮雕“二十四孝图”，为明代石刻精品。天王殿前，庭院宽敞，正面照壁有青石浮雕九龙壁，壁前留照者颇多。

法雨禅寺为东南名刹，历代墨客骚人览胜留迹者甚众。在众多题诗中，只记清代金士奎“九龙殿已偕山老，五凤门犹对海雄”句，明代陈九思“佛火夜悬龙藏晓，海灵潮结蜃楼明”句，其余皆做过眼云烟矣。

游过法雨禅寺，已近中午。回银云山庄，由普陀山书协同志作陪，共进午餐，席间馈赠“佛教圣地五台山”光盘一套，甚是欢喜。

下午3时，继续由小王作导，前往普陀第一宝刹普济寺参观。小王讲：“普济寺为供奉观音菩萨的主刹，坐落于梅岑山东的灵鹫峰下，全山重大佛事活动都在这里举行。该寺建于后梁贞明二年。清康熙四年，荷兰殖民者入侵，殿宇惨遭毁坏，器物洗劫一空。十四年，寺因游客失火焚毁。现存建筑群为康熙二十八年始历时十年所建。”

大圆通殿为全寺主殿，殿宇宏大巍峨，百人共入不觉宽，千人齐登不觉挤。殿中供奉高毗卢观音像，两侧分列观音三十二应身像，为观音道场所特有。佛像均系1981年重塑。后有藏经楼、方丈殿、伽蓝殿、罗汉堂等共计三百余间，登堂观摩，大多为近年重建，清前遗物几近寥寥。

步出寺院，漫步于永寿桥头，徜徉于海印池边，阒静的水面泛着微明的波光，残荷零落，黄叶翩跹，萧瑟悲凉之意油然而生。

从普济寺出来，沿紫竹路南行四五里，至南海观音景点。

南海观音建于1996年，是普陀山最宏伟的建筑，也是普陀山的象征。菩萨露天而建，高十八米，莲花座高两米，二层座基十三米，总高三十三米，全由亚金铜铸造，堪称当今世界观音铜像之最。细观观音宝像，顶现弥陀，双目垂视，眉如新月，面现宝光，左手托法轮，右手施无畏印，显现出大慈大悲的庄严法相。

南海观音立像座分为两层。第一层为功德厅，功德厅铜柱上铸有二十幅观音说法图。在大铜柱四周有四根小铜柱，上镌楹联，由书法大家程十发题写。功德厅前厅两壁，悬挂着“观音送饭”“二龟听法”“飞沙连海”“董云护法”等大型木雕，由高级柚木镂刻而成，几百人物神态各异，栩栩如生。那仙女的衣裙，薄如锦帛。那翻卷的波涛，滚雪溅玉，颗颗水珠都能数得上来，令人叹为观止。更可观者为前厅南壁悬挂的“莲洋涌日”图。整个画面全由宝石雕刻而成，那波涛汹涌的海浪，由蓝白相间的玉石雕刻而成，水波纹色彩天然过渡，自然成形，趋前细察，更有翠色海藻浮游其间。那红日由整块红玛瑙制成，鲜艳夺目，光彩照人。成群的游人在宝图前平心敛气，拭目以观，只能听到慢节奏的皮鞋声在空旷的大厅回荡。

第二层基座，四周为花岗岩护法栏杆，正中为观音堂，里面供奉着五百尊妙相紫铜观音像。

走出厅来，闲踱于平台广场，远山如粟，近山似拳，万里清风吹布袖，一色海天迷人眼，指点百步沙、朝阳阁、竹林寺，尽在咫尺画图之中。

12月2日

早晨乘船回宁波机场，买得返京机票。

上午10时乘机离甬，11时50分，飞机降落于首都机场。早有文岗君开车前来迎接。

下午3时，沿京石、石太高速公路返晋。过娘子关，天方雪霁，烟云绵亘，雾凇沆砀，一派高原雪霁壮丽景色。晚9时许，我们终于在冰天雪地中回到了忻州这块严寒而又让人热恋的土地。

访朝纪实

2000年7月8日，吉林省白山市举办书法赛事，我应邀参加颁奖大会。10日，白山书友李君约我到朝鲜作一日游，我欣然应允。

一

刚吃过早饭，开往朝鲜的豪华客车已在长白县宾馆门前等候了。

领队的小崔是个朝鲜族姑娘，一身艳红的运动装穿在身上，看上去蛮精神的。小崔讲，他的母亲是朝鲜人，现加入中国国籍，两个舅舅现在仍在朝鲜。父亲是朝鲜族，但历史上就是中国人。在整个长白朝鲜族自治县，朝鲜族人口占到30%左右。

今天，我们要去参观的地方是离长白县最近的两个城市，一个是两江道的惠山市，一个是普天郡。朝鲜的道，相当于我们的省，郡相当于我们的县，惠山市就是两江道的首府。

长白县与惠山市隔江相望，汽车沿鸭绿江畔奔驰，对岸洗衣服的人、捕鱼的人以及公路上来来往往的人都清晰可数，偶尔还可看到高架的大炮和拱圆的水泥碉堡。小崔讲，中朝以鸭绿江为界，鸭绿江为两国所共有，两国人可以在江中自由撑船、捕鱼，但不能登上对方的江岸。

正当大家议论的当儿，汽车已来到中朝边界口岸。今天去朝鲜方面的只有我们同车八人。大家在中方口岸办完签证后，复乘车驶上鸭绿江大桥。

鸭绿江水并不像我们想象中的那样深，那样宽。江上没有船只，只有远近十多个挽起裤腿摸鱼儿的人。朝鲜时间比北京时间早一个小时，不到九点，太阳已暖洋洋地升到了半空。江边往来的人很多，洗衣的朝鲜妇女一字儿排在江岸，“嘭嘭”的棒槌声，响彻整个江面。路上来去的妇女一律头顶着偌大的洗衣盆，加以颀长的身姿，活像一亭亭雨后艳阳下的蘑菇。

小崔告诉大家，朝鲜现在洗衣机还没有进入寻常百姓家，洗一些大小衣物，全得靠手工来干。

汽车在朝方的桥头堡前停下来，小崔跳下车将有关手续递与一位全副武装的朝鲜军官，那军官进屋打了一通电话，然后探出头来叽里咕噜对小崔讲了些什么。

小崔上车后对大家说：“朝方还有手续要办，再过半小时就有朝方专车过来接我们。”

到朝鲜参观访问，是不准我们的车辆过去的，出访人员不准带手机，不准随意拍照，随身物品还要事先申报登记。入境要求是非常严格的。

等车的当儿，一位好事者问小崔：“刚才那位朝鲜军人和你讲了些什么？”小崔笑着说：“他说他们的士兵口渴，想要我们带些冰糕过来。”小崔边说边掏出二十元钱，让一位年轻人到中方口岸去买冰糕，并吩咐，要买两毛钱一根的。

不一会儿，那年轻人拎着两个大塑料袋气喘吁吁地跑了回来，对小崔说："货已备好，一共一百根。"原来，朝鲜士兵多，中方口岸的人为了他们分发方便，特制了一种经济型、超短型的冰糕。

那军官笑嘻嘻地从小崔手中接过冰糕，小跑着钻进了桥头堡。小崔乐滋滋地对大家说："这下不用久等了，我们的手续马上就会办好。"大家相视而笑，看来不论哪里，有好处才好办事！

二

不一会儿，一辆破旧的大客车从朝方驶了过来，大家一并上车，统一到朝方口岸接受检查。汽车转了几道弯，停在了检查所门前。朝方人员用蹩脚的中国话喊出一个名字，我们的人员就下去接受检查，检查的内容就是看有无违禁物品带入，看像片是否与本人相符。检查的方式很原始，摸衣兜，翻包底，没有一点现代化设备，给人一种不太文明的感觉。大约十分钟后，大家方登车前进。

陪我们参观的有三位朝鲜朋友。导游姓李，名朴顺，是二十刚出头的小伙子，平壤大学汉语专业毕业，上班只几个月。司机金成顺，开车已有二十个年头，他开的车是专门接待外宾的。汽车后面坐着一个穿灰制服的中年人，好像有点睡意，小崔没有介绍，大家也没去理会。

"安宁，阿西米格。"小李腼腆地开口。

"大家好，欢迎大家到朝鲜旅游。"小李又用流利的汉语问候大家。他说，惠山市是两江道的政治、经济、文化中心，这里海拔715米，因山多，人民靠山吃山受其恩惠，所以被命名为惠山。惠山市是朝鲜的工业城市，也是全国第三大城市。

透过车窗，大家不住地往外张望，不一会儿，汽车已驶入市中心。惠山市的规模不算大，比江北的长白县城也大不了多少。楼房大多是20世纪六七十年代所建，最高也就是五六层的样子。街面上好多楼房已年久失修，玻璃已不复存在，不时看到有荒草从窗口探出头来，有一种冷落萧条的感觉。这里的街道很宽，但路面坑坑洼洼，汽车根本跑不起来。机动车辆非常稀少，偶然间也可看到满载士兵的大卡车驶过。当我们的大轿车驶来时，好多步行的人停下来，注目观看，报以新奇的目光。街道上来往的人们绝大部分衣着简朴，一色的黄胶鞋。这里少见胖人，街上的人个个黝黑精瘦，行色匆匆。小崔告诉大家，国内一些营养过剩的大胖子来到朝鲜，会被当地人当稀有动物来观看。

路过惠山市火车站，这里算是最热闹的地方了。空地上人头攒动，人声鼎沸，但看不到一处水果摊、一处商店，也看不到候车的地方。上下车的人们行装简单，只挎个黄布兜。这里还是原始的小火车，窄道轨。我仔细数了一下，一列客车只拉七节车厢，每节车厢只有六个小小的窗口。同行的人们好奇地说："这里怎么是小火车？"导游小李忙说："快到平壤时就换成大火车了，用你们中国人的话说，那里已经和国际接轨了。"

十余分钟后，汽车已驶出市区，走上了石子盘山公路。从山上回望这座城市，虽说在朝鲜号称工业城市，但我看不到一处冒烟的工厂。天空湛蓝湛蓝的，四面苍翠的群山环抱着这座没有污染但也没有生机的山城，我的心里泛起一种难以言状的滋味。

汽车在盘山路上颠簸行驶，眼前满是成片的松林。这里的植被很好，裸露的岩石或黄土是看不到的。偶尔间在缓坡上、低洼里也可看到一些劳作的农民。小崔告诉我们，朝鲜是一个多山的国家，山地、高原几乎占全国的80%。这里的农业生产条件不太好，农民种田也没有科学性，不薅苗，不施肥，不打药，广种薄收。这里仍然是集体劳动，队为基础。庄稼已齐腰高，锄地的人们拄着锄把望着公路上驶来的汽车，紫铜色的脸膛在阳光下锃明油亮。

车行有顷，山下忽然飘出一带山村，也就是朝鲜所谓的“里”。山村随形就势，连绵有致，绿树掩映，鸡犬相闻，几缕炊烟袅袅升起，直接云端，很有一番诗情画意。村子背倚大山，山上赫然立着一排硕大的标语牌，从村的北端直抵南端。我问小崔那标语是什么内容。小崔定睛看了一阵后，一字一顿地说：“二十一世纪的太阳金正日主席万岁！”看来，朝鲜的农村政治气氛还是十分浓厚的。

将近10时，我们来到了普天堡，这里是朝鲜的思想政治教育基地。汽车刚驶入城区，就遇上了一队队来自朝鲜各地的学生和军人。学生们背背包，挎水壶，徒步排队前进。军人们有列队来的，也有乘卡车来的，全副武装，还不停地唱着嘹亮的歌。小崔说，在朝鲜，学生毕业或军人参军都有一个惯例，就是沿着金日成主席走过的革命道路，从始至终走一遍，体验革命的艰难，胜利的来之不易。我仔细地看着一队队满脸稚气的少先队员，他们迈着整齐的步伐，匆匆前进，红领巾在胸前一甩一甩，红扑扑的脸上还真透着一股“不到长城非好汉”的劲头呢！

汽车在“普天堡战迹地”停下来。这是一个占地足有一千亩大的广场。广场背倚满是苍松翠柏的群山，金日成高大的铜像矗立在广场正东。偌大的广场，地面全由方整的大理石砌成，四周是平整的草地，时有成片的串串红、杜鹃花点缀，整体设计庄严而典雅。

不一会儿，来了一位二十岁左右身着戎装的女解说员。她脚踩高筒皮靴，头戴大檐帽，腰扎宽皮带，身着绿军装，肩扛黄肩章，站在大家面前庄重大方。这位解说员用朝语向大家介绍：“普天堡战役发生在1937年，这次战役是金日成主席由中国东北抗日联军返朝后指挥的第一次战役，也是朝鲜人民军向侵朝日军发起的第一次进攻。这次战役，打掉了日军的指挥所、派出所，端掉了盘踞在普天堡的日军炮楼。自此，朝鲜人民军在金日成主席领导下，不断发展壮大，走上了民族独立解放的光明大道。”大家随解说员缓步来到金日成主席铜像前。铜像十米高，反映金日成主席做战地动员的一个动人场面。金日成主席一手紧握军帽，一手高举拳头，胸前挂望远镜，腰挎驳壳枪，眉宇间透着坚毅的力量。据解说员讲，金日成主席生前看到这座铜像后，非常满意，给予了很高评价。我围着铜像瞻仰一周，发现整座铜像没有一处焊接痕迹，从上至下线条流畅，飘逸飞动，人物内心世界挖掘得淋漓尽致。站在金日成主席像前，心底不由得萌生一种向往光明自由，为真理而斗争的伟大力量。我不禁为朝鲜艺术家的聪明智慧和精湛技艺所叹服。

广场东北角是一处由玻璃罩罩起来的杨树栋，树早已死去，木质已腐朽，但看上去很像是一处金不换的文物。解说员讲，当年金日成主席指挥普天堡战役，就站在这棵杨树下做动员。这里距敌人的碉堡不足一百米，但金日成主席不顾生命安危，硬是在敌人的眼皮底下做完战地动员。广场西头日军的木结构碉堡依然保留着它的原貌，派出所的玻璃窗明晃晃地反照着亮光，我们估摸着这短短的距离，心底由衷地感佩金日成主席的胆略与气魄。

随后，我们又参观了日军碉堡、派出所以及生活区。时间已过去半个多世纪，但当年鏖战时留下的弹洞依然清晰可见，历史的印痕在这里被永久地定格下来。

广场的北头是一片茂密的原始森林，也是参观者歇脚避暑的好地方。步行其间，如入百里连营，轻风吹过，松涛若洪波巨澜涌动，千军万马呼应，煞有一番气势。在一处高坡旁，一队经过长途跋涉的军人正解散休息，或擦汗，或饮水，或倚枪闭目养神，一幅轻松的军旅休整图。我取出相机正欲拍照，忽然镜头前伸来一只大手，我想发火，可仔细一打量，面前站着正是与我们同行的穿灰制服的那个人。我心里纳闷，小崔告我，这里不是景点，是不准随意拍照的。

将近中午，我们结束了普天堡的参观。参观过程中，没有一处收门票，也没有一处卖水或饮料的小摊位。解说员都是随叫随到，不收分文。我想，加上清洁工、花草修剪工，国家每年要支出一笔不小的开支。

临行前，我们将来时准备的手帕、口香糖赠予那位解说员，她礼貌地接受，并报以亲切的微笑。

三

12时整，我们驱车返回惠山市，到惠山宾馆就餐。惠山宾馆建于1960年代末，是专门接待外宾和朝鲜国家领导人的场所。楼内设施陈旧，唯独大厅正中金日成与金正日的巨幅画像在白炽灯的照射下熠熠生辉。餐厅非常简陋，没有装潢，餐桌是一张笨重的木头大圆桌，可能也是1960年代的产物。偌大一个餐厅，服务人员只有两名，就餐的也只我们一桌。服务员端来一小盘酸辣白菜和辣椒腌制的小鱼，一分为二，凑成四盘，算是凉菜。又端来一盘用土豆、松仁、鱼条等烩制的大杂烩，算是热菜。主食为单调的白米饭。人们还在等待上菜，小崔说："就这些，在朝鲜接待外宾就这个标准，能见到荤腥就算不错了。"同行中人有几个有备而来，事先从长白县带来两只熏鸡、几片烤鱼和面包，还有几瓶特制高粱白，这时一并拿来，一半上桌，一半赠予餐厅的工作人员。就餐时，我们不时听到厨房里传来朝鲜朋友饮酒的笑声。餐毕，餐厅的领班出来与我们道别，并对我们说："今天的饭菜，我们市长一年也吃不上几顿。"导游小李用手比画着翻译，脸红红的，走路摇摇晃晃，看上去已有了几分醉意，看来他平日里也是见不到酒的。

宾馆二楼是商品部，这是我入朝以来看到的第一个商店。货架上稀稀落落地摆一些书籍，其余就是邮票和手工艺品了。邮票版面皆为政治色彩很浓的图案。手工艺品是朝鲜刺绣和银制餐具，因存放时间过久，已经失去了光彩。有一本装帧精美的大部头书籍我倒是看上了眼，里边有中国书画，颇有造诣，都是朝鲜艺术大学师生作品，我有心买下，但一问价格，竟五百元，也只好忍痛放弃。临走时，我买了一本朝鲜旅游小册子，十五元人民币，这算是我到朝鲜的唯一一份纪念品吧。

四

休息片刻，大家乘车首先到普天堡战斗胜利纪念塔参观。纪念塔建于毗邻鸭绿江的挂弓亭山岗上，乘车举目北望，就能看到纪念塔高耸入云的红旗雕塑。

几分钟后，大家来到了挂弓亭山脚。解说员是一位年逾六十的朝鲜籍日本老人。小李告诉我们，这位日本老人二战后就一直留在朝鲜，曾有几次回国机会她都放弃了。她在朝鲜一直做解说员工作，前年已到退休年龄，但她自愿留下来继续工作，后经中央批准，同意她的请求。望着这位身板硬朗、步伐稳健的老人，我在想，在这样艰苦的环境中，一个日本人，一个日本女人能在朝鲜这块贫瘠的土地上扎下根来，她每天用自己的声音——一个出自日本人发自肺腑的声音，向来来往往的游人诉说，发生在20世纪30年代的那场战争到底谁是侵略者，谁是被侵略者？什么是正义，什么是非正义？她用自己的喉舌为世界和平正义事业呐喊，从这种意义上说，她所从事的事业已远远超过了解说员这份工作本身的性质。

沿平缓的石阶徐徐向上攀登，不时看到修剪花木的工人在那里专注地工作。姹紫嫣红的花丛散发着诱人的芳香，蜂游蝶舞，小鸟叽喳，别有一番情趣。

普天堡纪念塔是一组大型铜质雕塑群，高大的汉白玉基座中央，塑着一面巨幅红旗，红旗正面为金日成主席率领朝鲜人民军进军普天堡的巨大雕塑，两侧为各种造型的朝鲜人民军战士形象，有端着刺刀冲锋的，有投掷手榴弹的，反映普天堡战役场面。人物神态各异，栩栩如生。站立其下，当年打击日本侵略者惊天动地的激战场面在眼前徐徐展现。解说员说："这组雕像建于1967年，整个塑像高三十八米，长三十米，是由一百多吨优质铜铸成。"三十多年过去了，这组雕像依然光亮如初，保持着原来的风采。

伫立挂弓亭山岗，远眺群山四围，林莽环合，俯瞰鸭绿江水，波澜不惊，悠然天外，而或鸥鹭翩翩，翔集洲渚，正呈现出"鸿鸥戏春岸，天鸡弄和风"之意境。

五

从纪念塔下来，我们又参观了惠山革命历史博物馆。

身着民族服装的三位解说员早已在门口等候了，她们面带微笑，非常礼貌地招呼我们存物、换鞋，然后领我们沿红地毯走廊到一楼金日成主席展厅参观。

展厅对金日成的生平事迹做了详细记载。尤其是他青年时期只身外出求学，到中国参加革命，寻找救国真理，直到二十八岁回国组织普天堡战役，这段经历很有传奇色彩。二楼为金正日的展厅，从他在中国吉林出生，到担任国家元首，都有图片记载。不过看后显得内容不够厚重。比如，他的政绩介绍，除用霓虹灯在大型版面上做了全国视察路线图外，别的什么也没有。或许是经济拮据原因，或许是保密原因，大家不得而知。

我们参观的这天正是韩、朝首脑会晤期间，大家都期盼南北双方达成和解，朝鲜有一个好的发展经济空间，我们也有一个和谐发展的邻邦。

六

下午4时整，我们来到了两江道艺术大学，这是惠山市最高学府。从外表看，学府与我国的住宅楼差不多，没有校门也没有操场，显得破破烂烂。校长在楼门口等候着，一身朴素的灰色中山装，清癯的脸庞看上去有点疲惫。大家一一握手后，到顶层五楼礼堂观看大学生歌舞表演。

朝鲜族是一个能歌善舞的民族，孩子们从小就受到了艺术的熏陶。在艺术大学里，有儿童班、少年班和青年班。在台下的乐队里，我看到一位八九岁的男孩，他是小提琴手，和大哥哥大姐姐坐在一起毛头毛脑，非常讨人喜欢。还有几位十一二岁的女孩，有的吹横笛，有的拉大提琴。我仔细看了他们的乐器，有中国的扬琴、笛子，也有西洋的小号、小提琴、手风琴，但没有电子琴、萨克斯之类现代乐器。

演员们的演技是非常高超的。他们给我们演唱了中国歌曲《小草》《好人一生平安》《青藏高原》，声情并茂，趣味良多。特别是一位十一岁的女孩独奏了古筝曲，弹至悠扬处还真有“为我一挥手，如听万壑松”之感觉，弹至高潮处又有“大弦嘈嘈如急雨，小弦切切如丝语”的味道，大家为之倾倒，报以热烈的掌声。听导游讲，这位小演员还曾随朝鲜乐团到中国访问过呢。

斜阳西下时，我们离开艺术大学，踏上了归国的旅程。

汽车在颠簸中驶上了鸭绿江大桥，天边彤红的晚霞映照在明静的江面，那蜿蜒而来的江水恰似出炉的铁流，缓缓流到我们脚下。江边洗衣的人们依然来来去去，颀长的身影被最后一抹晚霞染得鲜红鲜红。

2000年7月10日

往来有书友

家邦之兴，基于和谐；和谐之要，廉政为先。清正是为廉，清正是为艺。游于艺，方可乐于心；寓于乐，方可昭其理，意理明则廉洁生。艺与廉，其关联亦大矣。冀先贤新秀，播香清远，共建和谐。

我与姚奠中先生的第一次交往

2013年12月27日，一代国学大师、教育家、书法家、百岁老人姚奠中先生永远离开了我们。每当我伏案书屋困倦时抬起头，便会看到对面粉壁上先生早年为我题写的那张条幅，这张条幅已伴我读书写字二十余载，每每观之，甚觉眼界顿开，胸怀旷达，先生的音容笑貌总会浮现眼前。往事如昨，历历在目。

那是1996年的初秋，省委组织部对各地市委组织部年轻干部进行培训，地点恰好在山西大学，我和刘晋生君去了。吃过晚饭，素月刚出东山，大家在校园漫步，我忽然心里闪出一个念头，就对晋生君说："在这风清月朗的夜晚，访一位高师，不是很有意义吗？"

晋生君说："咱俩毛头小伙，人家会不会接待？"

我说："这位大师就是山大的姚奠中先生，担任过省政协副主席，是知名书法家，或许会接待咱，不妨过去碰碰运气。"

我俩就边打听边寻找，好在姚先生名气大，随口问了几位老师，就来到姚先生家门前。

当时，姚先生家住在校园东北面的一排平房里，门前有几株老槐，树冠很大，蓊蓊郁郁的。清风吹来，连柯蔽空的枝丫费力地筛落细碎的月光，树叶沙沙作响，仿佛千万学子在浅吟低唱。走进院子阒静安宁，几格微明的窗户透出些许的光亮，偶尔踏在落于青砖地的些微枯枝上，会发出“嘎吱嘎吱”的折木声。

我怀着莫名的忐忑抬手轻轻敲了几下姚先生的家门，一会儿，屋内有人应答：“你找谁呀?”

“找姚先生！我们从忻州来，想拜访拜访他老人家。”

应者开门出来，是一位看上去七十多岁的知性女士。我想这应该是姚先生的夫人李树兰老师吧。因仰慕已久，姚先生一家人的名字我是早有耳闻的。

李老师领我们进屋，我俩拘谨地在客厅北面的沙发上小坐下来。李老师说：“姚先生刚吃完晚饭就去他的书房里修改文稿了。他最近准备出几本书，正在修改校对，我看他能不能顾上见你们。”

李老师身材不算高，微微发胖，齐耳的短发，穿一身白底粉花的便装，显得朴素精干，热情慈祥。

在李老师走进书屋的片刻，我环顾了一眼姚先生的寓所。这房子可能是早年山西大学的宿舍，屋子高大宽敞，但窗户很小。客厅南面靠墙满是叠架的线装书籍，水泥地板上还摞着几叠一米多高的旧报刊。靠书房的西墙，悬挂着先生用篆书写的一副对联：“充海阔天空之量，养先忧后乐之心”。客厅东壁挂着姚先生年轻时和李老师的合影，俩人上衣兜上都插着钢笔，正值风华正茂、书生意气时节。家里养的花不少，窗台上、地板上，一盆盆、一簇簇，为这简朴雅致的居所增添了几分绿意，正可谓书香花也香，室雅人更雅。

这时，姚先生在李老师的陪伴下掀帘从书屋出来。先生高高的个子，穿一身深蓝色的中山装，精神矍铄，满身透着儒雅气息。

“你们啥时来太原的?”先生说话带着浓浓的乡音。我们说明来意。先生说：“忻州人杰地灵，金元时期出了个元遗山，诗写得相当好。”

又说：“你们忻州有个陈巨锁，字写得好。”

我说：“陈巨锁是我的老师，我一直跟他学写字。”

“他写的是章草，全国很有影响的。现在学书法的人很多，但写好字的不多。写字就是写字，不是画字，字比画难，每一笔都要见真功夫。”

我聆听着先生的教诲，又问道：“先生晚上还要工作？”

“晚上清静，把以前的讲稿整理一下，准备编印点东西。”

我不禁肃然，先生已八十多岁高龄，还是如此勤奋敬业，真令人敬佩！

我不忍心多耗费先生宝贵的时间，就非常诚恳地对先生说：“我一直学习颜真卿的书法，知道先生对颜体一路研究颇深，能不能惠赐墨宝，供我学习临摹？”

当时山西书法还没有完全走入市场，我就斗胆向先生讲了一句。话刚出口，又觉得冒昧唐突，有点后悔，先生这么忙，不该向先生提出不情之请。但转念又想，自己从小热爱书法，景仰先生已久，说就说了吧。

先生说：“现在我也不怎么写字，老眼昏花写不好，不过你明天下午过来吧。”

我们起身告辞，李树兰老师把我们送出门外。

第二天，我抽课余时间准备了一幅自己比较满意的书作，下午三点过后，再来叩问姚先生的家门。

姚先生午休刚起，见我手里拿着写好的字问道：“你的作品？”

我说：“是。今天上午写的，想请先生指点一下。”

我打开书作放在茶几上，姚先生端详了一阵，然后喃喃地从头至尾念了一遍。

“噢，路子正，不俗。尽临些啥帖？”

我说：“主要写颜真卿‘三稿’，也学点儿苏东坡和刘墉的东西。”

先生把眼镜摘下，近距离看了一会儿，又说：“需要好好写楷书，把基础和细节处理好。要多琢磨，体会怎样写才刚劲有力。”先生的话语约义丰，每一字我都记在心里。

“你写的是辛弃疾的词吧。你们忻州元遗山的诗很好，应该多写写。”看上去，先生对元遗山是情有独钟的。

“上午给你写了一幅，你看满意不？”先生从书房里取出他写的条幅，刚要展开，又说：“没有落款，你看用不用写上你的名字？”

我说：“您看吧，不落也行。”

先生又走进书房，少顷便拿着补了落款的条幅出来，随手夹在横拉在客厅的细铁丝上。

李树兰老师说：“我们这铁丝平时晾晒衣服，写字时悬挂作品，挺实用的。”

条幅是四尺宣纸对开，以行草书写就。但见笔如曲铁，墨放精光，既有篆籀气息，又有汉魏风韵，更兼颜鲁公雄浑博大气象，有如奔腾河流，耸峙山岳，直逼眉宇。

姚先生说：“这是唐代畅当的《登鹳雀楼》诗，可以和王之涣的《登鹳雀楼》相媲美。你们看看吧，我还得校对去。”

先生说完，转身走进书屋。我想，先生这样忙，名气那么大，还能抽出宝贵时间为我这个素昧平生的毛头小伙挥毫指教，这份平易待人、提掖后学的情怀着实令我感激景仰！

李老师说："姚老师今年赶着出书，写字时间不多。他是看见你们年轻人爱学习，才高兴动笔。"我知道，这是先生对我的鼓励，也包含着先生对我的殷切期望。

墨汁稍干，我认真地把书作以报纸做衬，折叠整齐，藏之箧笥。告辞时，我把准备好的一千元递给李老师，李老师坚决推辞。不得已，我随后把钱悄悄掖在茶几的纸巾盒里。这就是20世纪90年代的人际往来，现在想起来是多么令人感怀的事啊！

回到忻州，我把姚先生的书法作品仔细展开，悬诸粉壁，如对尊师，犹临宝璧。正文如下："迥临飞鸟上，高出世尘间。天势围平野，河流入断山。"落款："唐畅当鹳雀楼。八四叟姚奠中。"

我认真地欣赏着先生每一笔、每一字。每一笔高古朴拙、笔力遒劲的线条仿佛就是中华文化的脉络，每个浑厚宽博、郁屈瑰丽的字体无疑又似古贤文人的造像。整篇章法或现高出尘世之山岳，或显萦回平野之河流，老笔纷披，古朴苍茂，极尽自然之妙。后来，我把先生的这幅字找忻州装裱师曹文安君做了精工装裱，或悬诸书屋，或挂于卧室，朝夕相对，几忘晨昏，似向先生问道。

在后来的岁月里，因与先生之缘，我有幸结识了先生的女儿姚力芸女士和山大李星元老师。每年重阳节，我去太原看望老人家，总要带几盆先生最喜爱的菊花。老人照例掀帘从书屋走来，面带慈祥，望着灼灼花朵，这盆看看，那盆嗅嗅，永驻不泯的童心。当问起书法之道，老人总是先默默地凝视我的习作，然后喃喃地逐字诵读，再用很简练的几个字讲出问题，指出方向。先生每一句话都成为我学书做人的明灯，指引我走过很长一段路程。

2006年，先生已九十四岁高龄，又为我分别题写了"王利民书法作品集"和书斋名号。那时，李素兰老师已谢世，题签通过姚力芸女士和李星元老师转赠于我。同时，还赠送我《姚奠中讲习文集》《国学、诗韵、书情——姚奠中学术评传》等多部书籍。于今，每当我面对先生的墨迹和文稿，就会自然想起与先生相交的段段往事，想起先生的每一次谆谆教诲。给我印象最深刻的还是第一次拜访先生的那个月明星稀、槐影婆娑的夜晚，犹如当我们在蛮荒的旷野中彷徨，忽然看到暗夜中闪耀的北斗，指引我们跋涉前行，那是永远忘不掉的记忆。

2014年6月25日晚

书道师缘

近来，我有幸随陈巨锁先生编选其《怀人谈艺录》，品读了先生与当代学者耆宿、艺苑大家的师门艺事、交游纪实、翰札往来及登山临水吟唱应和等篇什，这些篇章不时勾起我在先生门下求知问学的一幕幕珍贵记忆。

已是三十五年前的事了。初次拜见先生，先生刚入住新居。我从乡下来，随先生内弟石中俊兄叩开先生的房门。先生正当盛年，着一身海潮蓝中山装，高挑的个儿、白皙的脸庞，高挺的鼻梁上架一副近视镜，乡音轻缓，举止温雅，满身潜溢着儒者气质。

先生与中俊兄拉家中的事儿，我细观先生的居室：客厅西壁下，一排素洁的沙发，锃明的茶几上整齐地摆放着精致的青花瓷茶具。厅之南窗，宽敞明亮，温暖的阳光照射进来，洒在水灵的花丛中。东壁悬挂六条屏梅花诗，为先生手笔，章草典雅，氤氲着古梅芳香。东壁开两门，阳面为卧室。北面一屋，门楣悬挂楚图南先生题写的“隐堂书屋”红木匾额，颜楷中正，煞是古雅。

中俊兄帮我介绍来意后，我把一叠认真准备好的硬笔书法递于先生。先生从头到尾认真翻阅着，不时提出意见，最后说，学习书法一定要深入传统，尊崇古人，敬畏文字，要在点画、结构、行气、章法上不间断地下功夫，不追玄虚，不求速化，只要热爱和坚持，就会有所收获。

天赐机缘，就在这一年，我按照先生所指方向，刻苦临摹古帖，并参赛获奖，被忻州地委组织部上调，专门为地区委员会抄写材料。

先生在地委大院文联办公楼工作，向先生请教的机会自然多了起来。每天晚上，忙碌的工作结束后，我就到办公室临帖学习。从颜鲁公的《麻姑仙坛记》《颜家庙碑》到《争座位稿》《祭侄文稿》……过一段时间，我就会带上自己满意的习作到文联楼上请教先生。先生逐字逐行审视讲解，手指不时在空中做出书写示范，最后说："总体有进步，但在细微之处不够讲究，'致广大，尽精微'才更能经得起推敲。"

先生见我对书法如此执着，到外地出差总会留意为我买些相关书籍回来。一次，先生到南方参加书事活动，流连十余日，回来时，竟为我背回一本厚厚的《刘墉书法集》，集子精装大开本，高级铜版纸印刷，捧在手里沉甸甸的。先生说，刘石庵以黄钟大吕之音、清庙明堂之器，被推为一代书法之冠，世称"浓墨宰相"，其书出颜鲁公，且以博识多通、洁己清操闻名于世，学习他的书法会大有益处。先生的每一句话我都牢记在心，是感激，是受教，更是鞭策。

学习书法近一年，自己忽然发现书艺停滞不前，甚至在退步，便怀着懊恼的心情求教先生。先生又说："是你的眼界在发展，不是书艺在退步。学习书法和认识事物一样，波浪式前进，螺旋式上升。要多读书，走出去，书法必须有文化的长期滋养才会有书卷气息。饱览山川湖海，才能开眼界，扩胸襟，树正气。"

先生的这些教诲，现在回想起来，似乎是讲问道的过程。闻道，悟道，行于道，才不会偏离方向。

1999年，先生到了退休年龄，过起了纵心物外、随缘随意的生活。正如先生所述："随缘者，需外部条件之凑合，平和自然，顺理成章；随意者，虽可随心所欲，而能不逾矩矱。"先生"或下厨煮饭，或烹茶读书，或品书鉴画，或赏花敲诗。随时令变化，盘桓于陇亩坡谷，山崖水际，对问野老牧童，吐纳山水灵气"，不难看出先生的清澈心境和雅好乐趣。

2010年，我与先生同住花苑小区，房前屋后，耳提面命的机会愈多了起来。每次在明净的隐堂书屋聆听先生教诲，先生总是对"人品、学养和修为"谈得更多一些。先生每每谈起与书界前辈过从的往事，要么诙谐地讲一段交往中的小故事，要么谈一些前贤的真知灼见。先生虽处耄耋之年，但记忆力惊人，书界前辈每一个细小的情节，每一句话都讲得非常真切。至伤情处，先生眼角会湿润起来；至快乐时，先生又高兴得像回到了童年。在我的眼里，先生是一位严格而慈祥、重情又幽默的文化长者。

先生最看重书家的人品。他说："人品即书品，作字先做人，'呕血十斗，不如啮雪一团'，历史上蔡京、秦桧、严嵩，字写得都不错，但为世人所不齿。时下，谁不想在书房挂一幅处厚居实、谦谦君子的字画？睹物思人，也会增加心中愉悦。"

先生常说，为艺和为人相表里，为艺体现出来的是表象，其为人的精神才是支撑它的精髓。什么样的人说什么样的话，做什么样的事，写什么样的字，正所谓"言为心声，字为心画"。

近年来，上门求教者日趋增多，先生总是谦和有礼地接待每位来访者。有些书画爱好者捧着厚厚的书稿求先生指教，先生总是认真翻阅，坦诚又直接地指出问题，然后引经据典，用简练的语言指出方向。先生经常不无认真地说："人家上门求教，咱哪能一味说好话，敷衍了事？好话听多了，对舛误也会麻木。"

先生蛰居小城一隅，不求闻达，静以修身，甘于平淡，却又热心公益，提携后辈，真诚待人。2013年秋，先生经济稍得宽裕，便在忻州师范学院设立了"陈巨锁书画奖学金"，为热衷于书画艺术的贫困学生雪中送炭。2005年冬，我七十岁的老父亲患癌症急需到北京求医治病，访医期间，有人提到了陈巨锁先生的字画。先生得知此事，二话没说便展纸挥毫，一次赠我三幅墨宝，并关切地说："治病要紧，需要帮助作声。"须知，当日先生也偶感风寒，正在治疗，这怎不叫人暖及五内，感激终身！先生乐于助人，每一位跟他相处过的人都曾得到过先生的惠泽。我只是先生百千弟子中的一个，百千弟子总是自觉不自觉地以先生为楷模。近年来，上门请作序、求题跋、索题签的书友络绎不绝，先生总是一丝不苟，认真对待，直到满意才脱手交稿。以故，先生出手的书画、文字无不精绝。先生说："写字为文是做人的态度，也是交往的态度，审视不细，待人不诚，有悖为学之道。"

丰富学养、厚积薄发是先生为艺的重要观点。先生常说："书法实际上是古代文人的余事，属于小道，古人并不像现代人一样，把书法看成高深的专业来对待。正如黄鲁直所说，'学书，要须胸中有道义，又广之以圣哲之学，书乃可贵'。"先生通晓国画，研究国学，热衷于散文诗歌的创作。几十年来，先生每天坚持写日记，录笔记，读书写作成了不可或缺的生活常态。师母生前常说："他一天到晚坐在书桌前，连下楼散步也得人催。"学识是一点一滴积累起来的，艺术功力是学识滋养出来的。十几年来，先生先后出版了《隐堂散文集》《隐堂忆旧》《隐堂琐记》《隐堂随笔》《隐堂漫录》《隐堂丛稿》等多部文集。先生清词丽句下的家山旧梦、艺林佳话、山水林泉，读之如临《世说新语》境况，让人过目难忘，思绪联翩。一代文史大家、已故百岁老人周退密先生评价道：“先生生长于忻州，沐山川之灵气，得遗山之诗教，以绘事名噪南朔。余常读其诗文，均秀发有逸气。”

我每陪远方友人至先生家中做客，清茶一盏，兰香一缕，数竿竹影下，与先生畅叙，谈及古今书人书事，每每获益良多。与先生交谈，如坐春风，如沐暖阳，如行山阴道上，一路骋目，一路畅怀。

个人修为来自于自身的教养。“士大夫处世可以百为，唯不可俗，俗便不可医也”。人的修为常常是从小事和细节中来观察。先生作字，实为先生多年修为的写照，在我看来那既是一种享受，更体现出一种对书道的敬畏心。只见他先取一白瓷小碟置诸几案，滴浓墨少许；以青花水盂盛清水，濡毫，待纤毫浸润通透，蘸水淋浓墨中稀释。再取废宣纸一叠，抚铺墨旁，反复蘸墨在纸上舔试，待浓度适中，理纸染翰。宁心敛息，舒散怀抱，然后凌空取势，似饥鹰盘旋，待锋颖得势，摇笔入纸。先生运笔中侧互用，八面出锋，疾涩有致，轻重相宜，每作点画必衄锋三过，每作波磔必提按顿挫，若汩汩清泉喷珠溅玉，若凛凛长松沐雨栉风，人间万象，尽现毫端。待整幅作品写毕，常常墨尽碟空，这是多年修炼的功夫。先生洗笔涤砚，必亲自动手。先生常说，这是赵延绪老师给他们留下的规矩。先生读书必净手，用餐必净盘（聚餐时夹到自己盘中的菜须吃干净），待客衣着整洁，送客必至门口，等等。这些日常举动也常常濡染着我们。我想这些美好的修为都是先生多年的笔墨修炼和传统文化浸染的结果，已经形成一种行为自觉，值得我们好好地传承与弘扬。

今年盛夏时分，书法家赵国柱先生从上海来电，告知陈巨锁先生被推选为“年度中国书法‘风云榜’杰出老书法家”，全国只有西泠印社副社长、鲐背老人刘江先生和陈先生两位。我当即把此喜讯转告陈先生，先生脸上漾着笑容，依旧温文尔雅，平静地说道：“我没些啥，是大家厚爱我。”

先生就是这样的人，淡然自适，恬静而甘，儒雅名世，温润如玉，从不把个人得失看得太重，精光内敛，“道法自然”。

这就是我所认识的陈巨锁先生，我心中十分崇敬的传道、授业、解惑的恩师！

2023年8月3日晚于葆光书屋

陈巨锁先生观展记

秋日云中河，水何澹澹，百草丰茂。

是日，为忻州、太原城市书法联展第二天。早膳毕，余与潘新华兄陪同陈巨锁先生，往云中河畔图书馆观展。

陈巨锁先生，别名隐堂，一代章草大家，文化学者。余一行抵图书馆，先生策杖伫立于大厅，仰望书画展标，兴叹道："呵！气派！气派！"

馆长任夏静在侧，闻先生言，忙道："先生初临此地？"

先生微笑颔首："年岁渐大，腿脚不甚灵便，未曾想图书馆之建设，如此高级！"

于众人引导下，先生缓步前行，顾视左右，不时询问。经"忻州道德模范人物"宣传栏时，先生驻足，身体前倾，一一品读诸人先进事迹。至石建华专栏，先生问："是原平石建华？"

夏静馆长道："是，是位老干部。"

"噢，应与我年龄相仿，是个好干部。"

转过通道，遂至书画展厅，空间之宽敞，视野之开阔，令先生颇为惊叹，眼中神采灿然："嘿！此阵势，大矣哉！美矣哉！"

随后转身，指宋培卿老师与众人道："培卿亦秀容老一辈书法家，想当年，我等欲办书法展览，竟无合适之地，且在影院二楼墙壁悬挂，至多七十幅，逼仄得很!”

先生以浓重乡音，与培卿老师共忆畴昔往事。

行至展区，先生一望，遂指最前面条幅，谓余：“我作品何至最前面?”

“先生年纪最大，德高望重，理应首位。”

先生认真道：“如此说，断乎不可！成绩乃大家之功，理当将领导与后起之秀放在前面，推陈出新，方为根本!”先生一语双关，已八十四岁高龄，尚如此谦逊!

众人相陪下，先生至太原市书家展区，示之最前方作品，道：“此曹中厚先生所书！此作甚好，功夫到家!”

旋即，先生复指第二、第三幅作品：“此乃赵望进、袁旭临二位先生之作。袁旭临长我两岁，八十六了；赵望进小我一岁，亦八十有三了。”

而后，谓余：“如此排序，是也。”

先生记忆力之惊人，思维逻辑之强健，竟让我一时语塞。

先生先后又至赵国柱、王志刚、徐小梅、冀卫东等书家作品前，为众人一一解读，并感叹：“逝者如斯夫！往日一众年轻作者，转眼已成书界老人，要珍惜时光啊!”

又至一幅草书作品前，余以介绍：“此张瑞图先生之底子。”

先生赞许道：“张瑞图书法，折子多，变化亦多，表现在线条、墨色、章法等各个方面。”

培卿老师幽默，为给众人添乐助兴，且说且舞，动作夸张，似挥毫落纸，又似厨师烹饪，“学习张瑞图笔法，应认真研习厨师掌勺炒菜，翻来翻去，翻来翻去……”

人们大笑，先生亦大笑。“一生大笑能几回”，若非同道中人，又志趣相投，焉能如此开怀？

复回忻州展区。先生再次过目每一幅作品，不时以食指凌空书写，起承转合间，似有龙蛇飞动。正如欧阳询先生《用笔论》中写道：“徘徊俯仰，容与风流，刚则铁画，媚若银钩。”

再看先生，眼神时而喜悦，时而疑惑，时而与诸人切磋琢磨，细微之处，引经据典，讲解不厌其详。及至一幅落款“佛生”之画作前，先生驻足，道：“此《牡丹图》甚雅！色彩不艳，花头不繁，游蜂传神，只白蝶染色稍逊，当以花青色衬染，再以清水接续花青晕染边缘淡化天成，不使花青色成死框，则点染淋漓，层次分明。右上角落款，用笔稍显粗壮，与整个画面违和，如以瘦金体书写，效果更佳。”

众人皆为陈先生观察力之细微、治学精神之严谨所折服，大有胜读十年书之感。

至书友周向琴书作前，先生详加审视：“向琴学习隶书、章草甚是用功，读帖、临帖苦心孤诣，坚持下去，定有所成！”

少顷，众人目光聚焦至《雄鹰图》。潘新华点评道：“此鹰，画出了神气！”先生亦赞：“很好！有李苦禅先生之韵味，其爪、松针俱见功夫。”

“素练风霜起，苍鹰画作殊。”昔日，杜甫曾为画鹰作题画诗一首，如若此画，题以《画鹰》，亦是相得益彰。

画作落款为草书，作者姓名不好辨认。陈先生摘下眼镜，俯身向前，贴近印章，端详一番，以镜腿指点，读道：“周——通！”

潘新华笑言：“是否周向琴家周通？看那滴溜溜的眼珠，厚墩墩的铁嘴。想鸽人哩？”

先生也笑道：“不能鸽人！应该高瞻远瞩！”

众人复开怀。

先生又道："总观，本次书展书路正，传承稳。学习书法，关键是走对路，另外书艺要进步，既要有吃苦精神，又需与人交流，不可闭门造车，要向太原书家学习，取长补短，高瞻远瞩。"

言笑晏晏中，已近中午。时图书馆内，仍胜友如云。书画爱好者咸集于此，实为书展之又一乐事。吾等同行者，与陈先生合影留念，时光定格于壬寅秋月，于"喜迎党的'二十大'助力'太忻经济一体化'发展——忻州·太原城市书法联展"大型展标之下。

岁次壬寅八月二十一日

于葆光书屋

苍山负雪悬明烛　冷月含悲念故人

———我心中的杨茂林先生

杨茂林先生成名并成为专职作家的时间比我出生还要早几年。他是我的前辈，也是我写作、为人的良师。

20世纪90年代初，我曾与先生同在市委大院办公，后来又一同入住市委南院。房前屋后，我住北楼五楼顶层，先生住南楼三层。困倦时，我常伫立阳台瞭望城南元遗山读书山，也不免要看看先生在书屋内的身影，因为先生也是文坛令人景仰之山。

如其姓名，先生所住小院时常绿荫蔽天，花团锦簇。每至深秋，爬满其小房屋顶大大小小的南瓜，在秋阳的照射下，金灿灿、圆滚滚，甚为耀眼。院墙爬山虎横跨院门，被秋霜染得嫣红欲滴，可入画，引遐思，甚有“衡门之下，可以栖迟”之感。

工作之余，我常至先生家中问学。先生和蔼谦逊，朴素得像个农民。其言语低缓，乡音浓重，娓娓道来间常出醒人之语。谈及写作，他说，写作也是画画，把人物刻画得站在你眼前了，携带灵魂了，作品也就成功了。他还说，语言特色很重要，要惜墨如金，不矫情，不造作，用老百姓的话表达最好……

先生经常告诫我：文章千古事，做人寸心知。作家一定要思想高尚，富有时代精神，给人以启迪和力量。这在其小说《新生社》

《冷月无声》《酒醉方醒》诸作品中体现得甚为充分。

先生热爱生活，喜交友，善跳舞。跳舞是先生最好的锻炼方式。每至清晨、傍晚，南院百花园内舞曲悠扬，舞影婆娑。先生舞步稳健，踩点精准，蹁跹进退，优雅迎送。我未曾见先生饮酒而醉，却常见其醉于舞步。随着起伏的旋律，踏着轻盈的节拍，微闭双目，醺然乎其间者，杨公醉也。可惜时光荏苒，转眼间三十年过去了，我到基层工作。后来又搬离市委南院，就再也没有见到过先生起舞弄清影的陶醉。

记得，先生书屋内悬挂着一幅力群先生1957年创作的《黎明》版画。尺幅不大，淡灰色的基调，冷月一钩，远山一抹，小河一湾。老柿树下，黑白两头毛驴驮着箩筐，老农骑着白色的正在嘶鸣的头驴回首瞭望，似在呼喊同行者。我想，这老农不就是杨茂林先生？一位勤奋耕耘者，提携后学者，感悟大美者，满满收获者。

有时，凝视着梦幻的星空，真希望能一睹先生写尽仙间百态的画卷……

2021年11月22日

心无挂碍　腕底传神

——宫廷元书法篆刻赏析

滹源宫廷元，年过耳顺，寓居五台山潜心书法篆刻有年矣。余与廷元相与数十年，每晤面，必谈书论印，交流心得，切磋琢磨，至诚求真，心无挂碍。窃以为其印第一，书次之。

其篆刻由汉印入，上溯鼎盘铭纹，旁汲近人气息，累年经月，渐显自家面目。余尝见《心经》巨制，二百六十言精琢于方寸之内，乍观若云纹细浪，凤翥鸾翔；近瞻则玉箸铁线，朱龙盘璧，工稳细腻，纤毫有致，慨叹篆刻之工笔也。廷元偶治动物肖像，惟妙惟肖，妙趣横生，尤以牛、虎、马、狗、猪、鼠最可人，或倔犟顽强，或雄猛伟壮，或清烈刚健，或精悍乖宠，或憨态可掬，或小巧玲珑，生动传神，过目难忘。其佛造像尤见功力，线条曲直得姿，凿痕繁简相宜，动处悠游，静处安然。世尊或站立，或打坐，慈善祥和，宝相庄严，魏意唐风，冲逼眉间。其边款以行草笔意奏刀，明暗斑驳，妙造自然。

廷元谨从“印从书出”古训，醉心篆刻之余亦浸淫书法，渔古问道，笔耕不辍，冀以笔墨补刀意，以刀功强书骨。近年，益深居简出，闭门书《楞严》，皇皇六万二千言，以篆籀面目现世，刚健婀娜，端严静穆，富含古风禅意，兼具金石气息。

论心亲旧雨，转眼起停云。己亥九月间，余得暇家中，曲肱闲寐，忽念廷元时在佛国胜境，遂驱车造访。镇海寺东，清水河畔，丈室松窗下，余与廷元促膝漫聊。知其近年印作、墨迹皆出于此。观其斗室，东墙下卧榻一铺，上下码石叠书，仅容一躯可卧。西墙边书桌一架，青灯一萤，印石数十方。旁置水盂一钵，石砚一台。自制精钢刻刀数刃，毛颖若干支。余想见，廷元篆刻必临窗审视石质，冥思静虑，继而启箧笥，取油砂纸轻覆台面，左盘右旋，精打细磨，而后凝神聚气，向往于刀锋，剥剥然，噗噗然，方寸之内自现胸中画图。每夜幕降临，方宅小院，松枝交柯，窗棂微明，廷元理纸濡毫，对月抄经，青灯黄卷，茶烟氤氲，身影定格于粉壁，此则另一清景画面也。闲时，或高卧阅金经，或静坐沐松风，或临溪揽明月，或洗心听梵音，此又范宽笔下画图也。

噫！人冀有成，世皆知之，好之泛也，乐之希矣！廷元置身尘外，摒除世扰，澡雪精神，凝心专一，乐之如斯，无成亦难矣！

临别，廷元邀余留墨互勉。余以今韵草成小诗曰："心中知敬畏，眼底藏古今。身外离尘垢，毫端自有神。"

时庚子上巳日于聊然斋

寿长先生书法赏析

与寿长先生相处十余载，敬其人，爱其字。先生性耿介，喜书画，乐静处，其斋曰虚静斋，概含静因之道，暗合我癖。先生于书法，苍茫老辣，意韵高雅，恣肆而含法度，古朴而不媚俗，“勿不敬”。一日，得先生“蝉声鸣古寺，鸟影度寒塘”联，峰陵突兀，古意弥漫，颇值玩味，遂赏析为文。

凡作书，须得法度，无法，则犹唱歌而不知音律，习武而不问套路。总观作品全貌，为雄强遒劲一路，含钟繇《荐季直表》之清劲闲雅，取魏碑造像之拙朴天真，或瘦而腴，刚而韧，云卷霞舒；或圆而方，藏而露，金质石感。整体篇幅包含着丰富的辩证关系。其一曰“变化”。从字的形状看，或扁或长，或圆或方，随类赋形，自然天成；从每一画来看，或长或短，或湿或干，“黑白灰”杂然其间，无一类同者。其二曰“统一”。此联意境高古，有遗世羽化之感，而书家笔墨情致，颇与内容统一，古朴典雅，静穆恬淡，而且意韵绵长。其三曰“矛盾”。表现在虚实、疏密、肥瘦、揖让、呼应等对立统一体中，这种对立统一关系的处理，不仅体现在整体篇幅，也体现在每字之中。

不妨随先生行笔来体察之。“蝉”字藏锋入笔，中锋行笔。虫部瘦劲如曲铁，单部厚重如壮汉。虫部揖让单部，一矮一高，恰似一对挎肩谈天逛马路的夫妻。“声”字顾盼“蝉”字起笔，声部黑云压城，密不透风，“殳”与耳部洒洒脱脱，疏可走马；起支撑作用的耳部，微微偏左，造成险势，但又不失平衡，又似冰上芭蕾，给人以运动的美感。“鸣”字体态端庄，浓淡对比强烈，湿处若雾拥仙山，朦胧虚幻，若即若离；燥处若松枝老干，龙鳞斑驳。最喜“古”字，一画之内，不知有多少变化，即俯又仰，欲上又下，绕动似无尽者。收处蓄劲，蕴玉耐味，大家手笔。十部沉稳、宽博，若千斤之重；口部凝练、收缩，若顶柱之基石。整个“古”字似有后倾之态，险绝程度偏之一厘即倾，正之一厘则呆，若纯真儿童，嬉闹于庭间。“寺”字线条瘦硬，结体疏朗。此字难处在于三横两竖的变化处理。先生对三横的处理，首横微呈上弓之态，较为粗重，若刀劈斧凿而成；次横呈接竖画起笔，较上笔坚挺而开张，欲仰又收，玉润珠圆；第三横接牵丝铺毫，极富弹性，呈下弓之势，与首横向背呼应，内蓄无可言状之力。再看首竖，若铜椽铁柱，破“土”而出；寸部竖钩，略向左弓，既起变化之功，又起蓄势之效；末尾一点霜飞露结，流动凝重，蕴含柔翰锋颖之运动变化态势，也体现出与下联的呼应关系，更体现出先生思绪稳健、心灵翔落的艺术追求。

下联“鸟”字起笔，浓墨重蘸，方圆兼施，并尽量将字形拉长，与上联“蝉”字形成显明的对比与反差。“影”字重显其苍劲与力度，尤其是最后一撇，先生攒足气力，运力挥洒，有力透纸背、入木三分之感，正逸兴遄飞，痛快极矣。细加揣摩，此字共有六点，但每一点都极富变化，且萦带自然，顾盼有情，来龙去脉交代得非常清楚。“度”字中锋行笔，劲健而端庄，其力度不仅体现在每一点画上，也体现在点画之间的牵丝上，即使细如游丝的墨痕，也让人感到有钢丝的硬度、韧度和弹性，这就是更加耐人寻味的地方。“寒”字宝盖头用墨浓重，取涩势；下面的笔画用笔爽利，取其疾势。一字之内节奏分明，跳跃感强烈。正如一首歌曲唱到激昂处，节奏铿锵有力；唱到抒情处，节奏变得舒缓开来。“塘”字结体舒展，开合方正，行笔安和稳健，或如整个交响曲的收尾段落，清醇明快，流水落花，给人以余音绕梁、不绝如缕的感觉；或如王维笔下“细雨骑驴入剑门”之意境。落款题字，大小适度，笔笔干净利落，如锥划沙，如金铿石。整个布局紧密无间，风樯阵马，与正文形成强烈的反差。

寿长先生钻研书法已二十余载，上追秦汉，下及明清，遍临各派法帖，汲取众家营养，自成风格，这种风格便是“古、奇、险、硬、大”。这种格调，更偏重于雅致，更偏重于艺术上的感悟与追求，因而对于写字更偏重于实用，更偏重于方正纤巧的大多数人来说似乎有些欣赏距离（技巧不是艺术）。不过美的东西总归是经得起历史考验的。几年来，先生在第六届全国书法展，第六届全国中青年书法展，第一届全国行书展，第一、二届全国楹联展以及“赛克勒杯”书法竞赛等重大书法活动中，跻身其间，力挫群雄，还获大奖。有的书法赛事被人们喻为书法界的“奥林匹克”和“锦标赛”。我想，凭先生的艺术灵感，凭先生的严谨治学精神，凭先生的人格修养，他的艺术才华一定会在书法的历史长河中“闪射出光芒”。

2000年3月

娟娟明月　森森壁关

——李亮贤书法鉴言

学兄亮贤研习书法四十有年，专攻汉隶一域，渐成气象。观其所作，素帛雅墨，妙造天成。目遇所至，栩栩然若群鳌畅游溟海，翩翩然若雁阵翱翔碧天。察其点画间架，细劲雄健，端严峻逸，雄强处恰似壮士执戟，严关壁立；明丽间宛如小溪一弯，朗月娟娟。或干裂之笔若渴骥奔泉，或润泽之墨若新苗破土。展眼之间，铁画满纸；尺素之内，气象万千，余甚宝爱之！

亮贤兄于书法用功尤勤，朝临夕摹，几忘晨暝。每至晨曦微露，遂披衣伏案，近前一池砚、一毛颖、一法帖、数叠纸，或临摹张迁、石门，或对语西狭、礼器，游弋翰海，神交古贤。待妻儿起床理除庭屋，已满地烟云，墨韵升腾，对映窗前朝霞，也成室内一景。至若华灯初上，皓月临窗，置身高楼，如坐松冈。独解衣散怀，燃香品茗，展对秦篆汉隶，眼随墨转，心随眼动，指随心画。若有会心处，理纸拈管，动辄数十纸，待解“字”委地，踌躇满志，妻儿已入鼾梦矣。

亮贤兄深谙习书作人皆通之道，正傅青主所谓“作字先作人，人奇字自古”。于今职场纷纭，信守规则，做事严谨，算而精，理而清，金融率算内外首肯者谁？学兄亮贤也。书场迷离，治学专攻，坚守初衷，观而思，书而健，山阴道上苦志前行者谁？学兄亮贤也。酒场机巧，朋辈满座，乐而聚，聚而饮，觥筹不辞，慨然解囊者谁？学兄亮贤也。友众爱其字之醇厚，更爱其人之仁厚。噫！不唯字。诚哉斯言！

2020年3月

仪态敦厚　稳健高雅

——杨文成书法小议

忻州杨文成，祖籍陕西黄陵，古貌古心，喜茶道，乐鉴赏，善书法。闲来结伴数人，围坐品茶，或乌龙或普洱或观音，皆为上品，茶香氤氲，谈天论道，闲适堪羡。茶余兴至，则置古玩于席间，或陶瓷或青铜或字画，慧眼钩沉，谈古论今，复甚闲雅。友散月出，燃香独处，临窗理墨，仰瞻古贤佳构，或临摹或背摹或创作，真草隶篆，皆作心画，闲静之极。书友文成学书，祖述颜楷，继则依隶。书作笔力雄健，仪态敦厚，格调高雅，饶有韵致。忆及军营笔会，但见其中锋行笔，藏头护尾，横稳竖挺，古茂浑朴，甚富金石气，兼显庙堂气。柳诚悬曾云：心正则笔正。纵观时风，笔正则鲜矣，而况字正心正者乎！文成君心正笔正字正，当养毛颖吞虏之气！

2012年10月15日

师颜阁小记

甲午冬，文友永伟君秀容城北置一小院，方广二分，北望金山，南临公园，为其研习并教学书法之所也。永伟君宝爱颜鲁公法书，尊崇鲁公德行，故宅名师颜阁。

乙未早春，余得暇往访，院内畦菜两三格，新绿破土，油光可鉴，如翠钗绿钿。屋内法帖叠架，书香氤氲，更有五六童稚屏息伏案习书也。偶闻古琴杳渺，箫瑟以和，更复恬淡闲适，宁静以致远也。四壁书画八九幅，雅逸清旷，宏穆高古，皆为名品。人物山水，或高士卧观云瀑，或幽人凭栏远眺，或逸士摇扇品茗，皆作桃源中人。观其花鸟虫鱼，或藤萝草篆，或古梅刺桩，或群蛙鼓噪，或双鹂对鸣，皆为诗中画境。更有书法墨迹，或篆籀钟鼎，或汉隶碑石，或颜楷庙堂，或草笔龙蛇，皆似群贤造像。

余流连半日，惬意忘返，叹曰：世间万象，美之品类也多矣，集美荟萃如此，恍惚几至妙境，所谓非不易而有不为也于今，世人多爱放浪狂颠、猎奇斗艳之态，余则最爱静穆高古朴茂厚拙之美。永伟君与余渔古同源，追慕神似，皆以鲁公为典范，习其书，仰其人，以冀入书之妙境，不亦快哉！因以记之！

2015年3月

端庄杂流丽　刚健含婀娜

——梁五义书法赏析

学友梁五义，研习书法经年，规摹东坡全璧，旁窥二王一系，偶或造访平原山谷，渐显融会气象。

日前，五义君携近作惠示，但见笔势纵横，棉铁腾挪有致；墨韵沉酣，淋漓潇洒清远。意气所到之处，东坡气息直逼眉间。窃测揆，五义君作书，亦必正襟危坐，思接东坡于朗月，心摹寒食而微醺；抑或耳畔江流有声，目遇水落石出，方染墨濡毫，铺裹使转，亦沉着，亦痛快，风神出焉！

新月初上，余复悬尺素于粉壁。莹光如水，松枝交横，游目字里行间，恍入梦境。忽而策杖山行，纵步松风亭下；忽而中庭散怀，闲游承天寺内；忽而月夜放舟，叩问石钟山脚；忽而冯虚御风，放浪大江赤壁。文心为之焕然，不知东方之既白。噫！笔墨通神，其功亦大矣。

观五义君书作，余复审书学之路。余尝问教于书道前辈：追摹一家经典可乎？对曰：可！纵探一家，求笔法，摹间架，通气韵；横揽众贤，观德行，明学问，得神韵。心无旁骛，见精微而致广大；万宗归一，凝浩气以循正道，终可得之矣。

赏五义君墨迹，期可戒浮华，敛躁行，学人岂可不知！

2019年9月

制笔记

余籍雁门古郡，乃笔祖秦将蒙恬驻军制笔之地。幼而好翰墨，故对“恬笔”制艺钦而奇之，惜乎令名扬而技未传，深以为憾。

庚子初春，余避疫家中。忽念习书有年，而未尝得一称手毛颖。遂遍搜家中旧什，得北地山羊革数片，纤绒顺洁，毫锋晶莹，欲追蒙祖试修良毫一管。

晨起，端净水一瓯，浸皮薅毫，以小镊择其长而靓者，分置之。沥水晾晒，若银箔莲瓣，心乐之。遂取曩于笔肆所购价昂而秃锋者，攫其头，留其管，清水涤之，精刀镌之，细砂磨之，渐显本质，波纹诡谲，腰直中矩。取靓毫一丛于案头，篦理以齐，剔杂以纯，纤线捆扎毫根，蘸胶镶于笔端凹槽。笔成，挂诸笔架，纤纤然，若鹤颈，若云柱。心窃喜。

濡墨试写，则心欲直而锋不立，神欲行而毫不前，绵弱拖沓，迟滞臃肿，始信修笔不易也。

翌日，读包慎伯《艺舟双辑》，知笔工修笔需一一精择毫。前日所拣略显杂而躁。长而靓，然根细弱遇水靡者需弃之；颀而尖，然腰扁弯着墨曲者需弃之；刚而耀，然体散漫见湿炸者需弃之。复逐一甄别，精挑细拣，得精毫一撮，配以狼毫百十茎，紧扎精镶，毛颖终成。视之，锋颖虽未及前者长，然敦圆修齐；通体虽未及前者靓，然质朴精健。

濡墨理纸复试，万毫齐力，画纸如锥。使转往来，心手双畅；点画顿挫，性情契合。砚田轻舔，尖齐圆健，尽显毛颖四德。

余方悟，蒙祖制笔之艺与将军之道一也！“技近乎道”，修笔若用人。举贤任能，方成大业；去粗取精，可制良笔。纵有“善书者不择笔”之谓，然鸿篇巨制，必得良毫，所谓“欲举非常之事，必得非常之人；工欲善其事，必先利其器”。

余不为光鲜靓丽所蔽，去其根靡腰扁临阵涣散者，配以劲健霜挺之狼毫，成此毛颖，或精描细写，或擒纵扫杀，冀“艺可通神”矣！

2020年2月

挑灯看剑

——深切怀念青年书法家张剑锋同志

又一波疫情来临。这几天，心绪颇不宁静。

午间，文成兄来电，说剑锋书友因突发心脏病，遽然离世了。我一时愕然，问道："哪个剑锋？""就是省书法院，去年来忻州讲书法的张剑锋。"乍闻此悲讯，实在难以置信。剑锋才三十多岁呀！一个生龙活虎、富有才华的小伙子，怎能如此真确地走了呢？随即，我又给韩少辉兄去电话，对方传来悲怆惋惜的声音："哎……剑锋太要强，每天早起晚睡，勤勤谨谨地工作，呕心沥血地创作，又有高血压，家庭经济状况也不太好，心理压力大。昨天住院，今天早上就……"少辉兄哽咽失声，我亦潸然泪下。夙兴夜寐，靡有朝矣，剑锋是积劳成瘁啊！

所谓天者诚难测，而神者诚难明矣！所谓理者不可推，而寿者不可知矣！剑锋真的走了！那个温厚敦良的年轻后生，竟说走就走了！我握着电话反复自言，在书房徘徊良久后，不由自主沉坐在书桌边，回忆与剑锋的过从往事，抚念催切，震悼心颜……

2012年初春，我到静乐县担任组织部部长不久，一天，一位双肩背着精干的行李包，戴一副黑珐琅宽边眼镜的青年来到我办公室，进来便自报家门："我是省文化厅来咱静乐的扶贫队员，叫张剑锋，领导安排我和文化部的扶贫工作队对接，主要负责文化下乡服务。”青年操一口河东口音，语如倒豆，又带着几分腼腆说：“韩少辉老师让我过来找您，其实我也知道您，我的工作单位在文化厅下属书法院。”上午的阳光穿过玻璃斜斜地照进来，满身朝气的剑锋就站在那束光柱里，鼻尖沁着细密的汗珠，耳廓上还有细细的绒毛，当时的剑锋才二十多岁。我望着这个身材不高，胖墩墩的，目如星钻，脸如满月，开口便露出门牙间缝隙的年轻人，顿生欢喜之情。我为他沏了一杯静乐的毛尖茶，欢迎他的远道而来。

近午，我给剑锋安排食宿，他连忙起身告辞，说：“我在乡下安排好了，几个年轻人还等我呢……”目送剑锋离去，望着他坚实的背影和坚定的步伐，我心中暗想，这个谦逊、精神、有才气的青年是棵好苗子，前途无量!

在静乐扶贫期间，剑锋经常到我办公室小坐，谈一些文化下乡和书法方面的事。2015年“七一”期间，静乐组织了隆重的中小学生书法大赛。赛前我征求剑锋的意见，他讲了三点：“评委一定要从省市邀请专业的书法老师；书法大赛的形式最好是现场书写，从中发现一些有培养前途的人才；青少年书法学习和教育要延续下去，要坚持不懈。”我们采纳了剑锋的意见。赛事期间，剑锋与省城的几位书家跑前跑后，认真观察每位参赛小选手的书写细节。几个远路赶来的小朋友未带书桌，又不谙蹴地书写，就草草趴在地上写起来。剑锋笑着对小朋友们说：“写字像布阵，运笔如舞剑，哪能将就着来，打无准备之仗!”少顷，剑锋不知从哪里弄来几张小桌椅，安慰那几个小选手慢慢写。他站在一旁默默观察，不时扶扶黑珐琅宽边眼镜，那副认真劲儿，现在回忆起来还清晰如昨。

一天晚上，剑锋到我宿舍，肩头依然背着那个黑色旅行包，圆圆的脸上漾着喜气。我问他："是不是有喜事？"他说："我出了本书法集，刚从印刷厂拿出来，请您过目。"这是一本不太厚，却很有分量的书法集，以他见长的篆隶作品为主。他让我提意见，说实话，我对篆隶没有深入研究，不好妄言置评，便和他且品茶，且闲聊。"寒夜客来茶当酒，竹炉汤沸火初红。"那天，我煮的茶稍浓酽，炉上茶汤沸腾，屋内茶香四溢，两人越喝兴致越高，谈兴也愈浓，从大篆到小篆，从汉隶到行草，谈了许多真知灼见。当谈到书坛乱象时，他似乎有点激昂，说："时人以狂、乱、躁为尚，去古远矣，但善于鼓噪，是'嘴尖皮厚腹中空'的山间芦苇，非'虚心宁自持'的雨中翠竹。"他的观点和我是一致的。他呷着茶，不时发出吸溜声，黑色宽边珐琅镜时而被氤氲的水汽雾罩起来。他把镜片放在嘴边哈几下，然后撩起衣襟，擦干净。我随手递几张纸巾，他摆手道："纸巾有硅胶盐，会磨坏镜片。"然后对我笑笑，露出门牙间清晰的缝隙。记忆中这是我俩最轻松愉快的长谈。

2016年，省书法院举办全国书法临创展，剑锋打电话邀我担任评委。在省书法院办公地，剑锋扛着几卷重重的书法稿件，一件一件核对来稿，再亲自编码，分发到每组评委手中，那副认真劲儿和麻利做派，一看就让人明白他是一位专业的书赛组织者。评选结果出炉，大家把入选作品铺放在空旷的操场。在获奖作品前，评委们围拢在一起评头品足，掂量着作品的分量。最后，剑锋把覆盖在作者姓名上的密封条启封，然后当众宣布名单。大家报以长久的掌声，其中，既包含对获奖作者精湛技艺的赞许，也包含对剑锋同志公平公正、严密组织的首肯。剑锋站在那里，独自抿嘴作乐。我知道，他的工作虽然枯燥些，但内心是充实的，也是快乐的，因为他热爱自己的事业。

2020年秋，忻州古城修复活化工程已经竣工。一天中午，剑锋忽然来电，说他随省文旅厅领导来忻州参加活动，想邀我晤面用餐。我们如约而至，剑锋仍然背着那个黑色背包，显得行色匆匆。那次小聚，只剑锋、师院景俊勤老师，还有我和我爱人。席间，剑锋谈到当今书界黄钟毁弃、瓦釜雷鸣的乱象，景俊卿老师谈了学习《说文解字》中遇到的问题，我提起书法教育培训的想法，最后我们三人约定选择合适时间和地点举办一次大型书法培训，内容就是“说文解字”。

2021年元旦前夕，书法培训班在忻州顿村如期举行，学员来自全市各个角落。剑锋准备充分，应付裕如，从文字起源到书法临摹创作，一口气讲了三个多小时。最精彩的讲解是在文字演变浩荡的历程中，能够发凡起例，高屋建瓴，讲得既有趣又专业。其卓荦不凡的才气和渊博精深的学识吸引着每位学员，他们如饥似渴，听得如痴如醉。大家渐渐明白了书法的精深博远，也更加懂得了对先贤和文字的敬畏。

我们拟定，每年学生假期要举办一次这样的培训，持续搞下去，让更多的人自觉抵制俗书、丑书和书法江湖，还书坛以晴朗天空。后来，因疫情的原因这样的活动停办了一年。今年春节，剑锋和我通电话还说，如果疫情继续肆虐，我们就改成网上培训。后来在他的指导下，我们创建了“忻州书法公众号”“忻州文联公众号”，举办了书法进军营、进校园等活动，化整为零，不断推进书法的正规培训和普及提高。

屈指算来，我和剑锋已半年多没有见面了，有事通电话，偶尔聊微信。何曾想到，那次顿村培训竟为永诀。

就着微明的灯光，我轻轻打开几年前剑锋赠我的书法集，书中夹着2019年他获奖后专门为我书写的楹联，书体拟石鼓文，雄浑厚重，苍茫古拙，写在仿古蓝色洒金宣上，更具金石之气，内容为："醉里挑灯看剑，梦回吹角连营。"

落款以小行书见示，"己亥重阳节挑灯"。看得出，剑锋又是焚膏继晷，不舍昼夜地书写，与我共享收获的喜悦。书法集扉页为剑锋的生活照，乌黑略显稀疏的头发，宽阔的前额，圆圆的脸庞，微笑中露出门牙间细细的缝隙，挺直的鼻梁上架一副黑色宽边珐琅眼镜，成熟中透着儒者的气息。作者简介中写道：

> 张剑锋，字淬百，号简斋。获美术、文学双学士学位。为中书协会员、山西省青年书协副主席，任山西书法院创作展览部主任，荣获山西省文化厅第16届"群文之星"称号，以及山西省书法家协会2014年度贡献奖。发表《新出土唐代张信墓志研究》《清代中后期篆书刍议》等论文四篇，获奖入展"全国第七届新人新作展""全国第三届隶书展""全国第十一、二届书法篆刻展"等大型书展十余次。

看着这用汗水浇灌成的文字，我不禁肃然起敬，拊膺长叹："你时时迈着坚定从容的步伐，怎生命历程竟如此短暂！你时时面带微笑，怎不能笑到春暖花开？"我禁不住一次又一次地浊泪横流。

呜呼！言有穷而情不可终，遂披衣临窗，衔哀致诚，敬拟挽联：

> 松涛阵阵难回友人大梦，
> 汾水滔滔不褪文字光华。

2022年8月27日晚于葆光书屋

滹源翰墨

——“清廉杯”书画集序

岁次己丑十月，适逢共和国六十华诞。老区繁峙，金风送爽，丽日普照，笔锋拱秀，滹沱泛波。是日也，群贤毕至，少长咸集，毫墨流光，竞书一甲子沧桑剧变；丹青溢彩，弘扬六十年清明正气。书展甫毕，邑里贤达谓余：“此乃德化千秋，艺启新秀之盛事，诚显吾邑人文积淀之厚蕴，何不缀册成集，遗之于世昭示后人欤?”余欣然应允，遂召集英才，广遴书画，择其上乘，撷英成集。余感众意，汗颜勉序于左。

夫繁峙古燕赵之地也，历史悠长，文化蕴深，民风淳厚，代有才人，物华天宝，山川竞秀。清凉屏列于南，恒岳雄峙于北，严关东踞，沱水中流。吾每感于此，敏付于行，或探访乡里，与民促膝，逮至星月挂天；或登高览胜，筹谋宏图，竟忘夜幕蔽地。窃以为，繁峙发展，环境至要；创优环境，必行清政。故余履职八载，劲推廉政与文化融合，力倡清廉与环境和谐，希冀反腐与经济双赢。奋举“六廉”：一曰修德养廉，以正党员干部之心行；二曰家庭助廉，以杜腐化堕落之门风；三曰警示醒廉，以儆效尤震慑全县；四曰活动促廉，以崇尚美德陶冶情操；五曰制度保廉，以蹈执政兴国之正道；六曰机制创廉，以拓党风廉政建设之新局。教法兼施，广树清明廉洁之正气；惩防并举，共尽保驾护航之职责。廉政文化建设此乃一域也。繁邑虽古边僻壤，然则，时下官不怀私，聿修厥德，莫不从其化也；民不习伪，唯衡法度，莫不乐其业也，余心亦释矣。

自二〇〇二年始，每年举办“清廉杯”书画赛事一届，或下乡村，或入校园，或赴社区，或进机关。参赛者，上自耄耋老翁，下及启蒙学童。飞龙舞凤，效仿钟张羲献之书艺；染墨濡毫，追摹李杜韩柳之诗文。一时观者如云，赞声如沸。寓教于艺，启人心智，实乃廉政宣传之盛况也。迄今而计，书展赛事，已臻八届。风雨研磨，终显翰墨华滋；警言教化，大兴廉洁清风。古人云，诗为心声，书为心画，诚哉斯言！

家邦之兴，基于和谐；和谐之要，廉政为先。清正是为廉，清正是为艺。游于艺，方可乐于心；寓于乐，方可昭其理，意理明则廉洁生。艺与廉，其关联亦大矣。冀先贤新秀，播香清远，共建和谐。

是为序。

2009年10月1日

稽古振今

——“天柱山杯”中医药书法作品集序

世间物殊，源通理一。寻源问道，不忘初心。上下求索，方得精进。

吾闻医者，道也。固各有专攻，实仁心仁术。凡为医者，志于道，据于德，依于仁，游于艺。又闻书者，述也。虽呈万象腾形，莫不散怀述志：以载道，以寄情，以解惑，以明智。二者分理有界，暗合于道，皆我中华之国粹。

丁酉岁杪，有志于弘扬医道书法者谓吾：“欣逢盛世，文化繁荣，中医书法，执业者众，求进者切。何不以今人之妙笔书古贤文内典，稽古振今，薪火传承!”吾忖度良久，对曰：“求之以华，当戒之以浮；求之以速，当戒之以躁；求之以巧，当戒之以媚；求之以拙，当戒之以野。浮躁媚俗乃当今从艺者易堕之通病，以古贤之医道方剂医今人之沉疴流弊，不亦可乎?”

遂与同道遍邀书界之名宿新秀，共书医药宝典之哲理箴言。

逾数日，来稿五百余件，真草隶篆，虚实七墨；望闻问切，阴阳五行，观之深感中华文化之博大，令人欣喜！今适逢端阳佳节，登高挽艾，除病祛邪，艺海竞渡，复吊沅湘。兹择其善者百六十余件，投以问道之石，冀广大同仁涉目书艺，游心妙理。若稍针砭疵弊，疏瀹清流，余愿足矣。

2018年6月18日端阳节

纵横诗笔

——首届全国书法名家书元遗山诗词作品集序

秀容的冬天，蕴藏着诗的温情。千里冰封，万里雪飘中，不正蛰伏着一个崭新的春天么！

“文杏堂前千树红，云舒霞卷涨春风”“一树生红锦不如，乳儿粉抹紫襜褕”“一语天然万古新，豪华落尽见真淳”，在秀容城宽敞明亮的图书馆里，这些端庄流丽的诗句与忽遒劲忽婉约、忽细腻忽豪放，劲骨丰肌的书法，已经为秀容的文坛艺苑带来了花团锦簇、争奇斗艳的春天。

我伫立于一幅幅风神洒荡的书法作品前，品读着八百多年前一位家乡诗人的瑰丽诗篇。我仿佛看到一位尚未及冠的翩翩少年于汾水之滨，逢捕雁者，以重金赎买两只殉情大雁，垒石成“雁丘”，并作瘗旅文，其情凄切，其词哀婉。继而，我又恍惚遇到一位头角峥嵘的青年人正挥斥方遒，指顾汉魏以降的诗坛，以“诗中疏凿手”为己任，纵意所如，触手生春，勉力“暂教泾渭各清浑”。星霜荏苒，居诸不息，当年纵横诗笔的年轻人已经是一位天命之年的文学巨擘。他历经动荡丧乱，心怀黍离之悲，在“稠闹成团稀作颗”的杏花树下，捻须吟哦，忧伤徘徊。岁聿云暮，日月其除，我与已步入耳顺之年的“一代文宗”复遇，先生正策杖于家乡的名山，久蓄的诗情喷涌而出，或长啸，或浅吟。彼时，风举衣袂，先生与我矍铄相顾。

这是一帧帧多么感人的画面，画面的主人公即元遗山，“直教天下有情人生死相许”的元好问。

遗山先生也看到了我们，看到了千秋万古的骚人墨客，看到了八百多年后的秀容图书馆内，汇集着当代最具实力和才气的书法家以真、草、隶、篆各种书体，和他们以万千情怀书写的《论诗三十首》《台山杂咏十六首》《冠氏赵庄赋杏花四首》这些作品，当然，还有那一首千古绝唱《摸鱼儿·雁丘词》。

这五十余幅作品的作者分别来自五湖四海的书法博士、兰亭奖获得者，他们饱蘸浓墨，纵横诗笔，俯仰古今，共同书写了遗山先生的心画心声。这是后学与先贤的一次集体对话，是书法和诗词的一次珠联璧合，是超越时空的一次艺术交融。

秀容的文坛艺苑，迎来了这样的盛事和新风！

遗山先生捻须，拊掌颔首。

神与古会，便自工耳。众人亦拊掌颔首。

壬寅冬月，秀容已把春来报。

2022年12月

注：忻州古称秀容

《雁门关醉酒赋》书法集弁言

《雁门关醉酒赋》乃我忻州王凤岗先生主政雁门关时亲历之作。作品悲凉壮阔，文辞雄健；萧萧兮有燕赵慷慨之气，浩浩乎兼东坡赤壁之风。雁门籍王子翔、王本之、王天太、张鸿恩、高建国、杨献国及舟山籍虞慧等七位书家以真行隶草诸体书之，沙场醉墨，不计工拙；情挥意洒，逸兴遄飞，得如是风神。现结集出版，冀文赋与毫翰争光，雅怀为艺韵温色。还酹古关明月，敬乞同仁赐教。

2017年8月2日

《陈元富诗书画印影选集》弁言

雁门德昌翁，吾之涉世点悟前辈，喜书画，善篆刻，好摄影，通诗文。近结集诗书画印影作，披沙淘金，抱朴见素，遴选得意珠玉数百，蔚成可观！先生依仁游艺，不忘初心，托雁门而得秦汉之古质，依清凉而沐智慧之灵光，傍滹沱而谱舞雩之诗章，近文庙而染孔孟之儒风。勤耕不辍，集腋成裘，造化文质如是，风神如斯！离且合而羡无限，年既老而乐有余，不为时累，不囿绳墨，通会之际渐进人书俱老之境，不亦快哉！

2019年2月

常潮民书法微展弁言

常潮民先生年逾古稀，柔翰注深情，砚田耕平生。日前，先生来电欲办微展，让我点评几句。先生通会精练，人书俱老；翰不虚动，下必有由，我岂敢妄加评论。且先生向来素朴谦逊，不喜极尽溢美和称颂。故此，且附先生笔墨谈点感受。

读先生书法可读前辈心性，无躁气，有骨气，养正气；根植传统，不追时风；严谨守正，稳健清和，冲淡洗练；松筠气质，耐人寻味。此正司空图《诗品》“清奇”之谓也。审视时人，甜俗狂怪有加而清正奇崛无存，空瘪无实，唬人而已。

“一点浩然气，千里快哉风。”书界，是该吹拂清风正气的时候了！

2023年2月

《汾水欢歌》序

秀乾同志的《汾水欢歌》一书即将付梓，请我为之作序，欣然应允。细读，感怀无限，不由回想起在静乐工作的点点滴滴。2011年5月，我调任静乐县任组织部部长，其时秀乾已在组织部工作八年，任科长。秀乾其人，高大魁梧，如《诗经》中的“硕人俣俣”；观其字，却风雅洒脱；读其文，亦清新俊逸；其行事，又勇于担当，雷厉风行。初识的印象，既是对秀乾本人的印象，也是对静乐的印象，是静乐的静山乐水，培养了这样品格端方又才学俱佳的好干部。

《汾水欢歌》，亦如他的风格，语言简洁，朴实率真。写人物个性鲜明，叙事理深刻透彻，谈感悟率真直接，朴实无华而真情毕现，读来酣畅淋漓。作家孙犁曾云：“文学艺术的主要标志，就是用最少的字，使你笔下的人物和生活、情意和状态，返璞归真，给人以天然的感觉。”本书风格大抵如此。文韵优美是本书的另一语言特点，或诗作或散文都情感饱满，自然流畅，炳炳烺烺，掷地有声。字里行间无不渗透着作者深厚的语言功底和文学素养。

诗言志，歌咏言。本书是一本杂集，是作者工作和生活的反映。全书分为散文杂记、诗词园地、文艺作品、褒扬词文四个部分。穿行在汾水的欢歌中，静乐的山、静乐的水、静乐的方言、静乐的人情风物都扑面而来，我闻到河道里泥土清香的气息，听到汾河流水的声音，看到鹅城下民风淳朴的静乐人家，感受到我曾经行走在乡间每一寸土地上的深情。

我从2011年赴任直到2019年才调离静乐。2013年，静乐县“三城同创”拉开帷幕，鉴于宣传工作的空前重要和秀乾同志的出色表现，我推荐他到宣传部任副部长。短短几年，静乐发生了翻天覆地的变化。本书真实地记录了这方面的内容：倡议书、快板书、表演唱、相声、二人台、三句半、打夯号子、颁奖词……无不饱含着一名基层宣传干部的心血与智慧；静乐儿女的成长花絮、宣传干部的工作掠影、静乐发展的影像合集，无不反映了静乐近十年的巨大变化。我在静乐工作的九年间，我和秀乾同志与千千万万静乐干部群众一道，切身感受了静乐从一个脏、乱、差的小县城，到荣膺“国家卫生县城”“国家园林县城”“全国文明城市”等“国”字牌的称号，其华丽蜕变和巨大成绩背后的艰辛与不易。因此，每每读到这些文章，我心中常会涌起一名静乐人的荣光与豪情。同时也倍感欣慰，觉得自己当年推荐了这样一位德才兼备、用心工作的好干部是正确的。

文以载道，文以化人。爱国爱家、向善向美是本书的主题。《一碗烩菜》的知足奋进，可以品读出平凡生活里的感恩和智慧；《你走来》的滂沱豪迈，读出静乐人民乐山乐水的人文与情怀；从代言词、颁奖词到文明静乐歌，读出静乐人民对美好生活的向往与追求，对伟大祖国的深情礼赞和对美丽家乡的热情讴歌。歌颂真善美，弘扬正能量，这是作者心之所系，更是一名宣传干部的职责所在。

“眼纳千江水，胸起百万兵”，在中国文联十一大、中国作协十大开幕式上，习近平总书记曾这样寄语新时代文艺工作者。作为文联工作者，我希望有更多像《汾水欢歌》这样接地气有温度的书作问世，也希望新时代能涌现出更多像秀乾同志一样扎根基层用心工作的好干部。如此，我们将不辱使命。

壬寅秋月，有感而发，是为序。

2022年9月

长弓雁门月　小艇藕花风

——《忻州师范学院陈巨锁书画奖学金作品集》后记

荷风夏日，第四届“忻州师范学院陈巨锁书画奖学金”评审活动落幕，一批获奖作品展后结集出版。付梓之际，学院及书友约我一吐心声。先生举资设奖影响日盛，奖掖后人初衷得显，欣慰之余，思绪涛涌，将复何言？茶烟氤氲，书道漫长。我随先生习书二十有年，每每聆听先生为书、治学、游历、做人之高论，获益良多。夫子大仁以“己欲立而立人，己欲达而达人”为志，我辈愚钝，姑妄效颦“己欲悟而悟人”。现撷录先生高论于后，冀与同道新人共勉！

习书路径乃探奥奇幽趣之关捩，先生如是说：“书可自悦而悦人，兴趣不减，学书不辍，历练日久，感悟日深，书与时进。置身于书法历史坐标上，审视当代，审视自己，当会自惭形秽，不屑一顾。唯其‘知不足’，才能不敢怠慢，勇攀高峰。”复曰：“学习书法继承传统为正道。古之法书名帖，浩如烟海，艺术光华，震古烁今。择其所爱者，认真观摩，细心领会，朝临夕摹，用志不分。习之既久，识之亦深，初得其形质，继发其神采。”又曰：“作书，寄妙理于豪放之外，出新意于法度之中。守法度者，既不离陈法，又不拘陈法；出新意者，能逸于绳墨，又不失规矩。出新求变，有所为有所不为。不为者，不为也，非不能也。书不求工，所以能工；书不求变，则变在其中矣。循序渐进，自然而然，耐得寂寞，不求速化，通会之际，机杼圆活。”

严谨治学乃研习书法之基，基不固而楼不高。先生如是说：“观古今书法大家，无不以治学为根本，书法乃为余事。以国学为根底，而发为书法，便具内涵，有神韵，有意趣，有书卷味，耐人品读，耐人咀嚼。一些国学大家，偶然欲书，乘兴命笔，任情适意，不事雕琢，不求其美，美竟在其中。”

游历乃开胸臆，得灵感之通衢，正古人“读万卷书，行万里路”之谓也。先生如是说：“从小山居，钟情山水。及长，又以山水画为职业，半生外师造化，对景写生，脚迹几遍华夏名山大川。亲近自然，面对山河，开眼界，拓胸襟，观山云之吞吐，悟造化之神奇，引入书法，自然也会多几分灵气。”复云：“……当其下笔，心无挂碍，物我两忘，风驰雨骤，水墨淋漓，所作似有山灵相助，满纸云烟，字耶？画耶？我自不知。”

书道虽小道也为道，为人做事亦复如是。先生曾说：“楚图南先生曾以‘先有风骨俊，自然翰墨香’十字赠我，先生的训示告诉我：人与字是相表里的，只有人品高，艺术才有价值。这与我一贯奉行的‘作字先作人’‘先器识而后文艺’的古训是相一致的。品读楚老的法书大作，端庄厚重，古朴而典雅，既得汉碑神韵，又富颜楷丰姿，一种刚直不阿、堂堂正正的气息直扑眉宇，点画间无不流出楚老为人立品、风骨峻拔、命笔作书、翰墨飘香的特点。人如其字，字如其人，信哉其言。”复云：“读黄庭坚诗作，甚爱‘愿为雾豹怀文隐，莫爱风蝉蜕骨仙’之句，遂以座右铭视之，并请楚图南先生书‘文隐书屋’四字颜其额。朝夕相对，自警自励。学书脚踏实地，循序渐进，不求速化，不事张扬。”

先生骊珠之言，俯拾即是，众妙之中选其一二，权作后记，不知能否得到陈先生和周围文友的首肯。

2016年6月3日

《怀人谈艺录》编后小记

当代章草大家陈巨锁先生，人文兼修，钟情山水，雅好交游，勤于属文，历年来有《隐堂散文集》《隐堂游记》《隐堂琐记》《隐堂随笔》等多种文集行世。先生为文，集中于怀乡、壮游、亲情、艺事等，得到了文坛艺苑的普遍关注和赞誉。一代文史大家、已故百岁老人周退密先生评价道："先生生长于忻州，沐山川之灵气，得遗山之诗教，以绘事名噪南朔。余常读其诗文，均秀发有逸气。"已故书法家王学仲先生也有这样的评价："巨锁同志善写章草，为书法家；善作诗，有元遗山幽并之气，为诗人；善写文章，颇多波澜，为作家；善画花木山水，为水墨画家。"有关先生的成就，学界多有评介，我这里就不再赘述。

先生诸文集中，写人物、谈艺术的篇章占有很大比重。这次编选的《怀人谈艺录》共遴选其中六十四篇，涉及学界耆宿、艺苑大家六十多位。内容主要包括师门艺事、交游纪实、翰札往来、故人追思及陪同文化学者登山临水唱和等篇什。从这些文章中不乏细节描写，得见诸前辈的行为举止，声情笑貌，读来令人感到亲切动人。可以说，先生的文章是对这些艺苑大家从艺生涯的精彩记录，是当代学界部分人文活动的珍贵剪影。

我多次在明净的隐堂书屋聆听先生的教诲，先生虽处耄耋之年，但谈吐风趣，记忆力惊人。谈到书法时，先生常说，观古今之书法大家，无不以治学为根本，书法乃为余事。以国学为根底，而发为书法，便具内涵，有神韵，有意趣，有书卷味，耐人品读，耐人咀嚼。一些国学大家，偶然欲书，乘兴命笔，任情适意，不事雕琢，不求其美，美竟在其中。

谈及艺术深层次的问题，先生总是对“人品、学养和修为”谈得更多一些。先生常说，为艺和为人相表里，为艺体现出来的是表象，其实体现为人的是精神。正如苏东坡所言：“古之论书者，兼论其生平，苟非其人，虽工不贵。”

先生也常谈起为文的道理，说到王国维的论诗名言：“三代以下之诗人，无过于屈子、渊明、子美、子瞻者，此四子者，若无文学之天才，其人品也自足千古，故无高尚伟大之人格，而有高尚伟大文章者，殆未之有也。”再看先生笔下的学人，无不饱学谦恭，处厚居实，体现着高尚的人品、渊博的学养和宽厚的修为。赵延绪、王绍尊先生的淡泊名利，助人为乐；林散之、费新我先生的生命不息，奋斗不止；李可染、沙孟海先生的提掖后学，平和儒雅；姚奠中、游寿先生的博学懿范，精益求精；楚图南、董寿平先生的“先有风骨俊，自然翰墨香”等等，这些都从更广阔的视角，引入艺术更为深邃的层面，先生既在写人，也在谈艺；非唯谈艺，甚于谈艺，发人深省，予世启迪。

前辈专家学者虽大多远去，但又鲜活地留在了陈先生笔下，他们的人生态度、艺术追求，已经成为也必将成为后世的精神财富传承下去。

《怀人谈艺录》就要和大家见面了，真可谓“平湖油油碧于酒，云锦十里翻风荷”，但愿片片绿叶红萼能为燥热的艺坛送来一缕清香。

2021年8月30日于葆光书屋

《王氏宗谱》序

丁酉荷月，余得暇回归故里，盘桓王氏宗祠旧址，摩挲定祥碑铭遗构，嘉禾芳草间瞻谒笔祖蒙恬将军古冢。近午，村中老者燕坐古槐树下，众所知识：十七世孙王宏、王璜，十八世孙王培礼、王文贵，如是等二十余人。时清风徐来，槐荫婆娑。

王宏摇扇指槐曰："古树丰冠，赖于根深。王氏先祖自明洪武二年，由河北正定南关迁居代州上门王村，屈指六百四十八年矣，世代繁衍，渐成大族。年初，村中才俊王永贵、王润熬等发起倡议，拟复建王氏宗祠，可喜可贺！然《王氏宗谱》自20世纪90年代修谱以降，近卅年未续，盍不趁宗祠上梁吉庆之际，再行续修，完璧我《王氏宗谱》乎？"

王璜曰："先祖王智规定居上门王，躬耕田垄，创业生息。膝下三子，后渐衍永受、永承、永德、永元、永升、永祥六支。道光二十九年、民国三十一年，乡贤分别编修《王氏宗谱》一、二编，六支条理，辈分清晰。1993年，族人再行续修《王氏宗谱》三编，入编人数三百余人。时下村中青壮迁徙者颇多，若不及时续籍，往后愈益难矣！"

众皆颔首，切切交耳。遂推举王宏为主编，王璜、王培礼、王文贵为副主编，编委若干，着手续修宗谱，与王氏宗祠同步推进。

越明年，诸人复坐于古槐之下。鸽哨清越于长宇，神鹊脆亮于高枝。王宏呷茶舒眉，置谱稿于膝上，欣然曰：“文字如耕耘，汗渍盈背，方期颗粒归仓。历时年余，予等遍览史料，逐门稽登，访宿老，问知情，下太原，赴西安，白日走访，夜晚挑灯，探源问津，排资列序，宗谱框架初见。共辑九章：村情概况、追根溯源、世系图及世系族人简介、人物春秋、文艺选登、族人文章和发言稿、贤达风范、高寿老人、祠堂功德记载、族人杂谈。共入编四千二百人。于今功成可望，岂不快哉!”

王培礼曰：“宗谱工程冗杂，僖而成章，理应一记，何不请利民作序，以求白璧滴翠?”

予曰：“慕祖归宗，敬源追远，期可厚德；明世承系，重伦明礼，庶几淳风，功莫大焉。远稽近籍，夙兴夜寐，推词炼字，积句成章，劳莫大焉。功劳既成，后世当知艰辛。今实录成谱景况，可为序乎?”

众皆称妙，声容跃然纸上!

时王氏宗祠落成庄严，定祥禅寺梵音远播。

是为序。

2019年12月

“王氏宗祠”碑记

代州上门王，古村落也。相传，笔祖秦蒙恬将军罹难于此，故名蒙亡。后世讳尊，遂更名门王。北据雁门雄关险道，云烟满目，南遗蒙恬旧迹土冢，野蔓披离，东延五台清凉胜境，佛国洞天，西临崞山社土神庙，风铃盈耳；杀子河萦回其间，太子寺星列沿岸。足见历史之沧桑厚重，人文之蕴藉深邃。其具体史迹遗踪，尚待考也。据载，先祖于明洪武二年，自河北正定府南关迁居于此，躬耕田垄，繁衍生息，越六百余载，瓜瓞绵绵，蔚成大族。清道光三十年，先贤举众，始建“王氏宗祠”，春祭秋祀，缅祖怀德。民国元年、三十一年，次第修缮。20世纪70年代后期，宗祠荒圮，再无整饬。

今逢盛世重光，人文之风大兴，岁次戊戌正月，村中才俊襄举重建“王氏宗祠”，于是乎，村民运筹，游子还乡，族老振臂，后裔慷慨，预算投资七十万元，当年集资三十余万元，于阴历二月十八日破土动工，五月二十六日举行盛大上梁庆典。村居族人自行设计，自行施工，能工不惧工程繁缛之劳累，巧匠追求巧夺天工之梦想，披星戴月，栉风沐雨，历时半载，宗祠落成。

其占地六百九十平米，一期工程大殿建面二百平米。坐北朝南，砖木结构，檐牙高啄，飞甍翘角，流延中华古建之风韵。堂前匾额“承先启后”为民国乡贤王戒之亲笔，老笔纷披，法度森严，“祖德宗功”原为民国军界政要王德所赠，现由民企精英王永贵续补。廊前楹联两副，“祖德流芳思木本，宗功浩大想水源”“祖庙巍峨永续忠贞孝，全族盛茂传承仕禄缘”，开合有度，雍容可观。院内青砖墁道，嘉树新植。玲珑明灯双盏，对称甬路左右。东西墙镶线雕壁画四幅，为廿四孝图，人物栩栩如生，呼之欲出。东墙、南墙嵌线雕石图三幅，“王氏家训”两幅，“王氏来历”一幅。大门为仿古构建，精致庄严，与祠堂格调浑然一体。门口嵌抱石鼓一对，门前青石雄狮对踞，门侧八字墙花岗岩门神尊镶。皆为精工刻镂，庄重肃穆。门楣悬“王氏宗祠”木匾，颜楷中正，端庄醒目。左右“满门忠智传宇内，世代良规在人间”篆联，古朴圆融，风翥龙翔。大门院内抱柱悬楹联“合顺祖德延绵增福祉，兴盛宗光长照添祯祥”，上挂匾额“积厚流光”，方正宽博，兼有庙堂之气。

通览宗祠形制，耳闻定祥禅寺之祈福，枕倚紫塞恒岳之固安，面迎清凉笔架之文脉，饱览滹沱清流之财源。幸甚至哉！吾辈当珍。

值此宗祠落成之际，族老高友接踵临门，嘱余作文以记之。余不揣谫陋，欣然命笔，并赞曰：

沱水泱泱，恒岳苍苍。
五台圣境，泽披灵光。
吾祖开基，耕耘拓荒。
时逾六百，风雨沧桑。
子孙繁衍，树可阴凉。
今我来思，和风骀荡。

堂舍俨然，碧树成行。
定祥巍峨，宗庙堂皇。
乡民安居，百业兴旺。
愿我族人，发奋图强。
光宗弘德，振业家邦。
少有所学，老有所养。
困得互济，难得相帮。
男儿有志，敢干敢闯。
巾帼勤俭，家和安康。
五湖游子，四海名扬。
常归故里，怀祖追往。
老槐千秋，德播四方。
根深叶茂，源远流长。

是为记。

2019年清明节

观音壁题记

雁门古郡，人文厚重。有史以降，遗迹星陈。城东十八里，有村曰上门王，北枕恒山，背倚紫塞雁门；南临滹沱，户迎佛教圣山。史传秦将蒙恬罹难于此，故以得名。虽延廿纪，荒冢犹存。指顾村落连绵，绿杨成排，桑榆含烟，田舍融融，如棋如盘，尽在诗情画意之中；倾闻田园声息，鸡犬和鸣，牧歌传响，鸟语嘤嘤，如丝如簧，实乃流连忘返之地。

丙戌春，乡贤祝公拴元倡议，王君义成、润熬，安君成武响应，于村南定祥寺左兴建观音壁。消息传来，村民影从，捐资捐物，出工出力，经三月余，如期竣工。但见飞脊高筑，彩壁辉煌，古槐掩映，观音慈祥，村民殷殷之心如现也。

是年七月十八日，时值观音壁落成典礼，古寺增色，老槐绽颜，群贤毕至，乡民欢聚，嘱余作文以记之。余题曰：爱莫爱者父母，念莫念者家园，幸莫幸者安康，重莫重者育人，贵莫贵者精神，强莫强者财富。愿吾乡人和衷共济，天人相谐；尊老爱幼，团结互助；勤劳俭朴，持家兴村；和睦友善，安居乐业；尊师重教，树木树人；倡导文明，坚守诚信；耕耘不辍，富裕繁荣。匆匆顿笔，聊以为记。

2006年8月11日

寓言六则

雁门虎威

汉末，雁门山有虎。匈奴南侵，牧马于雁门山林。虎出没林莽，袭扰滋事，匈奴以为患，踌躇焉，不得南下。

雁门太守素性怯懦，知悉窃喜："吾得退狄之良策矣！"遂悬赏猎户捕杀群虎，设虎帐、置虎案、建虎牢，营帐内外，虎色斑斓，虎贲俨然，太守亦以伏虎将军名号。

匈奴闻之，大喜。率众南下，太守犹恃虎威吓阻，卒为囚虏，贻笑一方。

勾注狐患

勾注山狡狐为患，幻化女体，散发胴香，迷缠乡人，汲其髓液，自以樠爽修道。乡人则淫幻成癖，神魂离窍，消瘦渐废。

勾注山人以猎狐为业，俟捕狐，以皮囊秕糠，悬诸高杆，随关头高风飞扬，震慑群狐。狐益黠，度情隐遁。

太守素喜狐裘，追慕成风，皮价劲昂。山人遂伐高杆，移业养狐。于是狐朋成群，废人愈夥。

代马代赭

代郡产良马、赭石，声闻海隅。冶商开山取石，剥山表，掘地脉，水蚀、风侵，山林渐毁。冶商以微利馈郡人，郡人窃喜。逾百年，赭石殆尽而良马不复存焉。

冶商后人纂史，盛赞先祖，兴业南朔，兼济天下，几为完人。郡人亦以为然。

噫！代马代赭其真当绝也。

代人买履

古代州有买履者，逡巡于市，以时价购回同边鞋，方言谓“一顺子”。家人责难，里人讥讽，代人笑而不语。

越数日，复赴市，廉价购得反向同边鞋，与日前所买匹配。家人赧颜，里人叹服！

覆宿山人

秦将蒙恬筑长城于雁门，以狡兔紫毫造毛颖，羽檄传书。

覆宿山人以养禽为业，屡遭鼬患，遂献鼬于将军。恬试以鼬毫，霜锋莹然，尖齐圆健，为精品。未几，黄鼬捕杀殆尽，禽业大兴。

夏屋狡狼

有雁门郡人，放牧于夏屋山，为防狼患，驯犬守焉。饲以精食，配以项刺，威武彪悍，群狼弗敢近也。

逾数日，群狼围伏山林，一狼叼兔贿诱，犬尾逐影没，群狼跃起，捕羊远遁。

犬得兔乃返，犬兔俱为郡人镬中物矣。

2023年2月

附录

傲睨万物的笔墨

——谈王利民的书、诗、文

胡传海

文人须存有横琴坐忘之胸襟与傲睨万物之气概。下笔之时当存一份敬畏心和感恩心，文学与艺术是人的品性和精神境界之再现，故古人常以梅兰竹菊之高洁比赋于遗世独立之品格。能够拒绝世俗与喧嚣的人方能自由卷舒于精神世界的快慰中，自伴岁寒，独守一份寂寞与孤独，成就心底的那一片清凉。在我眼里，山西省书法家协会副主席王利民先生，就是这样一位遥接古人情怀，并具有文人独立品性的书法家、作家与诗人。

王利民的书法以颜楷创作见长。颜体书法是中国书法史中重要的审美样式。古拙厚重、苍茫大气是颜体书法最主要的艺术图像。颜真卿为人也因其忠烈千秋和刚直不阿的精神道义为后世景仰。王利民的颜楷以《麻姑仙坛记》和《颜家庙碑》为底本来创作，参之以何绍基对颜体理解的精髓，他是寓奇崛险峻于中和平淡之中。他曾经自述自己书法传承的脉络，“作书非为苦，自在鲁公、北海、东坡、猿叟数家踯躅门前笔意旋”。他的用笔速度不是特别快，但是强调转折、顿挫、虚实、刚柔的变化。以大气浑厚的笔致来铺写，其中夹杂章草笔意，矫变奇崛的美学意趣一扫羸弱的帖学流弊。加上大气鼓荡的尺幅、纵横捭阖的气势，他将古代文人的

"尚逸"书风演变为现代书家"尚势"的现代展厅书风。作品开拓的气势给人以极强的视觉冲击。他的楷书笔画雄健有力，墨色浓黑，反差强烈，笔笔送到，既浓缩了颜体的精华，更具有他自己对古典作品中现代感和个人魅力、气质的理解。从他的人生经历、撰写的诗文等可以看出，他具有和颜真卿一样刚直不阿的性格。当然在其中更多蕴含的是书写的智慧和桀骜不驯的精神。而他的行草则是更多地吸取了翁同龢手札的特点，与他的正楷作品不同，行草书则有着一种轻松随意，率性自然，大气充盈的特点，也充分体现了帖学、碑学、简学三者的融合，细细品味一点一画中都有着蓄势待发的美感。同时看他的行草作品还有熊罴当道的那种霸气，虽然写得十分收敛含蓄，但是那种蕴含的力量则可以透过一波三折的笔画而显现出来。欣赏他的作品我们仿佛有一种跨越时代的感觉，可以说他的审美品位和精神世界是与颜真卿、何绍基、翁同龢等跨越代际承接的。他的书写品质和用笔的老到也是让人感到惊讶的，这一点充分体现在他写的《南岱岳殿碑记》里。内敛精致和细腻周到的表现手法，看似漫不经心，顺手写来， 实则写意、写情、写心。不求工而自工，不求美而自美，精到的笔法和豪放不羁的真性情在他的作品中表现得淋漓尽致。他书法的用笔给人以一波三折、摇曳多姿的美感，近观一笔一画精力内蕴、蓄势待发，远观则气势恢宏、格调高逸、韵味深长而富有现代感。他对每个字的细节处理有着一种谨严的书写态度，全篇一气呵成、了无滞碍，显现了深厚的书写功力，也可以说他构建了自己的符号世界。而这一切的符号元素又构成了他作品的唯一性。朱和羹所说："用笔到毫发细处，亦必用全力赴之。然细处用力最难。如度曲遇低调低字， 要婉转清澈，仍需有棱角，不可含糊过去。如画人物衣褶之游丝纹，全见力量，笔笔贯以精神。”（《临池心解》）他的这件作品就是可以让人一窥其深厚艺术功力的，透过纸面的则是我们看到的他那种综合的文化底蕴和深厚的历史情怀。他的书法可以说是他生命形态的重塑，也是他以书存道的一个例证。

王利民同时还是诗人，他的诗歌蕴含着极大的情感爆发力，诗歌与书法，一个言“志”，一个“心”画，在表达思想、意志、情感的根本点上，有着高度的一致性。诗的语句，以节奏为结构，在节奏中运动。有了节奏，诗的形式才有生命。书法也是有节奏的，“一波三折”中的“三折”就含有变化着的节奏。书法的一笔中可以有数不清的“折”。所以，书法与诗歌是王利民艺术创作的两翼，互为补充，互为达意，在此我们也可以看到他人格的高度一致性。比如他在《董村怀古》中写道：

系舟山下翠岩东，骚客千年吊董公。
谷口闲云溶史迹，林梢晚照沐新风。
高山有义存嶙骨，流水无能寄累鸿。
峭石白头黄土罩，醒眸细品老来红。

他为董狐不畏强权、秉笔直书的品格和不屈的精神所感动，所谓“高山有义存嶙骨”，今有骚客凭吊，尽管流水无法遥递敬意，但是黄土高原上“老来红”依然是这种正直品格的延续。他崇尚正义、不畏权贵、刚直不阿、浩然正气的品格是与他学颜真卿书法的驱动力高度契合的。愤怒出诗人，诗歌是所有艺术形式中代表最高的感情附丽。他经常发思古之幽情，在与古人的对话中寻找自我，他在《清明节悼笔祖蒙恬将军》一诗中，对将军统一六国所作的贡献，以及蒙冤而逝感到深深的不平："拔剑茫然刎颈血，苍天惊怵山灵木。关头雁哀伤心碧，代地泥红幽泉赤。"可以看出王利民先生的满腔激愤，所以，他"慨叹黄土埋忠骨，复幸芳冢在家乡。疏雨星落青衫湿，启后来者焕文章"。他的那份凭吊、那份钦佩、那份感动、那份愤怒，只有真正读懂王利民内心的人才会理解他。关于这一点，在他的《再谒坡公祠》中也表露无遗：

南天接海海波明，白鸟浮空矫翼轻。
几度软沙温两脚，千年冷石叹孤声。
红尘隔岸浑如寄，青眼观人独有情。
坡老邀余阁中憩，椰风习习叙前盟。

在"冷石""孤声"中，作者依然想起东坡以"青眼""有情"回报这个社会。这种乐观的生活态度让作者与苏东坡在阁中相叙时心灵跨越千年而连接在一起。诚如朱光潜《诗论》所说："一切艺术到精妙之处，都必须有诗的境界，我们甚至于说一个人、一件事、一种物态，或一片自然风景都含有诗意。"所以"诗意"也是人们对生活中一种韵律和美的赞叹。王利民在诗中把人、景、物、情交融在一起。他的诗有一种抚慰人心的软实力，具有一种文化的可塑力。如果说王利民的书法是"存道"的话，那么他的诗歌就是"寓情"，他的诗让我们感受到那种情感的勃发和激越。他的诗是以汉魏六朝诗歌为内骨，以唐诗开张和宋诗的委婉作为法乳对象，具有了浓郁的古典诗歌的精髓。

王利民的文章则是一个"求真"的人生记录，真情、真意、真趣、真美是他藏寓内心的人生处世为人之支柱。他在《书画童趣》

中记录了这样的一个片段：“正午的阳光暖洋洋的，屋檐下，我用几粒石子压纸，工整地写几行唐诗，再用小酒盅盛几滴清水，调配好姥姥画面塑的颜料，依唐诗意境，画几幅山水小景。姥姥粘贴好，会站在当院仔细地欣赏一番，我自然是踌躇满志，抿嘴作乐。有一年，母亲用父亲的旧黑布衫为我裁剪了一件齐膝长衫，说：‘手上有墨只管用衣衫擦，省得每天像文眉耗子一样。’”这段话把我们带回到了那个春夏的下午，那个小男孩在姥姥的关注下学习书法的情景，那种温暖如春，那种母爱慈祥，那种童年无忌再现于我们眼前。在王利民平实的叙说中，我们感觉到了他童年时笔歌墨舞的欢畅，在泼墨挥毫的快慰里仿佛以后拈毫斟句的妙趣也在这里埋下了种子。真情所寄斯为美，唯有真实的文字和笔墨才具有穿透人心的力量。王利民的笔下很多都是常见所闻的生活场景，但是，在这种描述中我们可以感受到生活的快慰、人生的信念和自然的崇拜。他在《云中河喂鸭记》中有这样的描绘：“顺着小明手指的方向望去，河中有一段微微隆起的沙洲，洲上有数株落叶乔木，树下杂草披离，乱石点缀，俨然现实版的倪云林笔下《汀树遥岑图》。正当我欣赏这洲上的野逸之趣时，忽然从沙洲背后传来一阵“呱——呱——呱”的鸭叫声。少顷，一只白色的头鸭领着群鸭从沙洲西头绕了过来。冰面上，鸭子们昂首挺胸，步履轻盈，以企鹅步伐排队行进，一个个宛然出场表演的卓别林，煞是滑稽可爱。走在前面的鸭子还不时扇动着羽翼，回头喊叫着落伍的同伴。”这种拟人化的描写真是让人感觉到久违的亲切。轻松的刻画、随意的点染，我们看到的是他深厚的功力，这使我想起周济评论苏东坡的一段话：“东坡每事俱不十分用力，古文、书、画皆尔。”有时太刻意反而出不来好作品，只有在这种似乎是漫不经意的随手点染中能凸显智慧。这就是所谓“滋味”“趣味”“意味”“韵味”“情味”等等，只有慢慢地去品咂和感受才能体会到王利民文章的妙处。王利民作书、写诗、为文的平实来源于他安贫乐道的理念，我们在他的《吾家书斋》中可以读到这样的场景：“小屋内，一张床四件家当，加上一些开伙用品，既是卧室兼书屋，又是厨房兼餐厅，客人来了自然又当客厅用，可以说已经屋尽其用了。我们那一代经济拮据，条件有限，年轻人结婚，像我们这样的情况很普遍。日常我和妻有了一种默契，在家时大多轮流坐在书桌前或看书写字画画，或备课批改作业，也甚温馨、自在，做不成书斋梦的遗憾，自然也就释怀了。有时凝视着书橱内一层层整齐码着的书本，恍惚间它们似乎成了拾级而上的阶梯。我想，这蜗居自非书斋，其用又胜似书斋，个中韵味让我终生难忘。”文中流露出来的是真实、真诚、真情、真率。他以“真”摄艺，以“真”统情，以“真”为人，我想这不就是王利民先生的文心、句眼、风骨、神髓之所在吗？我相信只有对人生真谛有着深切感受的人才会写出具有这样人生况味的文字来。

王利民是山西的骄傲，也是当今书、诗、文俱佳的才子，他的深厚学养既有前辈傅山等人气骨的支撑，又有着当今学人姚奠中、陈巨锁对其文化意义的教诲。王利民此生能出生在三晋大地，拜教于陈巨锁等如此大家前辈门下，写出这样漂亮的诗歌和文章，并留下让人赏心快意的书法墨迹，夫复何求？

2022年8月31日

（胡传海，《书法》杂志原主编、编审。著名书法评论家、理论家、书法家）

有一种感动叫情怀

——王利民散文的特质

梁生智

与其他的文体一样，散文写作也一直在发生着变化。虽然，永远不可能有定式，但是，诸多原因所促使的变化是必然的。然而不论如何变化，散文是以抒写情怀为主，完整的、片段的、随时随处的、时间深处的、自己身上的、别人发生的、看到的、听到的，林林总总，都可以入文。关键就是如何拎出内中的情愫。

很多人为文，总是想找大主题、大材料、大事件，似乎非大不能为文，但写出来却并不见得“大”。其原因实际上就是对“文”的本质缺少必要的认知。

我们都知道，文字不是文章，文章也不都是文学。从文字到文章，从文章到文学有一个核心，那就是情怀，只有折射和渗透出人文情怀的文字才会具有文学性。

为文要有情怀，这是一个浅显的道理，但真要做到并非易事。因为涉及的因素挺多，其中就与著文者本身的情怀有关。

何为情怀，就是关注生命现象，关注平常存在，关注小事凡事，从中体悟存在本质，体悟生命之道。

阅读王利民的文章有几个明显的感觉。

其一，利民写散文依旧是按照传统意义上的表现形式，中规中矩。这一点在当下的创作中其实是大忌，是冒险，因为，很可能就会被否定。我们知道，我们的文体在历史上只分散文和韵文。也就是说，很早以前，中国的文体只分为讲究韵的诗体和不讲究韵的散体，除了诗体，其他一切表现形式均归为散文。现代意义上的散文实际上已经是以狭义划分。而且，因为大量翻译过来的文学作品的介入形成的一种翻译语言和表现形式，又让散文出现了许多不同的形态。不少人在写作中，热衷于这些形态的探索，传统意义上的表述反而成为边缘。利民平时以传统书法创作为主，这也让他终始能坚守传统，为书为文皆然。所以，读其文章不会有隔阂，不会有阅读和理解上的障碍。他总是用最朴实的语言讲最实在的理解，让人在读的时候就明了。《故乡的野菜》《山中假日》《乡村夏日》皆然，这实际上是一种与人为善的情怀，因为不卖弄！

其二，利民所表现的情感也是踏踏实实的。在不急不缓的叙述中，将自己的情感酝酿出来。这需要驾驭能力，驾驭情感，驾驭语言，驾驭表现。当然，这首先需要重情，对于生活，对于岁月，对于亲友，对于事件都要有情感，于交往中珍惜。要能常怀感恩之心，常有感思之情，常握感遇之念。只有这样，才会对生活和生命中的日常交往有感知。“给我印象最深刻的还是第一次拜访先生的那个月明星稀、槐影婆娑的夜晚，犹如当我们在蛮荒的旷野中彷徨，忽然看到暗夜中闪耀的北斗，指引我们跋涉前行，那是永远忘不掉的记忆。”（《我与姚奠中先生的第一次交往》这种感念固然同姚奠中先生于利民有教诲之行为有关，但，更多的还是利民对姚先生的感恩之情。事实上，不仅是对姚先生这样的名人，利民对身边的朋友之情亦然。在《师颜阁小记》《娟娟明月 森森壁关》《端庄杂流丽 刚健含婀娜》等文章中，他写王永伟、李亮贤、梁五义，介绍他们的书画人生，同样是以情为主。

其三，利民喜欢用文言格式，这得益于其攻书法之道。在书法创作的过程中，要临习大量的碑帖，这不仅需要熟悉掌握这些碑帖的书法特点，同时要熟悉这些碑帖的内容，甚至要熟记于心，这自然是一种再好不过的学习文言表述的途径。相比现代散文的语言，实际上文言文的表述应该是所有文学创作者必须熟悉的范本，文言文高度概括但意韵深宽的特点，是现代语文难以达到的境界和高度。文言文是一种极具诗性的文字表达，当我们放弃文言文的时候实际上离诗意就远了。这也是为什么许多作者语言苍白的一个原因。利民著文有意为之，不失为一种良好的习惯。这恰恰又是一种情怀，即对传统文化的依恋！

利民在写李亮贤时有语为“友众爱其字之醇厚，更爱其人之仁厚”。“仁厚”何尝不是利民为文的一个特点。朴质而仁厚，这也是为文者应学习的。

好景自有知音赏

——浅析王利民散文的特点

金　农

王利民散文的艺术特点，主要表现在语言的锤炼和意境的营造上，体现了一种清新、典雅的韵味，旷达、空灵的意境，尤其王利民散文中浓郁的古典清韵、典雅的传统气质、高远的生命境界，更使人感到有一种久违的东西，像磁力一样，紧紧抓住读者的心，随王利民在传统文化的浸润中，体悟作者有意无意流露出来的人生意韵、为文风格。

以语言华美著称的徐志摩认为，一部作品“内涵是它的骨骼，辞藻是它的外衣；一座最牢的房子外面没有一些现代美的彩色和轮廓，仍不能算是成功建筑上的艺术”。追求语言美，正是为了使文章美。王利民的散文首先让人感到他语言上的别致，他刻意追求语言的古典气息、语言的声音和色彩、语言的旋律和节奏等。总之，他执着于寻找属于自己的东西，建构一种格调高雅古朴、气韵形象生动、外表缤纷绚丽的语言之美。

王利民散文的古典韵味，得益于他对中国传统文化中古典文学与书法艺术的浸淫。他迷恋于历代散文大师创造的意态万千、气象峥嵘的艺术天地。历史上长于气势的韩愈散文、富于诗情画意的柳宗元的游记，尤其情趣高雅、性格洒脱的苏轼的文章，令王利民心仪神往，他悉心研究，穷其毫微，其中风姿绰约、袅娜俊逸的古典意韵自然凝于笔端，从容流泻。而且，王利民还是一位颇有造诣的青年书法家，他的书法气韵不凡、曲折有致、典丽俊逸、流转自如，而以这种对书法的认知写出来的文章，自然文采焕然、华赡深郁，所谓“字如清露，文化如流水”。王利民醉心于古文辞章的无边魅力，徜徉在传统文化的光芒之中，往复流连，乐此不疲。

语言音响和色彩效果的增强，自然而生动地把形象呈现在人们面前，使之在人的想象中具体可感。刘勰说：“写气图貌，既随物以宛转；属采附声，亦与心而徘徊。”正是讲文章选用形象化语言的妙处。增强文章的声色，把人物、风景、情境鲜明而具体地描绘出来，产生如闻其声、如见其人、如触其物、如历其境的艺术效果，不仅使语言形象而准确，也使描绘的事物神采飞扬。王利民在《台山日出观睡佛》一文中这样写道：“东方的天幔已由靛青转为绯红，甚或殷红，这时，整个世界仿佛成了一座熔炉，光华四射，而这神秘的睡佛，则如锻造的金刚……那明珠已变为半个通红通红的太阳，驾着祥云流霞喷薄而出。金光在衍射，烟霞在涌动，红日在升腾……绛皓驳色，其层次也渐渐拓展开来。”文中色彩绚丽、文采斐然，使读者在具体的画面、色彩描绘中感受到情景交融的境界。作者在《登芦芽山记》中这样写：“倚松而坐，闭目静听，忽闻千军万马自东南来，稍往，又一阵排来，若铁甲奔腾，若钱塘潮涌，断续往复，以至无穷。细聆之，松涛飒飒间有鹿鸣，其声呦呦，如丝如缕，有铮之古韵。”读之，声音历历，如在耳畔，若在眼前，给人以身临其境之感。

王利民对语言的锤炼，还注重顺口、流畅、错落有致，讲究语言的韵味和节奏，营造抑扬的音调、长短的音节、参差的句式，并将其中和谐的韵律，自然而然地渗透在文字之中。节奏跳荡，旋律优美，是作者心律的自然流淌。“时月挂西天，星垂河汉，微风送爽，雾缭群山。独立高岗，静观清凉山平明夜色，其景亦幽，其韵亦清”（《台山日出观睡佛》），“流云飘来，时浓时淡，似波似澜，而这高古的宝刹却似神仙世界中的方壶胜瀛，忽明忽暗，忽隐忽现，飘游于浩渺的烟波之中”（《明月池寻幽》），“走下沙堤站在河岸上静观河水，脉脉的，清清的，水底的黑沙石，白苇根清晰可数，一群群针尖般的小鱼，游来荡去，轻轻盈盈，一踏脚，便不知遁向何方”（《童年的大河》）等，作者徐徐道来，娓娓而谈，从容、舒缓，长句蕴含着悠远的情境，短句节奏急促富于动感，而参差错落的句式使感情曲折尽意，排比的复句读之铿锵……信手写来，随感情的起伏波动时而舒缓，时而急促，参差错落、和谐、抑扬、流畅，读来韵味无穷、妙趣横生。作者深厚的人文内涵、文化底蕴和广博的学识、内在的素质尽含于文章的一字一句中。

巴乌斯托夫斯基说“真正的散文是充满诗意的，就像苹果含着果汁一样”，我国的传统文化也历来强调“情景交融”“思与境偕”的意境美，达到“状难写之景如在目前，含不尽之意见于言外”的效果。王利民散文的意境创造，首先是充溢着浓郁的诗意，无论是叙事、抒情、写景、议论，都带有浓郁的诗情、诗意、诗美，具有诗的素质，读罢优美隽永，韵味无穷。作者主要从构思的凝聚美、形象的跳荡美、语言的律动美等方面来营造其文章诗的意境。作者在《明月池探幽》中描摹了清澈得没有一点尘埃的心灵和纯洁、宁静、自由的理想境界；《登芦芽山记》《秋日登雁门关》描绘了作者的怀抱与心情，意蕴深远；《童年的大河》写对童年的追怀和对父母、故乡的思念，体现了作者内心郁结的一种特有的情结与情绪，表现了对往事淡淡的哀伤与对人生转瞬即逝的忧愁。这方方面面的深入挖掘和描绘，充溢着浓郁的诗意，给人以真实感和自然感，使读者借以体悟到言外之意，弦外之音，象外之象，并受到强烈的感染，得到艺术享受。

另外，王利民散文中对人生况味的表达，其文章中对于生命、宇宙、世界、自然的感喟和思考，体现出一种深邃、博大、阔远的境界，展现了作者的生命色影和思想高度。

“求见知于人世易，求真知于自己难，求粉饰于自身易，求无愧于隐微难。”王利民坚持以心灵的真诚去写无愧的文章，坚持以精神的高扬去写灵魂的影色，坚持以生命的搏动去写独特的风度。我想，那鲜花环绕的散文殿堂，必将给他留有一席之地。

文质兼美出机杼

籍满田

利民兄比我年长六岁，少年时共同求学于雁门，知其勤奋执着，多才多艺，尤以书法见长。后来，我俩都离开故土，步入社会，各奔东西，有十多年未曾联系。有一年，省城召开作代会，故友相见，十分欢喜，烟茶氤氲中，谈新叙旧，得知利民兄于书法已卓然成家，不禁欣然。临别，利民兄以其近年来散文专辑见赠，并以厚重的乡音说："大部分写咱小时候家乡的事儿，你浏览一下，可共同分享儿时光景。"

就着满天星斗，灯光之下，一口气读完了利民兄的几篇大作，我不禁为之赞叹。从利民身上，我看到了古代文人的影子。一位政务繁忙的公务员、一位书法家，竟然写出这样耐人寻味的文章，仰慕之情油然而生。

读利民的作品，能感受到他在用心灵书写生活。众人司空见惯的生活百态，在利民眼里皆成风景。丰富的生活积淀，敏锐的感觉，饱满的热情，让他在生活中获得一种"内视力"，用心灵去"看"，从惯常的平凡事物中见出触动人心的侧面，把日常的世界分离出一个个意义的世界、情感的世界，以文字呈现出诗意的世界。慧眼看生活，慧心悟人生，我由衷敬佩！常言道："世界上不缺少美，而是缺少发现美的眼睛。"他笔下升腾起的那种原汁原味的生活气息，扑面而来，如旷野的风，从心头拂过；又如一泓清泉，慰藉奔波中的人们。“问渠哪得清如许，为有源头活水来”，生活中多层次的美，平凡的美，经过他思想的过滤萃取，焕发出勃勃生机，放射出诗性的光辉。

他文章的真正功力在于写实写真。真事真景，真理真性，天然去雕饰，璞中求真。《山中假日》《乡村夏日》，笔下多白描，处处景语皆情语。人物和景物“设身处地”，物象与自我巧妙融合，“物我同一”，色色生动，笔笔入微，平中有奇，有美皆收。写五台山北麓之圭峰寺，既写圭峰及其传说，又写寺院的静穆淡雅以及创建重修，虚实结合，再现了景物的幽静奇绝，突出了佛门“广结善缘，行善积德”的喻世性。他把“青山雾后云犹在，画出西南四五峰。寺院有尘清风扫，佛门无垢白云封”的圭峰寺具体化，寓情于景，寓理于性，情景交融，情理交融。作者以成熟的深刻的理性的眼光看待眼前的景物，把生活的底蕴揭示出来，引领读者进入其境，从而心生其情，禅心悟道。

“奸巧言，秽污词，市井气，切戒之。”利民兄的散文总是远离轻薄庸俗与秽污，没有咄咄逼人的凌霸之气，有的是简易平和，没有虚构中的张扬轻狂，有的是清丽悠远。文字里，看得见月的皎洁、触得到风的温柔、感受得出自然的博大、人性真善美的芬芳。选材自然随性，着眼生活点滴，将深刻蕴于简单之中，真性情归于平淡之间，使人在轻松优雅的阅读中深受启迪。他讲的故事，就发生在我们身边，故事里的人物就是你我他。有人说，好的作品就是一面行走的镜子，能让人们从中看得见自己的影子。我想，利民兄的文字即如此。

随他走进故乡的田野，再挖一次《故乡的野菜》。田野里长满了各种野菜，甜苣、苦苣、马齿苋、茵陈蒿、小蒜，蓝天白云之下，早春二月的风从田野掠过，一切都欣欣然。田野属于农民，属于庄稼，也属于野草。生长在这里的草，每株都有自己存在的理由，或为野菜饱乡人肠胃，或为药材医人间疾苦。田野滋养了它们，它们又无私地滋养着生活在这片土地上的人们。野草生生不息，成了田野与乡间不可或缺的部分，就像田野里的庄稼、播种庄稼的农人。作者自爱这田野里的草，一如他深爱着这块土地和这块土地上劳作的人们，深爱着由这些人们创造着的美好生活。在这样的文字面前，我们不禁会拷问自己，苍茫天地间，你是否甘愿做一株无人知道的小草？本真的人生体验超越了现实世俗的干扰，以最深厚、最丰富的人生真味带给人们一种审美体验。

故乡是每个人的祖居之地，作为一个人的起点，其童年的回忆深入骨髓，终其一生念念不忘。因为昨日无法重现，于是便一遍遍地想念，一遍遍地念叨。故乡那些隐隐约约的人和事，挥之不去，召之便扑面而来，每一条河，每一棵树，都生长过无数令人喜忧的故事，虽时过境迁，仍刻骨难忘。《乡村夏日》里老家的小院，勤劳善良裹着小脚的姥姥，儿时的玩伴，朴实的乡邻，星斗阑干的夏夜……在这样的时空里发生的故事，会触动多少读者的浓浓乡愁。在他构建的精神世界里人们一次次穿越时空，放下钩心斗角，卸下生活中的尔虞我诈，走回“人之初，性本善”的童年，在生命的出口和行进中重新思索：人生的意义究竟是什么？如何觅得正确的归途？

诗意的栖居，理性的思考，成就了他与众不同的文字。

善于驾驭“信息”，娴于运用多种手段表达内心感受是利民散文的又一风格。在《桐庐印象》《清凉宝刹圭峰寺》《西山琐记》中，作者或用移步换形法，或用插叙倒叙补叙法，于纵横交织变幻中写景物，赏古迹，记风俗，做考证，抒感慨，内容丰富多彩，笔法潇洒自如。他融景情理于一体，登山则情满于山，观江则意溢于江，绿水青山，苍松翠柏，洞天福地，云环雾绕，在山水和自我的情感碰撞中，山水灵动起来，一幅幅优美的画卷铺展开来，使居之者忘忧，寓之者忘归，游之者忘倦。

语言是散文的成色。一篇好的散文，会做到语言凝练优美又平白如话，有质感有张力，于诗情画意中蕴含人生哲理，赏心悦目的同时带给读者独特的审美体验。而这样的语言之美必定是以深厚的文史哲学问为功底，锤炼生活语言的同时汲取了古今中外名著语言的精华，博采众长形成自己独特的语言风格。散文的语言最为简单也最难驾驭。言他人想言而不能言，最是精绝。话说多，不如少，唯其是，不讨巧。最舒服的语言给人的感觉，犹如一个坐在门口抽着烟斗望着远方的农民，说不出他身上有哪些吸引人的元素，却总能让路过的人想停下来和他说会儿话。利民的语言就具有这样的魅力。叙述中收放自然，相得益彰，分寸感把握到位，使语言极具张力。

陈望道说："语言文字的美丑是由题旨情境决定的，并非语言文字本身有什么美丑。"

心静则万物皆美，心清则万物皆淡然。利民的文章总让人觉得岁月如此宁静，在这样的文字里，心浮气躁者会放慢脚步，敢担当而不乱作为者会气定神闲。纷纷扰扰的尘世间，多少人需要走出喧嚣，静心思索，坦荡心胸，和顺而不苟同，以一种积极乐观、诗意妙觉的态度，应物、处世、待己，如荷尔德林说的，"诗意地栖居在大地上"。

去除浮躁，返璞归真，利民的书法亦是如此。书法贵有古质，察之尚精，自出机杼。他的散文以文言文叙写新事物，读来清雅古厚。比如《思兮雁门》《西山琐记》，字字推敲，句句打磨，古风今韵，运笔自如，更有一番意境。文言和白话的结合赋予语言以新的生命力，雅致而不见迂腐，灵动而摒弃呆板。利民的书法与其写作互为给养，又各有千秋。

利民的书法，给人的印象是藏骨抱筋，含文包质，充盈着昂扬激越的阳刚之气。早年他主攻颜鲁公《麻姑仙坛记》、《争座位稿》《祭侄文稿》、苏东坡《寒食帖》诸帖。手追心摹中，其用笔丰厚遒美，腴润沉稳；横细竖粗，对比强烈；起笔多露锋，收笔多藏锋，转折多顿笔，结体严谨，平稳匀称。观其笔势，雍容大气，庙堂庄严，紧凑中不失疏朗，鸿篇巨制愈为壮观。他入古不泥，以自家灵性摄取前贤精华、糅合贯通，用融会涵泳、妙参己意的艺术语言去表现前贤精神，不经意间自然天成下尽展技法之机巧，于细节处见功力，精微之中显精神。

文章千古事，笔墨与做人也是千古事。三者互为因果，直通表里，心心在艺，其艺必工，悟道得法，终身不易。

人品即文品，即书品。傅青主曾说："作字先做人，人奇字自古。"王国维论诗曾说："三代以下之诗人，无过于屈子、渊明、子美、子瞻者。此四子若无文学之天才，其人格亦自足千古。故无高尚伟大之人格，而有高尚伟大文章者，殆未之有也。"利民是一位谦谦君子，对上不谙奉迎，交友厌薄机巧；待人温文和善，表里如一；对学问精益求精，常怀敬畏；对事业废寝忘食，只问耕耘。但凡与其相识之人，都有这种共识，这或许是其文其书气质与灵魂之所在吧。

不见得有学问和修养之人都是书法家，但肯定无疑的是书法家必定具有深邃的思想、广博的知识和高雅的审美品位。利民腹有诗书，品格高尚，但愿利民兄品学兼修，文质兼美，更上层楼。

后记

家山归梦

王利民

我对文学的喜爱，大抵缘于书画。

孩童时，每当春节来临，姥姥便开始蒸供品，佛手、莲花、桃子、石榴，我就蘸着姥姥做面塑的颜料，在小院里信笔涂鸦。黛青的山水、稚拙的花鸟，画作的空白处，母亲再题上两句唐诗“远看山有色，近听水无声”“江碧鸟逾白，山青花欲燃”“三山半落青天外，二水中分白鹭洲”……在母亲的启蒙下，我懵懂地念诵着这些诗句，却不知，文学与书画已经在我的心灵播种。

读小学时，学校在村南的定祥寺，两棵参天古楸，上挂一口硕大的老钟。教室安置在寺院的西厢房，在这间教室里，我完成了人生中第一篇作文，题目是《春天来了》。全文已记不真切，但有两句一直定格在脑海里，“杏花开得像白山头，跑过去看看，每朵花儿都和我们微笑”“老树发了新芽，雀儿落在上面，钟声一响，它们就飞向蓝蓝的天空”。许多年后，当我再看到故乡漫山遍野的杏树花烂映发、处处生春的景色，便想起小时候的“春天来了”，才知道那是儿童眼中的春天，也有些许儿童文学的色彩。文学，在那个时候已经萌芽。

我对文学的兴趣始于高二，这在《我的高中时代》一文也做过介绍。语文老师江妙玲口才出众，每次朗读，特别是在用情处、高潮处、细节处，老师读得很慢，字字珠玑，洋洋盈耳，如甘泉滋润心田，如阳光洒满大地，激发了同学们对语言和文学的热爱。

有种子、有阳光、有水分，万物生长等待的是发芽和破土的时机。

工作后不久，偶遇机缘，我结识了著名书法家陈巨锁先生，并深深爱上了书法。间隔时日，我会背上习作，乘班车从雁门到忻州请教先生。书法上的得益自不必说，诗词典籍知识亦有所精进。比如，书写古诗文必须了解时境与内容，烂熟于心，方能心无挂碍，下笔流畅。自此，《古文观止》《历代文选》《唐宋诗词》成了我案头的必备书籍，名言警句出口成诵。面对错别字和繁体字，我会不断查字典，《康熙字典》《说文解字》成了我的随身工具书。“引而伸之，触类而长之，天下之能事毕矣。”在对书法的领悟中，我理解了文学中的“惜墨如金”“一气呵成”“起承转合”……

依于仁，游于艺。书法和文学的共生与融合，皆因其艺理是相通的。

研习书法，不仅要临帖、创作，还要学习书法史、书法理论。年轻时反复研读王羲之的《用笔赋》《笔势论》，其中倡导的“藏骨抱筋，含文包质”，我深以为然，亦觉通晓其理。当我带着书法的兴趣和阅读的习惯在机关文秘、基层干部的岗位上工作了四十年后，方知是书法与文学时时滋润着我紧张的工作和生活，让我保持温润如玉的心态和蓬勃向上的活力。此时，再读王羲之的《用笔赋》，始知含文包质，又莫不以性情贯通始终。

是文学和书法，培养了我的精神和性情。阅读、书法、写作、交游。“痴儿了却公家事，快阁东西倚晚晴。”在繁忙的公事之余，携妻邀友，或近郊水际山崖，或远游观光览胜，登高放目，长吁青云，临水骋怀，感发幽思。每每灵感来袭，会心凝思，抑或奋衣把酒，短纸斜行，聊记心画心声。

就这样，一路沿溪漫溯，闲看花开花落。诚然，我无心成为一名书家，更无奢望忝列作家之列，如如生活而已，一切随缘，恰似我“天高青云飞，任心听流水”之初心。不过，人之生命如万物生长——阳光下，从种子、胚芽、嫩芽、幼苗，直至参天大树，而或古木成荫，虽经风雨，历劫难，他总是蓬勃向上的，其生命轨迹亦如体内蕴藏的基因链条，似沧浪，如羊角，旋进而上升，不会退缩，更不会收敛到原来的基点。回望来时路，一片滴翠的嫩叶，一朵生红的山花，一枚粗粝的果实，都应“一例氤氲入诗囊”，凝结着汗水，凝结着心迹。

文学和书法之路，亦如万物生长，从播种、萌芽、发芽、破土、开花、结果，而今拙作终于结集出版，此刻，心情竟是忐忑的。

感恩阳光、土壤、水分和清风。

感恩每一位帮我发蒙启滞、指点迷津，给我带来希望与光明的人。

2022年10月22日于葆光书屋